朱雀◎著

轻轨车站

QINGGUICHEZHAN

作家出版社

目 录

第一章
“绿蜘蛛”网吧

一只手探出教室的窗口，掌心朝向布满阴霾的浑浊天空。

“这就开始下雨了。哎，你带伞没有?”江楠之缩回手，漫不经心地在衣服上擦了擦。

右手边的张恬正在走神，本来挺大的眼睛眯成了一条缝，嘴唇嚅动着念念有词。

江楠之举起手在张恬的后脑勺上轻轻敲了一下，说道：“恬妹，我问你带伞没?”

“废话。你看见我带了吗?”说完张恬把脑袋转向一边，又露出昏昏欲睡的神情。

微微叹了一口气，江楠之扶了扶眼镜，又把头藏在那本初二《语文》里了——书里还夹带有一本漫画《死神》，他看得正起劲。

“还不下课，还不下课。”张恬发出的声音越来越大，搞得江楠之眉头不禁一皱。

空调吹得人有些发冷，不过没有谁提出异议，大概是因为教室里的空调不开白不开。

“我那儿子呀，今年六岁，有一次他在家里看奥特曼，”语文老师金黄色的波浪卷发随着她的动作一晃一晃，没有人知道她到底要表达什么，“忽然他说道：‘妈妈，有一天我也要像奥特曼一样保护你！’”教室里安静得没有人声，只有空调的嗡嗡和逐渐变强的雨声。

张恬突然清醒了些，他慵懒的眼神慢慢转移，望到不远处的高兴星。高兴星一脸阴沉，就像窗外昏暗的天色。他再看看斜倚在黑板顶端的时钟，四点五十分，还有五分钟，今天最后的一堂课即将结束。江楠之开始躬身查探自己的抽屉，麻利地收拾东西。心照不宣的，很多人都在行动，教室里升起一片窸窸窣窣，不知语文老师是否听到，她仍继续着自己的演讲。

下课铃的余音还没有完全从耳边消散，张恬、江楠之和高兴星已经冲进了轻轨站，突如其来的急雨将三个人淋得像落汤鸡。江楠之习惯性地把湿淋淋的手往衣服上抹，仿佛并未察觉自己身上已没有一点干处；张恬伫立不动，看高兴星叉着腰呼哧呼哧喘气。三人刷卡进入检票口，跟平常一般无二地下楼梯，穿过一段过道，到了候车的所在。高兴星不说话，另外两个也不开口，只是间或观察下他的脸色。

终于，轻轨车的轮廓在雨幕后出现，神速地朝他们驶来。滑动门打开，扑上脸面的是一股冷气加人味，高兴星一大步跨进车厢，张恬和江楠之紧跟在后面。

“气死老子了。”车厢里高兴星第一个开口，胸脯一起一伏的。

张恬正用面巾纸擦拭头发，听到高兴星的声音“嗯”了一声。

“今天换了老子他妈的肯定也这么做，”江楠之望着高兴星，神色一变，“星儿哥，你又没错！体育老师又不是你妈，他想打人就打人，那我们还上毛学啊。”

高兴星表情凝重，本来挺宽的脸倒显得紧了些，他拍拍比自己矮了半个多头的江楠之说：“但是老子现在糟了，班主任给我妈告状时添油加醋了一通，电话里怎么解释她都不听，我真恨死那个体育老师了。”

江楠之一扶眼镜，愤慨之色了然于神，声情并茂地骂了一通。

“回家估计会咋样？”一旁的张恬兀地发问。

高兴星脸色一黯，说：“老师还把原来的烂账翻出来了，至于回家会咋样，我也说不准。但我知道肯定不止挨打，唉——”

高兴星的叹息使空阔的车厢内显出一丝萧瑟，身旁空着几个座位，但是三个人都没有坐。张恬摇摇头长出一口气，江楠之也露出一脸厌倦，低声说：“《死神》也看完了，不知道回家该咋办。”

“老子都要死了，你还在看《死神》。”

轻轨车厢的壁头悬挂着液晶电视，里面的男女小人笑得正欢，不过没有一点声音，就像演哑剧似的。估计路道正转弯，车身的晃荡显得剧烈了一点。

“我快到了。”江楠之说，另外两个人没有回应。

“要不……”高兴星脸上闪过一丝兴奋，欲言又止。

张恬和江楠之同时盯着这个他们中最高的人，不知他想说什么。

“……要不，今天我们就在外面，好不？”高兴星有意避开江楠之和张恬的表情，“整天待在学校里，实在是受够了，回到家还要看爸妈的脸色，哪天不是这样？”

张恬顿住了，脸上的表情好像很冷淡，但又有点捉摸不定。江楠之瞥了张恬一眼，又看看高兴星，垂下头不说话。过了一阵，张恬脸上出现了跟以前相似的厌倦，江楠之抬起头，轻轨车在减速，他听到那个毫无情感的女声又在报站了。

“不慌，我一会儿再下车，”江楠之一屁股坐下，抬头望着高兴星，“你说得不错，老子也觉得在学校里够烦了，每天那么多事要应付，很少是顺顺当当过一天的。”

高兴星转过目光向着张恬，说：“你说怎么样，我很认真地跟你说。”

“你准备怎么做？”张恬问。

高兴星耸耸肩说：“今天回去我得挨打，挨完打老子就跑。”

“星儿哥，我觉得我们做的没错，”江楠之一拍椅子叫道，“谁他妈受得了！老子昨天回家晚了点，就被骂成孙子一样，不给点颜色瞧瞧，他们当我们是什么啊？”

“哎呀，楠哥，你激动个屁啊，”张恬的眼神扫过江楠之，落到高兴星身上，“离家出走，是吧？钱呢？你可以理直气壮地冲出去，我们的理由呢？拖着个书包，你以为能走得出多远？”

“我有钱！”高兴星紧握住那根不锈钢立柱，“我们去溜达那么几天，到底多久，得看情况。主要是要让他们明白，我们不是任人摆布的傻瓜。”

江楠之信心满满地说：“这种情况不用带衣服，要不了多久，他们就知道我们到底有多重要了。”

“老子真是气不过，这是谁的错，再清楚不过，明明是他……”

“哼。”江楠之再次发声，“老师当然要相互偏袒，当今社会嘛……”

张恬又滞了一阵，最后他抬头说：“好啊，我无所谓。不过，我们再等下去就要到终点站了。”

“电话联系。”高兴星说着，表情严肃到了极点。

走出轻轨站，一阵冷风夹雨迎面袭来，张恬感到头发像带上静电一样高高竖起。垂下头，却发现天色黑得看不清路面了。这一带路灯昏黄昏黄的，他只好把书包顶在头上飞跑，直到冲进平时经过的地下通道才停下来。昏暗的通道一侧，有个乞丐席地而坐，浑身都是灰黑色，眼神掩藏在长发后面看不真切，但张恬感觉他正在盯视自己。这种感觉让他全身暴起了鸡皮疙瘩，于是他又举起书包，几步爬上水泥阶梯，冲进了雨里。

到家后发现妈妈正在等自己，饭已经做好了。张恬踅进自己的房间，换下了身上半干半湿的衣服。透过窗户，他看见黑色的夜幕下，红红绿绿的光线被雨雾折射得模糊朦胧，寻常的城市面孔反倒显得有几分神秘。短暂地发了会儿呆，张恬回到饭厅，在饭桌前一屁股坐下。

“恬恬，今天没有在外面耽搁吧?”妈妈露出略有些疲惫又严肃的表情。

“爸爸还在上课?”张恬问。

“嗯。他今天可能回来得比较晚。恬恬，明天记得带伞，你看你都淋成啥样了？而且回来得这么晚。”

张恬不耐烦地顶回去：“别像叫女生一样叫我，下这么大的雨，即使带了伞，用处也不大。”他心里暗想，明天，明天我都不知道自己在哪里。

“吃饭吧，吃完饭把昨天的作业拿给我检查一下。”妈妈说。

张恬叹口气，觉得自己毫无胃口，不过还是拿起筷子开始夹菜。

十点钟左右，张恬趴在书桌上快睡着时，手机的突然振动将他从晕眩中拉出来。按下接听键，耳畔响起激动得有点哽咽的声音：“张，张恬啊，我出来了，刚刚给江楠之打了电话，他也正在路上。”

脑子里漾起一丝丝反感，他居然有点不大想去了。随后晃晃脑袋，他发现自己到了这步田地，竟还在想一些不切实际的事情。

“在哪里?”张恬问，“我马上出来。”

“先到学校吧，直接坐轻轨，能赶上最后一班。要是你觉得有必要，就给家里留张纸条什么的。我呢，老子直接摔门走了。”高兴星说着，电话里能听到簌簌的风声，还有汽车的鸣笛。

“嗯，那我挂了。”张恬刚刚挂掉，江楠之的电话又打了进来。他没有接听，而是直接摁断了。

张恬拿起书包，想了想，把里面的书全抖落出来，只剩下文具袋直挺挺地躺在里面。接着他放了瓶矿泉水进去，然后一动不动地站着，想想到底还能带点什么，可是实在想不到什么重要的东西了。撕下一张便条，想了几秒钟，用签字笔在上面刷刷地写道：“我出去一会儿。张恬。”

从轻轻掩上门到下楼，张恬花了不到五分钟，直到走上街头，他才想起了最应该带的东西——雨伞，但回去是不可能的了。不过雨势比刚刚已经小了很多，在路灯光下能看出是斜斜地飘着，很可爱的样子。路过地下通道时，那个乞丐已经睡着了，一床脏兮兮的破被子很严实地裹在身上。此刻，张恬觉得那被子看上去很是温暖。直到坐上了那最后一班轻轨，他也没有感到踏实多少，相反心里有一种莫名的感觉：我为什么要走？不过回头想，这其中复杂的原因不是一时半会能理清的，便索性不想了。

不出所料，在车厢里很快找到了哆嗦着同样忘了带伞的江楠之。湿乎乎的身子吹着轻轨里的空调，那感觉的确不好受。江楠之脸上也没什么表情，看不出他在想些什么，只是刚接上头时来了一句：“你掐我电话干嘛啊？”

一路无话，江楠之翻开带在包里的那些看过无数遍的漫画，张恬戴着耳机听手机里的音乐，看着窗外通明的灯火，有种悬停在半空的错觉。有一瞬间，张恬感到一阵奇怪的惬意，轻轨车轻轻地颤动，安静中唯独剩下听不到的雨声和风声，这带给他某种怅然的美好。嘴角微微一弯，他先还在想自己这样做对与不对，但接下来忽然发现自己竟纠结在这样的问题上，实在是太白痴了。

高兴星猫在学校的大门旁，手里捏着一把伞，一副不大耐烦的样子，嘟嘟囔囔地说自己等了很久。

张恬双手合十放到头顶，问道："去哪儿?"

"找家网吧?"高兴星试探性地问，"今天老子心情不好，先他妈上个通宵，明天再做打算。"

江楠之点点头说："我无所谓，不过可说好是星儿哥你请啊。"

高兴星点点头，像个老大那样挥挥手，可他忽然顿了一下，偏过头说："我们到底是不是真走啊?"

这家网吧的招牌有点酷：绿蜘蛛。他们最初来这里，兴许就有招牌的原因。当然后来经常来，一是离学校不远，二是老板为人爽快随和——只要是面熟的老主顾，价格一律打八折。

启动电脑，张恬的鼠标指针立即点向桌面的《魔兽争霸》图标；江楠之熟练地打开浏览器输入网址，键盘上响起一连串悦耳的敲击声；高兴星笨拙地点开QQ，不紧不慢地输入自己的账号密码。

电脑游戏，无疑是最让张恬痴迷的娱乐，不仅单机游戏、大型网络游戏，即便是小儿科的网页游戏，他也要去尝试一把，而且乐此不疲。或许他在游戏方面真的是有天赋，班上的同学都说："张恬，你的游戏玩得这么好，干嘛不去做职业选手。"张恬的回应一般是："没前途。"不过后来他就不大搭理这类话了，他觉得这好像携带有某种隐含的嘲讽，好像是说他除了玩玩游戏，其他就别无所长似的。但不得不说，张恬玩游戏确实有一套：一个新上市的游戏，只要真正玩上手，他很快就能摸清大致的门路，过几天便得心应手，如果连续玩儿上一段，他就可以写出详尽的游戏攻略了。只不过因为过分沉溺其中，张恬上课时常常堕入漫游或冥想状态，老师讲的内容一个字也没听进去，因此成绩时好时坏——好时也就是个中等水平，坏的时候便排到年级最后几名去了。

可是自从玩上《魔兽争霸3》，情况就有些不一样了，张恬见缝插针地耗在里面一个多月后，竟觉得自己还远未进入高手行列。作为大名鼎鼎的美国暴雪公司的杰作，这款即时战略游戏的确非常有意思，因此对它的迷恋也就一发不可收拾。

在江楠之眼里，游戏远不及动漫吸引人，他有时候玩玩游戏的原因，也是由于那些游戏是由他喜爱的动漫改编而成。

“一个没有任何历史背景的游戏是失败的。”这是江楠之的名言。

当然喽，对于游戏有没有历史背景，高兴星一点也不感兴趣，因为他对游戏本身就基本没有兴趣。

“玩一天游戏的价值还不如读一本言情小说。”高兴星如是说。特别之处在于，他对琼瑶之类的作者十分厌恶，往往喜欢看些无名写手的网络言情小说，令人感到大惑不解。

除了看看网络言情小说，高兴星的另外一个爱好是聊QQ。他的QQ加有各色各样在网上勾搭的女生，当然加的这些网友究竟是不是女生，他自己也弄不清楚。用江楠之的话说就是：“鬼大爷才晓得。”事实上他们三个人都对Q聊比较感兴趣，通常有一半的时间，不是高兴星一个人在聊，而是他们三个人交替在聊。尤其是张恬和江楠之闲着无事的时候，老爱把脑袋伸到高兴星的电脑屏幕前来，这令他很是恼火。

“老子也有隐私。”高兴星经常不满地抱怨道，可是有时他又喜欢让两个毛茸茸的脑袋凑过来胡聊瞎侃，出谋划策。

这是个不眠之夜，不过对这类经历他们早已不是第一次了。对迷失其中的每一个人而言，时间的长度完全变得模糊不清，几小时的光阴转瞬间就消弭无迹。最先反应过来的是张恬，他意识到户外已有朦胧的亮光，那是一种由蓝向白缓缓过渡的颜色。高兴星敲打键盘的动作不知何时早已停歇了，他脑袋耷拉着，整个身子歪趔向一边，发出纤细的鼾声，可能正在做梦呢。江楠之还在继续跟屏幕上的动漫人物苦战，他戴着耳机，双眼微闭，嘴角溢出一丝丝口水，晃眼一看还以为他已经睡过去了。

“叮铃当啷——”网吧里响起一阵类似马戏团登场时的音乐声，这让张恬从迷糊状态中真正挣脱出来，原来是高兴星的手机响了。与此同时，那位仿佛已经睡过去了的江楠之双眼一开，那场景好像一个复活的千年老妖。高兴星设置的闹钟把他旁边的两个给搞醒了，不过他自己还酣睡着，那表情肯定会让很多失眠人士极度羡慕。

张恬抬手一看表：“才六点一刻，你们还可以睡会儿。”

江楠之用力揉了会儿眼睛，道：“靠，我刚刚还以为自己在家里哪，困死我了。”说着他闭上眼，把头埋到搁在桌上的臂弯里，看样子又要入睡。张恬也觉得自己快不行了，睡意就像墨水浸透宣纸一般袭来。

“嘿！你刚刚说错了吧！”江楠之的声音突然变得响亮，吓得张恬一激灵，接着他大为不满地一拍椅子，“什么叫还可以睡会儿，我们想睡多久就多久！妈的，现在谁还管得着我们？”

“呵，呵，”张恬干笑两声，不知道自己到底想说什么，“想回去睡觉了。”

江楠之也蒙了，嘴里念叨了两句不知道什么，起身朝洗手间方向走去，一摇一晃的样子看上去跟醉酒的人差不多。张恬半睁着眼，面无表情地看江楠之离开，伸手摸摸口袋，拿出自己关机一夜的手机，一种陷入魔障的想法掠过脑海。天才蒙蒙亮，外面不时响起卷帘门拉动的哗啦声，清洁工扫地时扫帚划过地面的吱吱声，偶尔还能听见汽车穿过街道发出嗖的一声。

他抬手擦擦眼角的眼屎，心想："现在如果去上学，还来得及呀，我们还算不上犯了什么大错。要是真的出走几天，老子回去就完蛋了。"即使不完蛋，现在感觉也极不舒服，不过他终究没有在会与不会间下定论。张恬摁下手机的开机键，趴到桌子上养神。

那位迷迷糊糊走向洗手间的江楠之，在路上也没闲着，他脑子里飞快地旋转着，摸出兜里的手机，开机。

"我这是看看时间……"江楠之摘下眼镜，迈步的动作也停止了，眼睛直勾勾地盯着屏幕。

有两条短信。

张恬直起身子一看，果然是妈妈发来的，一条的时间是零点，还有一条是三点。他想看看妈妈发了什么，可是他居然不敢看，就那么望着手机屏幕，又趴到桌子上去了。一旁瘫着的高兴星忽然有了动静，因为他的手机铃声大作，一时间马戏团的声音充斥整个网吧，惹得不远处的人叫骂起来。高兴星在骂声中突然清醒了，像着魔一样坐起身来，寻找声音的来源，两秒钟之后他发现了自己的手机，三秒钟之后，手机被他关掉了。

"还早。"江楠之自言自语道，又继续走向洗手间。可是没迈出两步，手机振动起来。江楠之露出有点心虚的模样，随即意识到身边空空荡荡啥也没有，低头一看，来电显示上有"爸爸"的字样。他心头大惊，第一个反应就是想关掉手机，但手伸到关机按钮旁边却不动了。

他伸手挠挠脑袋，接着开始揪扯自己的头发："我到底接还是不接呢?”总觉得关机实在有点罪大恶极了，他和父母之间还没有抗衡到这个地步。过了一会儿，振动停了，江楠之皱着眉头摸出眼镜戴上，慢吞吞往回走。不到十秒钟，手机又响了，仍是“爸爸”。江楠之犹疑着，他这次可是陪别人出来，不是因为自己，为何要搞得不可收拾?

“老子接了大概就得去学校还是怎么着了。”江楠之想着，睡意又涌上来，糊里糊涂的，不知道是鬼迷心窍，还是什么大神显灵了，他按下了接听键：“喂?”

电话那头开始还没有反应过来，几秒钟过后，响起一个低沉的声音：“你小子跑到什么地方去了？知不知道我们找了你一晚上!”江楠之一听那口气，便知晓父母非常生气，不过还好，时间不长，还有转圜的余地。

“我那个……我实在是和同学有事，我留了一张——”

“立刻回家！要不你自己去学校，自己选，至于你一晚上到底在干什么，我们回来慢慢说。你听到没有?”电话那头的声音不大，但却包含着一股压抑住的怒火。

“哦，我一会儿去学校。”江楠之受到惊吓，一时间也没考虑什么，连忙答应。

网吧又变得十分安静了，里面稀稀拉拉的大都是歪来倒去，沉浸在梦乡中的人，也有少部分意志坚强的同志仍然在战斗，一副不管不顾的样子。高兴星自从醒来之后，就没有再躺下了，他瘫坐着不动，目光直直地扫来扫去，不知是不是在找地雷。张恬又睡着了，他的手机也没有再振动。高兴星坐了一阵显得有点不高兴，伸手就去摇晃他。

“别烦我。”受干扰的张恬一挥手把高兴星打开，但是也没有继续睡了，而是目光涣散地歪在椅子上。

“我们现在干什么啊?”高兴星露出一脸傻乎乎的表情问。

“老子怎么知道，这不是你说出来的吗，你自己出主意。”

“是老子提出来的，可是我也不知道到底往哪里走。你说，回我老家那边去，要得吗？”高兴星说话都是有气无力的，呼吸声也很粗重，“那边是小县城，消费也便宜，就当去旅游一样，到时候再回来也行。”

“住网吧，这不挺不错吗？”张恬说，他认为这是在开玩笑。

“哼，找死。”高兴星回道，不说话了。

随后，当高兴星察觉江楠之不知去向时，那人悠闲地走回来了，脸上透出琢磨不透的神情。张恬见他脸拉得很长，料到有什么事，但暂时却不打算开口，因为他不清楚江楠之到底怎么想的。

“走吧走吧，一会儿回学校去。”江楠之说，目光落在张恬身上，他双手叉在腰间，神色凝重。

“咋啦？你脑子犯病了吧？”高兴星十分不满地一瞪眼，对江楠之的斥责冲口而出。

“我？我再不回去就麻烦了，你以为我想回去啊，你又不是不知道我爸的臭脾气？”高兴星的态度似乎瞬间冲淡了江楠之的歉疚，他同样很不满地瞪了回去，口气也变得强硬。尽管意识到最后一句很傻，可的确有一定慑服力。

张恬也抬起头来，目光有些冷漠地盯着江楠之，又摇了摇头。

“我们谁不是糟了？你说是不是？”张恬的声音轻轻响起。

天空已经泛白，开始的蓝色变得极浅，近旁的河堤一带隐约传来鸟儿的唧喳声。不过雨倒是停了，街面干爽起来，远处将要露头的太阳正扩散开一沓鲜红，看上去令人心烦意乱。

第二章
早自习风波

独自走在通往学校的小街上，江楠之觉得踏实了许多，不过与此同时，他又有一种特别不踏实的感觉。在这个夏日的早晨，太阳虽然还远远地躲在高楼和山脉后面，但这个小男生却老是感应到皮肤在光照下那种让人不适的干燥，就仿佛虫子触角的细细摩挲。拐过弯道就可以看到学校大门，江楠之开始想象背着书包的人群，怀着不同心情从大门保安身边拥挤而过的情景。

他十分不爽地揉着后脖颈，小声地自言自语："妈的，老子课本也没有，这下走到教室里真他妈的发神经。"说归说，脚步还是没有停下，他的身影渐渐地远了。

另外两个呆瓜剩在网吧里，江楠之的离去让他们不知所措。他们瘫坐在座位上，疲相尽露，而且有一种笼罩在强光里的烦躁感。

"现在还走不?"张恬双手托住脑袋，很响亮地吐出一口气。

高兴星的两腿不住地抖动，口中的牙齿咬得紧紧的，表情有点怪异。

终于，他从牙缝里挤出一句："还走个屁呀，只有回去咯。"

张恬点点头，毫不犹豫地径直站起身，高兴星也站了起来。

江楠之进了教室，那个斜靠在黑板上方的时钟准确地提醒他，离早自习还有十二分钟。教室里人已经不少，耳朵里充满听不真切的嗡嗡声，他眨了眨眼，把头搁在桌子上，意识模糊起来。

一个硬邦邦的大纸团正中江楠之的后脑勺，然后响起惊讶的"哦"声，一个圆乎乎的身影一掠而过。

"扔错了哈，你继续睡觉。"胖子笑眯眯地捡起纸团。江楠之抬起头白了他一眼，戴起眼镜，不过不再继续睡了。

这时教室另一头又有人在喊："吴胖子，你他妈的手真准！"

刚才还笑眯眯的吴胖子猛一瞪眼，向说话的人那边冲去，声势惊人，搞得对方一时间吓木了。吴胖子手一抬，大骂"砸死你狗日的！"纸团如一块脱离投石车的大石头，迅雷不及掩耳地正中那人眉心。吴胖子接下来的反应更加惊人，当对方还没意识到被砸之前，他已跳起来冲出了教室。

"老子砸得不准，砸到狗了！"教室外传来一阵得意的叫骂声。

被砸的那位长得高而瘦，他飞身蹿上讲台抓起一把粉笔，也追出了教室。

"你不得了！——你不得了！"瘦子巨大的声音在走廊上回响，那位吴胖子为了烘托气氛也跟着发出几声大吼。

教室里多数人对此并没有表现出多大的兴趣，聊天的自顾自说个没完，势头比外面的乱叫更猛，只有少数几个人梭到门口，兴致勃勃地观看这出闹剧。猛击桌子的那位名叫帅浩的被公认为班上神志不清之人，不过估计他多数时候应该是在装傻，不然成绩也不会排在班上前几名了……或许日常生活里的他确实有点神志不清，譬如这一会儿帅浩的神情，似乎就是在思量怎样才能把课桌的桌面给揭起来。

帅浩右边不远有个把玩打火机的小个子，他叫王顺子，脸上阴恻恻的，给人的感觉是正在谋划如何引燃整栋教学楼。小个子的左边是一个头发柔顺，长相普通的女生，正对着一面闪闪发光的镜子梳头，名叫杨欣然。王顺子右边盯着英语书一动不动的高大的男生，他的脸又宽又圆，短发直直地指向天上，他的名字叫做何文西。王顺子前面空着一个座位，再往前是个染了金发看上去很嚣张的女生，正底气十足地大打手机，她叫陆琪琪，逃课上网什么的在班上首屈一指，平时几乎难以看到她的身影。王顺子身后是一堆女生在嘈杂的聊天，到底说的什么大概只有她们自己才清楚，时不时能听到些尖厉的尾音和大笑。

这时张恬和高兴星打车到了学校，早自习马上就要开始了，可他们依旧不紧不慢，拖里拖沓，有一搭没一搭地往前走。张恬低埋着脑袋，盯着高兴星的脚后跟，眼睛在明亮的阳光下一直眯着，长长的刘海倒是能挡住一些光线。

学校的大门约有二十来米宽，两侧排列着五六根十几米高的柱子，顶端青铜样的材料上凿刻着雄赳赳亮闪闪的校名，显得华贵且霸气。走进大门，先得爬上一坡台阶，台阶和大门一样宽，是用大理石砌成的。然后是漂亮宽敞的林荫道，以及矮小笨重的红色仿石墙，墙上刻有五花八门的壁画。可惜的是上面有不少乱糟糟的刻痕和题词：

××我×你妈/×××我爱你/×××借钱不还，老子找人弄死你对这类涂鸦校方作过多次清理，但总是难以根除，比大街上的牛皮癣小广告更令人头疼。林荫道的尽头是三条岔路，岔道处耸立着据说是这所学校创始人也是首任校长的雕像。左边的两条岔路通向几栋教学楼和住宿区，密集的绿色乔木和花草藤蔓营造出几分幽静；右边那条路两旁也分列着大量的树木，以至于水泥地上都印满了斑驳的树影，这条路通往科技楼、艺术楼还有大操场，一般的同学都觉得学校真正有点趣的地方也就在这条路上。

除了高三年级以外，学校的几栋教学楼都比较集中地排列在一起，每逢下课的时候，这片教学楼的密集区就喧闹无比，那嘈杂绝不亚于任何热闹街市。初二年级独占一栋教学楼，整个年级差不多接近两千人，全窝在这栋五层楼房里上课。教学楼一侧窗户朝向教学楼密集的那块空地，这个朝向的耳朵自然要忍受来自校园里的主要噪音。另一侧窗户朝向一条通向后校园的安静小道，不宽的水泥路面，被一堵歪歪扭扭的围墙和教学楼两边夹住。

那堵围墙其实不伦不类，墙壁前端有一处凸出的平台，上面生长着各种植物，其中有一株老树，根部深深插入到墙里，然后朝斜上方生长，粗壮茂密的枝叶刚好伸展到教学楼的顶层。这样一来，顶楼靠窗的座位很容易让人分神——不说树上的鸟巢，从窗内远眺出去，除了墙脚幼儿园的小操场，其余都是天空，天空多云的时候，那大片奔腾翻滚的奇景总能让人产生太多遐想。

江楠之恰巧就坐在顶楼靠窗的座位，此刻他没有看漫画，而是单手托着脑袋，呆呆地望着窗外出神。幼儿园的小操场上空空荡荡，一个小小的秋千在阴影里孤独地悬垂着。

“叮铃铃——”早自习的铃声突兀地响起，不大的声音似乎盖过了所有的说话声、读书声、吼叫声，拖曳着长长的尾巴回环在教学楼的每个角落里。对有的人来说，这就是一股噪音，而且是无可逃避，它比所有能听到的噪音都更让人腻烦。

不消说江楠之对这声音也特别厌恶，虽然知道它大致会响起的时间，可是仍常常被吓一跳，这声音对那类心不在焉的人效果尤其明显。这当儿转过头，他又是一惊：张恬正一本正经地坐在座位上，两眼半睁，脑袋小幅度地移来移去，就像一只不倒翁那样。看到张恬睡眼惺忪的样子，江楠之也没主动跟他搭讪，不过这一下他刚刚陷在早自习中的思绪也被拉走了，一时还未反应到自己要干嘛，于是盯着桌子角不动了。姓高的兴星也是身无长物（书包里只有几件衣服和一瓶矿泉水），他把头埋得低低的发短信，红光满面兴趣盎然，一点都不像遭了罪的样子——连同桌的陈欣欣都能听到他喉咙里发出的叽咕声，至于他究竟在说些啥，她也根本听不清。

早自习的铃声使得整栋教学楼安静了许多，如果站在走廊上，只听得见各间教室里传出的读书声和作为背景的嗡嗡嘤嘤的杂音。至于那些更小的窃窃私语，就只有说话人自己才听得真切了。不过初二十二班今天不大一样，铃声响过后仍旧闹嚷嚷的，不知道为什么老师一直不见踪影，也没人领头组织读书。十二班班长是个瓜子脸的男生，名叫李鉴仁，座位就在张恬后面。他平时在班上混得如鱼得水，只要没有老师的指令，能不管的就不管，他就是以这个获得了大多数同学的喜欢。此时李鉴仁正把手指伸进鼻孔里掏来掏去，旁边的两个同桌都没有读书：一个短发女生的脑袋几乎挤到了课桌里面——其实是在偷偷读小说；另一个男生手持语文课本岿然不动，一缕支棱着的头发微微颤动，仿佛一棵千年老松。

张恬的半迷糊状态没坚持多久，就趴下睡着了。他将脑袋深埋进臂弯，整张脸都不见了，外面只剩下黑乎乎的头发。江楠之没有那么困，他望着前排的帅浩，始终感到莫名的担忧，隐隐觉得那家伙正操作着一件怪异的工具，他面前的课桌就在这件工具的威力下瑟瑟发抖。而此刻，李鉴仁蓦地一拍桌子，高高的身形往起一站——首先是江楠之大吃一惊，正在拼命发短信的高兴星也嗖地弹直了腰板，但显然没有弄明白是什么情况。

李鉴仁的尖嗓门在教室里传播开来："是哪个要死的在烧东西！！"

"我操，你脑子进水了吧！"江楠之一早上被连续惊吓了四次，胸中的怒气油然而生。

一股浓浓的焦煳味开始蔓延，闻到异味儿的人大声叫嚷起来。

何文西忽地跳起身，语音里透露出惊惧："妈×的王顺子在烧桌子！"有几位女生顿时爆发出一阵尖叫，教室内的噪音达到了最高分贝。

两个身影闯进教室，前门发出"砰"的一声大响，吴胖子还在威胁："老子他妈的下课搞不死你！"

"老子等你！"

"吴胖子你给我坐回去！"一个清脆的女声响起，这是副班长刘小静站起来了。

哐当一声，人们以为又有人撞开了教室门，结果张恬前排响起一阵怪叫，原来是帅浩的课桌桌面不知道怎么突然脱落，砸到了前面的人。

"你们班在搞什么鬼！"半掩的门外响起一个严厉的声音，闹哄哄的场面给压了下来，一个五十多岁，短头发染成红色的女人突然出现在大家视野里，她是二十三班班主任李天合。

安静了不到五秒钟，教室里爆发出比刚才更大的喧嚷。

"哈哈哈老子还以为是薛美女来了呢！"

"王顺子你妈了个×的把老子的伞给烧了！！"

“操！”有人在狂捶桌子，继而又有人唯恐天下不乱地跟着捶起来，一派乱象里，张恬看见帅浩正耐心地用螺丝刀把散架的课桌还原。

还有不明情况的人在质问：“到底是哪个狗日的在烧东西！！”

门口又响起了另一个悦耳的女声：“哎！你们在干嘛呀——”

除了站立的两个班干部，其他人回归座位的速度简直让李天合头晕目眩，方才天塌地陷般的情景切换得干净利落，整间教室仿佛被消声了一样，所有的混乱都没了踪影。

“Dictionary！Dictionary！”不知是谁开始大声朗读英语单词。

“Traditional！Traditional！”更多的读书声在教室里扩散开来。

“啊！美丽的樱花湖畔！我对你的景仰犹如滔滔……”不一会儿，语文爱好者的声音也出现了，几乎每个同学都显得一脸严肃，有的甚至露出一点忧郁的表情。

第二位说话的女人约莫三十岁出头，身穿月白色镶边小领衬衣和深蓝色短裙，她直发披肩，眉头蹙起，嘴唇紧闭，鼻梁上的钛合金眼镜框低调而典雅——此乃初二十二班班主任兼英语老师薛珍。薛珍手上还拿着一本英语书，此刻站在教室门口的她一动不动，静静地打量着这帮读书的学生。李老师说了一两句什么，拍拍她的肩膀走了。

又过了一会儿，薛老师走进教室，金属鞋跟刺得地板砖咔咔作响，她先把书重重地摔到讲台上，接着脸色非常严肃地说：

“老师有几分钟不在，你们就闹成这样，声音大得三楼都听得见！”

讲台下面的读书声戛然而止。

“李鉴仁！你这个班长啥事都管不住，你说说是怎么回事！”薛珍从讲台底下拉出一把靠椅，颇为生气地坐下。

李鉴仁抬起手摸了摸后脑勺，脸色凝重又略带委屈地说：“老师，有的同学确实不自觉，拉铃后公然在课堂上胡搞，我提醒他们，他们就是不听。”

“哪些人在胡搞?”

李鉴仁脸上闪过一丝无奈的表情，解释道：“当时场面挺乱的，我也说不完全。好像是帅浩的桌子塌了，砸到了前排的同学，之前吴柯又和张飞翔发生了一点矛盾，吵得挺厉害的。另外……另外……王顺子这边不知道怎么回事又跳又闹的，很多同学跟着起哄……结果莫名其妙地就搞成这副样子了。”

薛珍抬起头，目光严厉地扫向坐在第四排的王顺子，质问道：“王顺子，你们这边在搞什么名堂?”

“他在烧火！把老……还把我的伞烧了!”何文西指着王顺子气冲冲地说。

“放屁!”王顺子粗声粗气地回敬，“谁让你把你的破伞放到老子的座位上?”

“王顺子!”薛珍脸上出现了潮红，“一会儿你们这些人，帅浩，吴柯，反正是班长刚刚提到的，全部到办公室来！李鉴仁，还有些什么人?”

李鉴仁眨了眨为难的小眼睛，口中有些吞吞吐吐：“薛老师，我当时在维持秩序，反正我觉得最闹的也就这几个人吧，其实也不是什么大不了的事……”

薛珍上身离开椅子的靠背，眼神在陆琪琪身上停了一两秒，随即又移开了。她呼地站起来，咔嚓咔嚓地走出了教室。

“点到名的那些人都来办公室，另外，张恬、江楠之、高兴星你们几个也给我过来。其他人自觉读书准备第一节课，有再捣乱被逮到的，我就请他的家长!”薛珍的声音清晰地从过道上传进来。

张恬本来还在似睡非睡的混沌中逗留，薛珍的话就像魔咒一样清清清楚楚地钻进他不那么清醒的脑子里。他心里咯噔一下，心想肯定是妈妈给薛珍打电话了。但转念一想，觉得这也不是什么大事儿，他又没有逃学，只要不是在校时间，跟薛珍的关系就不大。

“管得真宽啊，这又干她鸟事了。”江楠之嘟囔着从座位上站起身，拍了一下坐着没动的张恬。高兴星那边的椅子也发出吱呀的一声，只见姓高的兴星一边摆弄他的手机，一边向门外走去。

教师办公室在三楼，因为初二年级的班主任和各主科老师的办公地点都集中在这里，所以地方不小，加上自带的厕所估计有两百多平方米。等高兴星江楠之张恬三人走进办公室，刚刚被点名的四个人已经站在那儿了。宽敞的办公室此刻很空，里面只有三五个老师，空调发出轻微的咝咝声，张恬刚进门就给激起一身鸡皮疙瘩。

“你们几个先站外面。”薛珍一挥手，看也不看他们一眼。

几个人退出门来，站在走廊上，混杂着英语单词和语文课文片段的和声马上占据了他们的耳朵。江楠之站在高兴星和张恬旁边，见彼此无话可说，未免觉得有点尴尬。他装模作样地咳嗽了两声，清清喉咙，不知道该怎么调和气氛。张恬的目光扫过江楠之不那么自然的脸，轻轻呼出口气，又把脸转向高兴星。高兴星的短信总算发完了，他抬头望望回旋上升的楼梯，一直望到教学楼顶端那块半透明的天花板，自上而下投射的阳光都好像携带有噪音。阴影里，张恬看到高兴星的脸色有些泛青。

“他们肯定给老师打过电话了。”江楠之摸摸鼻子，眼睛朝向别处，不知在对谁说话。

高兴星瞄了瞄手机屏幕，问张恬：“一会儿我们咋办？”

张恬莫名其妙地盯住高兴星：“什么咋办？你认为有啥大不了的事要发生？我们不过是课余时间上了一夜网，关她屁事。”

“我是说她问起来我们咋个解释！”高兴星不耐烦地挥挥手，“我们说不说我们是在一块儿的？”

“我们肯定是在一块儿的嘛，要不才怪了，”江楠之插进来，他的脸看上去傻乎乎的，“关键是我们三个到啥地方去了。要是说去了网吧，很可能会受处分，学校有规定不准去网吧，你们也知道这规定无论在开学还是假期都是生效的。”

高兴星露出一副受益的神情，看着江楠之说：“那我们咋说……要不我们就说坐车去了——这个也不行，太假了。”

江楠之刚打算动脑筋想个好点的理由，身体蓦然涌起一阵难耐的感觉，他眨眨眼睛，突然变得满脸通红，拔腿就走。

“操，刚刚在网吧居然连厕所都忘了上，妈的！”江楠之走着走着，飞快地跑起来。剩下的两个人不知所措地望着那小个子的背影，高兴星喃喃道：“这龟孙找借口避风头吧……”

办公室里的四个人磨磨蹭蹭出来了，一个个看上去都有点愁眉苦脸，只有帅浩的表情比较正常。他饶有兴趣地打量了张恬和高兴星两眼，顺着帅浩的眼光，另外三个倒霉蛋也记起他们之外还有候着的人，于是一脸疑惑地纷纷转过头。

“你们怎么也糟了？”帅浩开口发问，眼神奇怪，好像能分别盯着高兴星和张恬。

张恬干笑两声，说：“我们昨晚上跑出去上网，被家长知道了。”

帅浩听罢，挤出一副苦瓜脸，不知是幸灾乐祸还是同情：“哦……上网？那么晚还要上网，不糟才怪了。你们好生点吧，今天音乐课还要逃？”

一旁的吴胖子一边走，一边回头说：“还要逃，逃个屁啊。等会儿进去被训了，下午又逃，再被发现，包你吃不了！”

“什么吃不了？吃不了兜着走。”旁边的张飞翔补充道。

吴胖子奇怪地看一眼张飞翔：“毛个兜着走，老子吃不了不尿要了。”

这时薛珍在办公室门口露了下脸，一见她不满地四处扫射的眼光，以吴胖子为首的几个人赶紧飞快地溜了。

“哎，江楠之呢？”薛珍的嗓门不高不低，确实很好听。

“下去上厕所了，老师。”高兴星连忙说，眼睛盯牢薛珍不动。

薛珍又皱起眉毛：“进来呀，傻站在那里干什么。”

走进办公室，薛珍坐回到她的椅子上，看着局促地站着的两个人。

薛珍用手敲打着桌子问：“你们知不知道我为什么找你们？”

张恬瞄了一眼薛珍敲打的那张办公桌，估计是劣质的密度板材料，不过贴了一层木纹皮，在头顶灯光的映照下显得非常漂亮。高兴星则发现薛珍的手指甲染过了，是一种很浅的紫色，在柔和的光线下也很好看。可是老师是不是不让染指甲啊？高兴星开始绞尽脑汁，他印象中好像还没有见过哪个老师染指甲，要是告她一状……她会不会受处分？

“报告。”江楠之大步走进来，看他喘气不迭的模样就知道是跑着上来的。

薛珍看来也不打算卖什么关子了，她直截了当地问：“你们三个昨天晚上是不是待在一起？”

三个人面面相觑，可是在交换目光的过程中，除了看到对方空洞的眼神，什么答案也没有。薛珍也不想多费唇舌，只是重重敲了两下桌子，催促他们开口。

“薛老师。”江楠之说。

“什么嘛？”薛珍本来一视同仁地打量着他们，这下把目光落到了江楠之身上。

“我们是在一起。”高兴星说。

薛珍又转脸望向高兴星，严肃地说：“高兴星，你的家长说，你因为体育课上的事被你爸爸教训了一顿，就很气愤地摔门出走了，是吗?”高兴星仿佛想起来什么似的，脸色阴沉下来，沉默地点点头。

“张恬，你说说你为什么要跑出去？你们一晚上都干了些什么?”薛珍从眼镜后面锐利地盯着张恬，搞得他很不自在。

张恬也借势皱起眉毛，但却一言不发。

早自习的下课铃响了。

闹铃正好挂在办公室门外，江楠之被巨大的噪声吓得一颤。

“妈的……”江楠之小声的咒骂被铃声遮掩住了，楼道上下渐渐变得喧闹起来。

一个熟悉的旋律响起来，那是薛珍的手机铃声，只是不知道是什么音乐。

“好了好了，我还要到教务处去开会，你们先去上课吧，”薛珍叹了口气，手里的电话握着没有接，“等会儿回家你们家长还会跟你们沟通。要说，我来过问这事，在你们看来大约也是吃饱了撑的，对吧?”

没等到他们回应，薛珍就提起自己小巧的手包，橐橐地先走了出去。三个人又一次交换相互无法领会的目光，在心中暗叹一口气，先后走出了办公室。

第三章
怪人帅浩

整个上午都过得比较烦躁，张恬跟妈妈相互发了十几条短信，试图通过解释使罪行减轻一些。江楠之也跟他老爸煲了好几次电话粥，一下课就见他跪在座位上，脑袋探出窗外，声音在虚空中变得模糊不清。高兴星似乎显得无所谓，他趴在课桌上睡了三节课，几乎每节课都有老师恨铁不成钢地瞪他几眼。直到第四节数学课开上，高兴星才被老师拍醒。

同学中升起一阵窃窃私语，纷纷赞叹："居然连高压锅的课都敢蒙头大睡，这小子看来有前途。"

教数学的老师性别为男，名字叫郭亚高，年纪也是三十出头。其人身高一米七五，虽然戴了副眼镜，但看上去体格相当壮硕，叫人不敢随便招惹。郭老师的名言是："一般的学生我都不会放弃！"即便高兴星够不上一般的学生标准，数学常常考五六十分，郭亚高仍旧对他充满了责任与信心，不离不弃。

他不惜成本，亲自走下讲台，隔着杨欣然的桌子一拍高兴星的后脑勺。

“高兴星!”高压锅的普通话粗声粗气且怪腔怪调，“给老子站到后排听课！等瞌睡确实醒了再坐回来。”高兴星这才想起这节课睡不得觉。不过也没什么可沮丧的，他慢吞吞走到最后一排，做出无所谓的样子倚靠在墙上站着。

“好！我们看下一道题!”郭亚高声若洪钟，撸起袖子的手摇晃着一支粉笔。

第五节是薛珍的课，高兴星仍旧昏睡如昔，可是薛珍像没看到一样，目光从他身上掠过，什么也不说。

高兴星右边的王文韬原本跷着椅子脚吊儿郎当地听讲，忽闻左边声声猪叫似的呼噜，重心不稳的他突受惊吓，脑袋哐当一声仰到后排何文西的茶缸上。椅子倒地加上茶杯碎裂发出的巨响，搞得课堂上又是一阵骚乱。

最后一节课的下课铃刚响，高兴星就醒了，一双小眼在中午的光线里不适地眯缝着。

“走，吃完饭去网吧。”高兴星走到江楠之和张恬的座位旁。

“上锤子。”江楠之趴在桌上应道。

张恬心灰意懒地抬起脑袋：“你丫还有心情去网吧，下午回家指不定会怎样呢，想到要放学就心烦。”

一觉睡醒轻松了许多的高兴星脸色又沉下来，他独自慢慢踱向教室门口，口中念念叨叨：“唉，这么说也是，其实我也不大想去，不过没办法，我得去一趟才行。”一会儿工夫，他的背影就从门口消失了。

“上午啥都没听进去，今天作业再做差点，明天就惨了。”张恬斜靠住椅子，歪着脑袋，江楠之看不见他的表情。教室里的空调关闭了，慢慢上升的温度使身体逐渐感到难受，于是江楠之把窗帘后面的滑窗拉开，此时教室里只剩下他们两个人。

江楠之望着黑板上还没擦掉的板书，用若无其事的口吻说："明天早晨来教室抄呗，不少人都是七点钟赶来抄作业。"

听到江楠之的话，张恬抬起头，口中喃喃道："唔，可是我还想上高中试一下住读呢。说实话，初中的课程有多难？"江楠之略略顿了一下脑袋，好似没听懂张恬的话，过一会儿他叹了口气。

张恬接着说："你看高兴星，除了英语好点，还有啥能摆上台面？期末语文都不及格。你的数学还行，其他也一团糟，那你还学数学干嘛？"江楠之看着张恬，表情有点惊讶，没料到张恬会这样说话。当然张恬说得确实没错，所以他表示赞同。靠后排的窗户那边，咖啡色的窗帘包裹着耀眼的光芒，仿佛一件悬在半空的袈裟。

"我学数学纯粹是凭兴趣。"他小声说。

张恬轻轻哼了一声，不愿再深入说下去，于是岔开道："我们早饭都没吃，出去吃点东西吧。"

"好嘛。"

"走吧。"张恬忽然觉得有点空落落的，他扭着身子，好不容易才从逼仄的座位上站起来。

下午是音乐课，张恬和江楠之在岔路口碰上了高兴星。

高兴星神色猥亵地盯着他俩："音乐课，逃不逃？"

"不。"张恬明确拒绝，自己径直朝通往艺术楼的小路走去，树影在他背上拓印出变幻不定的图案，江楠之见状也跟在张恬后面。

"反正今天我是不敢再去了。"江楠之还不忘撂下一句话。

还站在雕像下的那个愣怔了一下的男孩，嘴里狠狠咒骂了几句，小跑着跟上去。

艺术楼前不久刚刚翻新，在明净的天空衬托下倒也显出几分气派，隐约能听见琴房里传出的弹奏声。音乐课教室在没来上过几节课的张恬的印象里，从来都是一片混乱，这种印象非常确切。十二班给音乐老师留下的印象也极坏，每堂课他们都能听到音乐老师的大声呵斥，或者说，有一部分人听到了，因为坐在后几排的学生耳朵里早已灌满了更多其他的声音。不必说今天也无例外，江楠之上到三楼，还没有走进教室，便听到了捶打桌子的声音，甚至能听出来有人是在用钉锤捶桌子。

一旁的高兴星皱着眉头说："这些人太嚣张了点吧，钉锤都敢带进来。"

江楠之答道："我看他们还不至于到这个程度。"说完快步走向教室。

事实证明了江楠之所说的正确，钉锤捶桌子的声音是一个维修课桌的木工搞出来的。不过江楠之的话也只说对了一半，事实上，某些学生已经达到了另一种程度。此刻音乐老师正对着一个长头发的男生大声指责，那个男生看上去好像不怎么在意，一只大蒜鼻自顾自在空气里嗅着什么。

音乐老师差不多有五十岁上下，男性，矮胖，头发花白，戴一副黑框眼镜，猛一看像个笑星。张恬只听见别人叫他刘老师，并不清楚他的全名。在五楼的走廊上也经常能看到刘老师的身影，他好像兼任四楼某个班的班主任。

刘老师指着那名头发乱七八糟的男生询问："你叫什么名字？"

"帅浩。"男生眼神非常奇特，一只眼睛盯着问话的人，另一只似乎能随意地瞟到其他物件上去。

“你知不知道你这种行为是破坏公共财物，要罚款，要受处分？”

“不知道。”

“你说什么？”老刘老师没想到一个学生敢这么回话，顿时脸现恼怒。

帅浩眯起眼睛，脸上显出鄙夷的样子：“我不认为这是破坏公共财物。”

“原因，”他指着那张正在修理的桌子（此刻修理暂时停止了，因为那位工人师傅也被帅浩所吸引），“这玩意本身已经坏掉了，我做的仅仅是拧掉它的一颗螺丝，导致的结果是它散架，然后才是摔坏。但是，根据我多年来的研究，课桌缺少那颗螺丝钉是绝对不会散架的，即使散架也不会摔坏。这种年久失修的课桌仍旧摆在这里供学生使用，说明学校相关经费的使用或者有问题，或者根本没有到位。”

刘老师大吃一惊，没料到这位学生竟眼神坚定振振有词地说完这番话，闹得他一时还不知道怎么反驳。

江楠之大为佩服地看一眼帅浩，也插话道：“刘老师，你是班主任，平时也不多关注，说到学校的问题，我也想起初二教学楼一个极大的安全隐患。其实你也知道，那走廊的铁栏杆怕有几年没维修了吧，要是用点力气，我都可以摇垮……”上课铃在他最后一句话的尾音里拉响了。

刘老师又惊讶地看了江楠之一眼，问：“你叫什么名字？”

“江楠之。”

刘老师烦躁地举起手前后摆动，好像房间里的温度太高：“好了好了，你们都归位，马上上课了。班长！点下名！”

李鉴仁从座位上站起来，表情严肃地四下观察，嘴唇无声地嚅动，不知是在数数还是骂人。一分钟之后，他用正宗的普通话回答：“老师！人齐了！”

九月下旬的午后让人昏昏欲睡，这时候，下午如果没有碰上主科，都是能睡则睡，毫不犹疑。今天的音乐课一半的人都在埋头大睡，教室里除了刘老师的声音倒是非常安静，但冷漠的气氛加上空调的温度，让人觉得空间里散发着一股死气。刘老师倒是不怎么在意，相反，他对鸦雀无声的氛围挺满意的。

“国民党派兵到缅甸一带的很多地方打仗，我有一个前辈告诉我说，他那年还不到十五岁……”音乐老师的话音远远地传来，上午没怎么打瞌睡的张恬迷迷瞪瞪的，有点怀疑自己在上历史课。

过了一会儿，音乐老师的声音更轻了，令江楠之也快睡过去了：“莫扎特当时只觉得灵感像泉水一般喷涌而出，于是写下了这首曲子。”钢琴声响起来，刘老师用带着鼻音的嗓音开始哼唱：

睡吧……睡吧……我亲爱的宝……贝，妈妈……爱你……妈妈喜欢你。世上……一切……美好的祝愿，一切……幸福，全都属于你……

江楠之半睁的眼睛，在刘老师美妙的歌声中慢慢闭上，沉入到一片深邃的黑暗之中。

张恬心里想着事情，老师说的话他一句也没听到，一直到摇篮曲响起，他才回过神。

“嗯……操作起来有点复杂。”张恬手握着虚拟出来的鼠标，眼前出现了电脑的大屏幕，随着鼠标指针的移动，他如鱼得水地操控游戏中的各类角色。一旁的江楠之则呼呼大睡，连眼镜都歪到手臂上去了。

刘老师在弹奏和哼唱里沉浸了一阵子，心想快下课了，结果一看腕上的表，竟然还有将近十分钟。他想了想，眼睛盯住天花板说：“同学们，你们知道不知道下周学校要组织到郎当山秋游啊？”

不少学生都在耷拉着耳朵出神，突然听到秋游二字，兴致一下子给提起来，原本一盆冷水的教室很快变为一锅沸水。趴在胳膊上梦游的人也如僵尸复活一般撑起身子，揉着眼睛交头接耳，在弄清楚骚动的原因后，立刻清醒过来，开始大着嗓门议论。

“老师，这是真的呀？”一个同学代表十二班自开学以来对刘老师第一次发问。

刘老师严肃地点点头：“时间是下周星期三到星期五，由各年级自行组织。”

“刘老师，郎当山那边是不是很远啊？听说坐车要坐好几个小时。”

“刘老师，咋个星期三就过去了？那不是要在那边住几夜啊？”

“哎，我们究竟要交多少钱啊？”

……

问题一个个袭来，有些细节刘老师也并不清楚，原本看起来很难熬的十分钟，在莫名的亢奋中转眼就过去了。

这天最后一节又是薛珍的课，高兴星也不睡了，拿出笔记本搁在桌子上。

“终于睡醒啦？”左边的陈欣欣略带讽刺地说。

“高压锅哥和薛姐的课，谁敢睡觉试试？”高兴星似乎很委屈地反问。

陈欣欣看着高兴星那副愁眉苦脸的样子，噗嗤一笑：“你还好意思问我呀，你看你今天上午，郭亚高和薛珍的课还不是照睡不误？”高兴星摇摇头，心虚地眨着小眼。

薛珍走进教室的时候脸红红的，好像听说了什么难为情的事。上课铃响过以后，教室里跟音乐课上一样安静，但少了几分鬼魅的气氛。

“帅浩。”薛珍眼睛直直瞪过去。

“哎。”帅浩一应声站起来，手里还捏着英语书。

薛珍眼睛一眨不眨，厉声说：“你今天胆子不小啊，弄坏学校的公物，还同刘老师诡辩！江楠之也是，你的架子挺大啊？老师跟你是啥关系？你用什么态度跟刘老师说话？啊？刘老师平时注不注意，需要你来提醒吗？帅浩，你今天抄的课文，给我再抄一遍，江楠之一样，也给我抄！”

帅浩面露不屑：“怎么又来了？我今天解释得还不够清楚吗？”

薛珍也怒了，说道：“帅浩，你是不是抄了课文还不够劲儿，又想请家长啦？”

“靠！”帅浩叫了一声，“我这人平时就喜欢研究物质结构，我有错吗？我爸爸最讲理了，他说我有这爱好是好事儿！你只听刘老师的话，不听我的解释，那就劳烦你把我爸爸请来，让他评评理！”

江楠之被帅浩的话煽动起来，也叫嚷道：“我又是干嘛了？”

薛珍正好有点不大能自圆其说了，于是转头对准江楠之：“你干了什么，我刚刚说得还不够清楚是吧？不要再说了，上课！”

“我是不会抄的！”帅浩大声声明，然后愤愤地坐下。

“好，你们谁要是不愿抄，下课就来我办公室，”薛珍公事公办地说，口气变得很冷淡了，“Now！Guys，please turn to page……”

“你抄不抄？”张恬问江楠之。

江楠之想了想，反问张恬：“老子错了？就凭那句话就可以罚我，那算什么！”

张恬突然觉得薛珍对他们也的确太差了点，同样是一个班上的同学，她对李鉴仁那些人的态度可不一样啊。不过话说回来，张恬在班上也没什么特别讨厌的人，即使有的人喜欢捉弄别人，至少还没有捉弄到他头上来。

停了两秒钟，张恬答道："我觉得薛珍今天是有点过分，不过她那么生气，大概是今天班上太不听话——早自习乱成一团，我们昨晚上又离家出去上网，上午英语课那么大动静……估计是气昏头了。"说完，张恬自己也感到有点奇怪，他为什么会说话替薛珍辩解呢？

江楠之挠挠头，点头说："恬妹，你又没说错，脑袋转到一边去干嘛呀？"

"薛珍在瞪你呢。"张恬小声道，装作挺认真地跟右边的赵一山合看一本书。苦的是江楠之，他没有书，右边的人也没有书。看见薛珍瞪他，江楠之不知所措地左顾右盼，脸红起来，刚刚生气的事也忘记了。

"江楠之！听课！"薛珍敲着黑板。

江楠之一节课内连续两次被老师点名，感觉大为恼火，但碍于面子只好埋下头不说话。薛珍看到江楠之既不拿出课本，也不回答他的话，心头更加光火，声音又提高了："江楠之！你是不是不想——"

"老师！江楠之英语书忘记带了，我这里有一本旧的，借给他看！"后面的李鉴仁连忙举手，从抽屉里摸出一册旧课本，递给正惶惶无主的江楠之。

"快点，装作在看书啊！十八页，"李鉴仁压低嗓音提醒，"要不然真正惹怒了薛珍，你就得吃不了兜着走了。"江楠之感激地点点头，连忙装出认真看书的样子。张恬也忍住回过头说出"老子就不兜着走"的迫切欲望，强迫自己进入冥想状态。

"帅浩，你起来回答，这道题该选什么？"讲课中途，薛珍很自然地点名。

“不知道。”帅浩扭扭捏捏站起来，嘟囔着说。

“不知道？”薛珍一掠长发，大为不满地放下手中的练习册，“帅浩，你到底是没有听课，还是故意跟我作对？这种问题你说不知道，我不相信！”

“要是我没有听，你又要罚我抄课文？”帅浩望着讲台旁边的饮水机问，倒好像它才是薛珍。

“你有意装傻，那只能是自讨苦吃，”薛珍扶了扶眼镜，眼镜在日光灯下闪过一道光影，“我不罚你抄课文，你给我把这道题抄五十遍，如果抄写得不合要求，就继续抄。”

帅浩不吃这一套：“我没犯错，你不能罚我抄！你今天吃炸药了吧？”

课堂里又喧闹起来，有人说帅浩故意刁难老师，有人说今天薛珍专找帅浩麻烦。江楠之做出十分关切的样子盯着帅浩，高兴星则望一眼帅浩，又望一眼薛珍——他倒觉得帅浩扮演的是一个讨厌角色，不承认自己犯了任何事，还跟老师辩来辩去地出风头。

薛珍怒发冲冠，用力一拍桌子：“帅浩！你不但不听课，还跟老师犟嘴说你没错，你说我到底哪里冤枉你了，处处跟老师这样作对？”

帅浩一脸平静，缓缓说道：“我听课了。但是你是在评讲作业，你说的这道题我就是做不来。你讲过这道题咋做了吗？你又没讲过，我有知识点不懂，做不来有什么奇怪？你觉得我成绩比一般人好点，就认为我做简单的题没问题，可是所谓简单的题目只是你的看法而已，”帅浩指着练习册说，“这本书叫什么，名师讲座，这上面的题，再简单的都有一定难度，要是道道题目都会了，还拿它来讲个啥？”

“你坐下，”薛珍很响地吐出一口气，“现在继续上课，我没时间和你争执。你总喜欢和别人辩来辩去，那好，等这节课下了到办公室慢慢辩吧。”

“哼。”帅浩的脸又有点发红了，看样子还有很多话憋着没有说出来。

江楠之有滋有味地看着帅浩，直到他坐下，才把脑袋偏向张恬：“这家伙太有趣呶，我觉得他是真喜欢跟别人耍嘴皮子，这是一种爱好。”

张恬一动不动地，没有反应，江楠之知道他又开始进入冥想了，于是自顾自地说：“耍嘴皮也不算什么出息，可是这说明人家反应快，智商不低啊，哈哈。要不是帅浩成绩还行，薛珍也不会无话可答了。待会儿下课，我跟去办公室，看看帅浩到底要搞什么名堂。”

“对了，”张恬突然开口了，江楠之也不理会，看着窗户下的幼儿园操场，那里有一群小崽子在绕着圈疯跑。

“像这样，”张恬也不抬头，呼吸变快了，“要是对方从这边走，我就直接到他的基地；要是对方守着基地，我就在外面练野，要是他一半守基地一半骚扰，我就灭了他！”声音极低，只有靠他很近的人才听得清。

“叮铃铃——”下课铃声响起，教室里的人全都蠢蠢欲动，薛珍知道这时候拖堂不会有什么好反应，她知趣地很快就结束了讲课。

“帅浩，跟我去办公室。”薛珍说，高跟鞋的声音响彻整个教室。

帅浩很果断地背了书包，跟在薛珍后面。江楠之看到帅浩和薛珍都离开了，手忙脚乱地收拾了一通，也急匆匆跑出了教室。

“今天回家不用等我了。”江楠之扔下一句。

张恬慢条斯理地收拾着书包，心里一团乱麻：今天回家肯定会有一顿臭骂，挨打也说不定，虽然他已有将近三个月没挨打了。高兴星更是脸色阴沉，他没有招呼张恬，一个人径直走出了教室。

“应该不会被打了，妈的，昨天才生出那么大一场风波，”高兴星暗自想，下意识地往轻轨站方向走去，“昨天体育课上的事确实委屈，他们就是不听，所以我离开家应该情有可原，嗯，但愿不会有什么大事。”

“估计是挨骂，毕竟三个月都没有犯什么大事了。”张恬一边想，一边慢慢走向教室门口，“但最近一段老是小错不断，作业质量太差，几乎每隔两三天又遭训。老爸最近事情好像不少，肯定心里烦……他烦我就倒霉了。反正今天很难说……”想到这里，张恬觉得自己的腿脚是越来越重。

江楠之倒是无所谓，他在电话里已经被骂了个够，估计老爸的气也消得差不多了，回家最多再忍受几分钟唠叨。想着已经到了办公室门口，他酝酿了一下勇气，没有喊“报告”就直接走了进去。

江楠之站在帅浩的斜侧面，只见他书包斜挎在肩头，眼睛瞟来瞟去，似乎也看到了江楠之。

“你看江楠之，我让他抄课文，他嘴上说不，可是他到底来了嘛。”薛珍马上找到了话头，“反倒是你，所谓的优生，处心积虑跟老师诡辩，帅浩，你和那些差生不一样，你要有头脑，”游移了一下，薛珍做了个手势，“头脑，知道吗?”

“我没错，你说，我到底什么地方错了?”帅浩问，那样子比薛珍镇定得多。

见薛珍把自己作为打人的棍子，江楠之大为愤慨，决定一点也不给薛珍面子。

“谁说我要抄？我本来就没说什么错话，你干嘛罚我抄课文?”江楠之声音大得自己都有点吃惊。

薛珍脸上有几分诧异，她没料到江楠之会跟下来并主动出击，当然这表情一闪即逝。薛珍“哼”了一声，冷冷地看着他。

“江楠之，你昨天晚上就犯了错，现在还不赶紧回家，你的父母要跟你好好谈谈，”薛珍端起茶杯呷了口水，“我中午还同你爸爸通过电话，你爸爸说你目前的状态很不好，除了数学以外，你看你各科的成绩是个什么状况？按你现在所处的位置，我毫不客气地说，就是差生，像这样下去，你怎么考得上高中？”

听完这一番话，江楠之顿时像吃了瘪一般，刚思量好的一连串犀利的辩词消隐无踪。

“你以为你和帅浩一样吗？”薛珍把帅浩晾在一边，语气非常凌厉，“帅浩的成绩，就算他一边学一边玩，中考绝对也是没问题的。而你的状况很令人担忧啊，初中课程虽然简单，但不好好从现在开始努力，要想考上一所像样的高中，恐怕不能说没有问题吧？好了，课文不用抄了，放学回去好好想想，今后的路到底打算怎么走。如果没有发自内心的醒悟，老师说再多也不会有效果的。”

江楠之此时已说不出一句话，刚进办公室就被打哑了，跟前还有同学看着，面子丢大了。脑子里乱哄哄的，他需要理清思路，搞清楚自己到底想要什么。就这样，他站在帅浩旁边，一动也不动。

第四章
江楠之的愤怒

“一点也不给人面子。”帅浩嘟嘟囔囔地说。

“帅浩，你现在也有很大的问题——”

“你是否承认，我的问题在其中只占很小一个比例？”帅浩看了江楠之一眼，继续说，“你在意的是我是否听你的话，因为我跟你争论而光火，且不说争论差不多总是由你挑起，之所以争论一旦开始往往就没完没了，主要是你没能多给出一点足以说服我的理由，由此看你的问题并不比我小。薛老师，我们到学校的目的是什么？我觉得是寻找真知，”帅浩抬起右手，捻着食指和拇指，像一个成年人，“而你的言行似乎给学生一种引导——那就是师道尊严，长者的权威和面子比真知更重要……”

江楠之的脑子被这一席话说得更乱了，他看到帅浩越说越兴起，甚至试图把书包放在办公桌上，然后找一把椅子。

“薛老师，我还有事，那我先走了。”江楠之说。薛珍没有应声，这令他心中更加气馁。背起书包飞快地走出教学楼之后，江楠之感觉身心轻松多了。

高兴星乘电梯到达十八楼的家门口，刚准备按门铃，发现门是微微开着，还能听到里面的说话声。

“嫌犯抓住了？还有两个同伙？”一个带着欣喜的爽朗男声传出来，“好，好，好，暂时不要急着审讯，等他情绪稍稍稳定一下……这个更用不着了，好，我一会儿过来再说吧，嗯，再见。等一下，哎，小李，你老婆亲戚失踪那事有消息了吗？……那就这样吧，回见。”

高兴星站在门口听了一会儿，心情激动，也忘了自己预先想好的台词，一推门就走了进去。

“终于抓到了？”高兴星兴奋地对刚刚挂掉手机的那个男子发问，全然忘记了自己的处境。那个长着络腮胡、眼神锐利的男子正是高兴星的父亲高乐天，某区公安局刑侦支队警官。

高乐天先是吃了一惊，然后扭过头怒视着他说：“你还知道回家？我以为你再也不想回来了呢！”高兴星心头一颤，以为今天这顿打是躲不过去了。

“哼，我今天有急事，马上要去局里，”高乐天神色缓了缓说，“我看在你还知道去学校上课的分上，现在暂时不跟你计较，等会儿你妈回来了自己解释去。”说完，高乐天整理了一下衬衫领口，戴上一副墨镜，腋下夹着皮包向门口走去。

高兴星感觉自己受到轻视，自我解嘲地嘟囔道：“太阳都落山了，还戴什么墨镜。”说完一屁股坐到沙发上，抄起遥控器打开了电视。没想到爸爸刚出门不到五分钟，电视刚刚看得兴起，钥匙插进锁孔的声音响了。不用猜就知道是妈妈回家了，他赶紧一揿按钮啪地关掉电视，抓起书包往楼上冲去——这栋住宅楼是跃层式，高兴星的房间在楼上。

“高兴星！”一个轻柔的声音很快响起，“高兴星，你下来，妈妈有事跟你说。”

客厅里站着一位穿着西装短裙的女士，一头齐肩短发，眼神精明，看上去不过三十出头——实际上她已经三十九岁了。她就是高兴星的妈妈陈丽瞳，在某房地产公司任部门经理。

高兴星在房间里做英语作业，听妈妈的口气不像在生气，便急匆匆地走下扶梯。结果发现陈丽瞳正目光不善地盯着自己来路，立时觉得口干舌燥，预感到又要挨骂。不过回想了一下，好像今天的直觉都不怎么准确，就又抱了几分侥幸心。

陈丽瞳拉过儿子，和他并肩坐在沙发上，口气温和地说：“兴星，你知不知道昨天你这样跑出去一夜不回家让妈妈很担心？昨天我和你爸几乎一夜没合眼，你爸爸今天又忙得要死，你知道他有多累吗？黑眼圈都出来了。”

听到这里，高兴星才意识到爸爸为何出门时戴上墨镜，又想起自己刚才还有挖苦的意思，心中不免有点愧疚，脸上热辣辣的。

陈丽瞳拿起茶几上的水杯，却发现是空的，她顿了顿继续说：“昨天我想了很久，觉得吧，你说的话其实也有那么些道理。你爸说你总是胡搅蛮缠，这话也过了。”

高兴星听了妈妈的话，立即点头大声说：“我就是被冤枉的！”

“确实是，我想到后来，觉得你们薛老师说得也过火了。”高妈妈说。

激动中的高兴星突然一滞，睁大眼睛问：“薛珍她怎么说我的？”高兴星想起了今天音乐课的事，此刻他觉得帅浩也落到了跟他相似的处境，不过帅浩还在努力澄清。

“这不是重点！我今天要跟你说的，是你的学习问题！”陈丽瞳突然加大了声音，神情变得严肃了许多，“昨天晚上跟薛老师通话，听完以后我都觉得头大，你说我怎么生出你这么个儿子呢？你妈小学到高中除了学费没让家里花过一分钱，你呢，要是再这样下去，想交钱上高中都没有资格!”

高兴星被妈妈的指责激怒了，此刻他主要倒不是在延续妈妈的思路，而是想弄明白薛珍到底说了些什么。他忽然觉得薛珍给自己的好印象一下子出现了裂痕：薛珍究竟对我有哪点好，我反而还在为帅浩的事对他耿耿于怀？难道就是因为她长得漂亮又是自己班主任？

想到这里高兴星下意识窘迫地摇了摇头：这种事情连在心里想想都觉得害臊，更提不到台面上来了。他甚至开始怀疑自己为什么英语学得还不错（而语文却连及格都很危险），到底是因为薛珍教学不错呢，还是自己学得卖力？堕入了冥想的高兴星紧接着想到，自打上初中以来，薛珍就没给过他好脸色看，老是戳他的娄子，从不鼓励肯定他学业上的优势，现在又开始煽动他的父母。想到这里，一股怨气油然而生，很想立马给薛珍找点麻烦。

在晚饭的饭桌上，妈妈又开始了不厌其烦的教导：“兴星，不是你爸妈给你施加压力，现在你的学习，除了英语，几乎全都一团糟，就像薛老师所说，跟残疾人差不多，只有一处是好的，其余都是坏的。你说你妈听到这些话能不着急吗？很快又要月考了，要是你的成绩再像上学期期末看齐，那我真的是感到没有希望了。”高兴星听到月考，心里咯噔一下，回想起自己开学以来，除了做下英语作业和抄数学作业，语文作业压根儿没做过，物理刚刚入门，稍微难一点的便束手无策。越是往下想，他越觉得前途渺茫，心中不由暗暗叹息，对薛珍的怨恨也更加深了。

“兴星，说了这么多，爸爸妈妈也是为了你的将来，你的家庭条件不错吧，人又聪明，怎么老是转不过这个弯呢？妈妈也忙，你好好想想，如果真的努力一把，不说月考，半期只要你进入年级前一千名以内，你要什么妈妈都给你买。”陈丽瞳说完，摸了摸儿子的脑袋，自内心发出一声叹息。

听了妈妈的话，高兴星有点如释重负，因为半期还早得很，现在还有大把的时间，于是心情又渐渐好转了。

“不知道江楠之和恬妹怎么样了。”高兴星不禁为两个哥们儿担心起来。

站在家门口，张恬心中仍旧忐忑不安，虽然跟妈妈解释了半天，可他最怕的还是爸爸。今天晚上老爸没课，此刻不知是不是在家里练习挥舞鸡毛掸子呢？不过转念一想，晚痛不如早痛，一切迟早都要到来，于是硬着头皮敲门。门很快开了，妈妈的样子出现在张恬眼前。接下来的场景令他的心情豁然开朗：客厅里的沙发上东倒西歪地坐着四五个中年男子，都是爸爸的老朋友。他们只要聚在一起，往往难免激烈的争执乃至争吵，唾沫横飞中你来我往大战三百个回合是很寻常的事。一旦唇枪舌剑开始，气氛慢慢变得火热，一干参与者大都会进入急赤白脸、如痴似醉、无法自拔的状态。如此一来，别的再重大的事情也就轻如鸿毛，无关紧要了。

张恬的父亲叫做张闻学，在市内某大学任教。他目光锐利，一头长发梳得整整齐齐，纹丝不乱，留一撇八字胡，看上去学富五车的样子。

张恬暗暗舒出一口气，至少今天不会被父亲关注了。他没有放下背上的书包，尽可能不引人注目地走向自己的房间，耳朵里还不断漏进几个男人的高谈阔论——

“……对我们所讨论的问题来说，爱利斯的皮隆的怀疑论……”

“……巴曼尼德斯的存在和关注的观察……只存在局部的视域。”

“它是一个……隐蔽性的……”

陌生的人名，莫名所以的表达……不过张恬已经习惯了这类噪音，走进房间，他还有意将门半掩，侧着耳朵听了一阵。似乎都是在大声争辩，一直没有达成什么共同认可的观点，其中忽高忽低地夹杂着老爸的声音。

“但是……”

“然而……”

“我觉得……”

正倾听间，突然妈妈推门进来，张恬吓了一跳，急忙从书包里取出课本和作业来。

“今天作业多吗?”妈妈语气轻缓地问，身上穿着一套出门装。

“晚上要出去吃饭吧，”张恬咕哝着，抚了抚翘起的头发，“作业好像有点多，反正不会少就是了。”

“昨天的作业怎么样？拿给妈妈看看。”

“不大好。”张恬说，并没有从书包里掏作业的意向。

听了张恬的话，妈妈的脸色立刻难看了许多，不过这也是她意料中的事。张恬磨磨蹭蹭地打开书包，从里面取出五颜六色的各种课本和作业本，遮掩着没让妈妈看到书包里空空如也。

“把作业拿过来，到底做得咋样，不看又怎么知道?”妈妈没有罢休的意思。

张恬知道抹不过去，迅速地从书堆里拣出各科练习册，交到妈妈手里。最开始检查语文、数学时，妈妈的表情还比较缓和，到了翻看英语、物理的时候，她的脸色就越来越难看了。

“你看看你的英语和物理作业，可不是你说的不大好那么简单噢。”

张恬心头也感到恼火，既反感妈妈的话太多太啰嗦，又无由反驳，于是只能低头不语。可她历来是一开口往往就收不住，喋喋不休的指责混合着客厅里杂乱的讨论，让张恬脑子里一片混沌。渐渐地，他意识深处一片绚烂的幻想喷涌而来，挥舞着各色大型武器的兽人出现在眼前，闪电绚丽，光芒四射，火球飞荡在一个魔幻的时空中。

“我说话你每次都只是闷着，事后也不见有什么行动，这样咋行?”妈妈还在滔滔不绝地说，并没有察觉到儿子的心思都没影儿了，“我也不大想给你施加什么压力，可是昨晚上薛老师才和我通了电话，月考也快到了，你要是还是这个状态，怎么能考上高中?”最后一句话总算把张恬拉回到现实中，他恍惚听到妈妈说了一句：“怎么能考上高中?”

“好了，我今天的作业还有这么多，你不是说一会儿要出去吃饭嘛……”张恬一挥手说，拿起笔做出一副忙不迭的样子。

“恬恬，妈妈的话，你不要不当一回事啊。”大概是察觉儿子根本就没往心里去，妈妈脸上露出失望与疲惫。

“唔唔。”张恬草草应答，手里的签字笔在练习册上划来划去，不知道是不是在做什么正事。妈妈走出房间，轻轻合上了房门——客厅里的声音太吵了。

张恬突然一阵莫名其妙，昨天晚上发生的事，妈妈一句也没有提到，难道他们忘了？这个可能性立即被张恬否决掉——估计是因为有客人在，不好深说，等他们离开过后再拿我开刀？嗯，先把作业做好点，其他的到时候再说。

想到这里，张恬埋下头认真地做起语文作业来，一排排漂亮有型的字迹出现在练习册上。爸爸从小教他练字，同龄人中能写得和张恬一样好的，实属少见。

一天里夏日阳光明媚，不料六点刚过，太阳便被不知何处飘来的灰云挡住了，只能见到一点微弱的光晕。街上涌动着机械的世俗人群，扰扰攘攘可笑至极，他们与江楠之无关，与江楠之的心情更无关。刚刚走出轻轨车站的他，驾轻就熟地走在回家路上，街上的一切都显得干燥无比，脚步移动艰难。远远的看不见的江面上空，三五只不知名的鸟儿在高处盘旋，江楠之仿佛听到它们在叫："全都要——死喽——"这种声音令他感到一丝丝凉意。

受数落的滋味的确难受，薛珍在办公室的话狠了点，可江楠之算了算，那番话即使用了夸张的修辞，其程度也绝对不会超过一点五倍。假如再稍微放宽标准，江楠之悲哀地发现，这其实就是他目前的真实状况。在动漫虚影中的沉迷，已经让他全然忘记在现实中扮演什么角色了。

"学生，"江楠之抬头望望西天的那一抹光晕，发觉它也跟他一样挣扎着，"学生上学真没意思啊！"他终于想出一句话来为这段心情收尾。

不知不觉中，尽管他步子有意迈得很小很缓，眼前还是出现了那一群草黄色建筑。到家了，江楠之闷闷地想，极不情愿地迈步入内。一个穿制服的年轻保安正怒目打量着进出的人，不知是不是因为疑心这些人就是小偷。电梯入口处围了不少人，江楠之伸长脖子看过去，原来是这栋楼的电梯坏了一部，停在十六楼动弹不得了。

"罢了，罢了。"江楠之朝安全出口走去。他们家就在三楼，等电梯那会儿工夫，可以上上下下走几个来回了。上楼只花了两分钟时间，江楠之却站在家门口不动了，心里嘀咕着，磨磨蹭蹭不知该不该按门铃。过了几分钟，他再次确认爸爸上午已经在电话里骂够了，骂个没完未免太不近人情，就按下了防盗门上的红色按钮。

“叮咚——”，清脆的声音仿佛出自自己的内心，踢里踏拉的拖鞋声由远而近，停下。“咔嚓”一响，大门缓缓开启，一个个子将近一米八、肌肉发达、赤裸着上身的男子伫立在江楠之面前，右手里掐着一块西瓜。这人蓄了个平头，眼睛瞪得很大，眉头不自觉地锁着，嘴唇紧闭，牙齿咬得梆梆紧。此人即是江楠之的父亲江武，某散打武术馆教练。平日里江楠之对他十分敬畏，江武说一，他绝不敢说二，然而一旦不打照面，他又会犯病，因此挨打就成了家常便饭。若不是江武每次都留情，江楠之早就被打残了。

“快点进来，还他妈傻站着干嘛?”江武一边说一边返回客厅。他还没在沙发上坐稳，江楠之迅疾换好鞋子，三两步闪进了自己的房间里。

江楠之强压下怦怦乱跳的心，关上房门，把书包里的东西一股脑儿倾在地上，再拿出抽屉里的课本在书桌上摆好。做完这一系列动作，他一下子倒上床，眯起一双眼睛养神——今天实在是太累了。

“小楠，你出来下!”

只迷糊了一小会儿，江武打雷样吆喝把似睡似醒的江楠之搅起。虽然大感恼火，他也只好小声发几句牢骚，接着极不情愿地走向客厅。

江武扭着身子半躺在沙发中，茶几上放了堆切得歪七扭八的西瓜。电视里播放的是一部古装电影，屏幕上一手拿折扇的文士把凶悍的对手打得落花流水，哈哈大笑后一脸的怡然自得。

“他妈的都是瞎扯淡。”江武嘀咕着，随即又拍了拍沙发，示意江楠之坐下。江楠之原本心中隐隐担心，看到老爸脸上并无怒色，便略带忐忑地在他旁边坐下。江武哈哈一笑，说道：“你这龟儿子装出这副架势干嘛？未必老子会把你吃了不成?”

江楠之听父亲还在笑着骂人，心立刻放回了肚子里。以近年来积累的经验，江武真正生气的时候，绝不骂脏话，而是冷静又有分寸，就是打起人来一点也不手软。江武拿起一块西瓜，指着电视说："我知道最厉害的高手，普通人十个八个近不得身，可这属于凤毛麟角，少之又少。你看电影里的这些超人，一个人可以丢翻几十上百个人，完全是扯淡！老子再怎么也不相信，除非是机器人，否则咋可能一打就是半天，体力丝毫不减？"江楠之感觉危险已经解除，所以尽管没有完全听清爸爸说的什么，却连连点头称是。

接下来就没什么话了，江武一边吃西瓜，一边盯着屏幕看。江楠之本不想做作业，趁机也跟风看起来：只见里面的高人飞檐走壁无所不能，只是影片在折扇文士退敌时已是高潮，不大一会儿便结束了，他不免有那么点怅然若失。江楠之悻悻地起身准备回房做作业，不料被江武铁钳般的五指一把擒住手腕，个头矮小的他又一屁股跌坐回沙发上。

"我不是叫你来看完就走，"江武说，"看完电影，你有啥收获？"

江楠之本想说那帮人的武功出神入化，十分厉害，但记起爸爸刚刚的话，又改口道："那些功夫倒是挺好看的，可惜都是花拳绣腿，太假了。"说着还大摇其头，一副成年人的老到模样。

江武点点头："不错，这种玩意儿徒称中国功夫，其实不过是骗骗外行而已。假模假样的表演，虽说用在电影里好看，坏处是坑蒙了许多人。我想说的是，江楠之，平时你老是看那些狗屁日本动漫，没完没了，看得连自己姓啥都不记得了。内容瞎掰的，我看比中国功夫还要荒唐，难道你真相信那些爆炸脑壳的家伙天天吃饱了饭，唯一能做的事就是到处去找人打架？"

"哪里是你说的这样！"一听父亲居然对自己热爱的动漫如此轻慢，

江楠之心中大急，平时的胆怯也不见了，嗓门一下子提高了几度，“你们根本一点不了解，也不想去了解，只会听报纸电视乱说！什么爆炸脑壳，什么到处打架，你以为画漫画的全是白痴，整天就傻坐着画你说的那样的漫画？真这样搞，卖得出去吗？”

江武眯着眼睛，似乎没有听到儿子的争辩，他朗声说：“你们啊，整天对这些垃圾上瘾，这跟被武侠蒙骗有什么两样？江楠之，你晓不晓得你们受到的毒害有多大？幸亏你暂时还没有沉迷电脑游戏，要不然你天天泡网吧，看老子不打死你！你看你现在，数学好点，语文勉强过得去，其他呢？你妈苦口婆心地跟你说过多少遍，外语是一门工具，今后如果出国深造，不懂别人的语言怎么行！你老子就是吃亏在这上头！”

“当漫画家还可以赚大钱呢，我觉得学画，考艺术院校也是一条路。”其实江楠之并没有想过这个，只是念头一晃而过，被他说了出来。

江武气得一拍茶几，江楠之惊得一下从沙发上站起来，坐到另外一张椅子上去了。江武怒冲冲地喝道：“考艺术院校？考你妈个鬼哟！你看你现在的成绩，中考都成问题，你倒是想得美？就算你要考艺术院校，画什么破画儿，可要是升不上高中，一切只是扯淡！”江武平时喜欢以粗人自居，今天本来想心平气和跟儿子好好谈一谈——因为老婆最近反复讲，孩子渐渐长大了，不能老用大喊大叫的方式对待他。刚才他企图借武侠电影的话题入手，不承想弄巧成拙，几句话就搞得自己大光其火。

因为薛珍的关系，江楠之今天憋了一肚子气，现在又遭到老爸一顿抢白，不禁愤怒难当：“你们一天只晓得要求这样那样，有没有想过我的感受！”

“你的什么感受？”平时很少顶嘴的江楠之突然顶撞自己，江武反而被呛住了。

江楠之把火点燃了，索性接着说个痛快：“你们内心里希望我如何如何，口头上说的却从来都让人泄气：考不上高中如何悲惨啦，现在的状况如何低迷啦，我打小就没听到过一句鼓励的话！作业做错了，你们就说别人怎么都做对了，我怎么这么笨！可你们想想我读的是什么学校，是名校！不是什么破学校，那里面有几个是蠢人？你们啥时候给过我一丝半点鼓励？不是拉长了脸说话，就是苦着脸说话，长年累月这样，我对自己哪还有什么信心？”

江武以前很少在意过儿子内心是咋想的，听到他的这一连串反问，惊得什么话也说不出来。

“你说的也不是完全没有道理，这些我确实没认真想过。”江武眼神直望过来。

见爸爸破天荒地没有打断或斥骂他，江楠之哼了一声：“我平时有机会说我的真实想法吗？你们只知道听薛珍说，她能说出什么好话来！”

江武一边点头一边说：“不过你也知道，月考马上就要到了，你总不能又是上学期的老样子吧？”接下来他本想说“你再考成这个样子谨防老子扁你”，但是沉吟了一下，这句话被咽了回去，“不只是月考，更重要的是要为今后的人生做个打算，一个人大半辈子的路还得自己走，你妈你老子不可能一直陪着你。过一种什么样的生活，最终是由你自己造成的。”说完，江武起身大步走向厨房。

江楠之自觉涌出很多从来没有过的想法，大大地“唉”了一声，好像已久经世事。拖着身子回到自己的房间，忽然发现视野里异常明亮：云彩估计是散去了，太阳最后的余辉无声地投射进来，像一只栖息的金鸟。俯瞰窗外，绿化地带大片蓬松的树叶静止不动，恍若无聊的夏日午后寂景。

第五章
郎当山秋游

令人激动的一周，在多数人的期盼和少许人的无意中悄然而至。周二的一场暴雨让所有人为郎当山的郊游忧心不已，不过，老天总算给足了面子：当天夜里雨势减小，周三一大早，天朗气清，太阳在东天露出了半边脸。

江楠之不到六点便醒过来，翻来覆去折腾一阵，发现实在睡不着，干脆早早起身出门了。张恬还以为自己到得挺早，没想到七点刚过，教室里差不多已经坐满了大半，跟平时恰成鲜明对比。江楠之和赵一山稳坐在自己座位上，后者得意地摆弄着PSP游戏机，周围自然少不了人围观。江楠之历来对游戏机不大感兴趣，一有闲暇总喜欢打望窗外。

“噢哟，你们来得真早呀?”张恬路过高兴星座位时，瞅见他这一刻没发短信，于是顺口发问。

“来这么早也没屁用，不过待家里更憋得慌，”高兴星答道，“你看哪个不是在家憋得慌才到教室的?”

两人说话的工夫，陆续又进来了一些人，他们都以为自个儿来得挺早，事实却并非如此。家离学校越远的，来得倒越是早，家离得近且以为自己来得早的那些人，结果反而成了最后几名。

不大一会儿，张恬左手边的江楠之开始不耐烦地嚷嚷："薛珍怎么还不来！就她派头最大，老子都等了快一个小时了。"

张恬暗暗觉得好笑，但还是语气很冷地说："废话，你是等了一个小时，可是还没有到通知的时间嘛，你小子提前来了多久啊？"

"反正我到的时候人也不少了，"江楠之小脸转到一边，有点不好意思，"今天大家都有点兴奋，所以就到得比较早呗。"

教室里乱成了一锅粥，张恬右边的赵一山玩游戏到了紧要关头，一圈的围观者大呼小叫，好像自己变成了参与的主角。教室的后半部分纸团横飞，其中夹杂着张飞翔吴胖子的叫骂声。帅浩桌上摆了一本厚厚的《福尔摩斯探案集》，正扭脸大谈上周跟薛珍在办公室的交锋，他的同桌眼睛睁得老大，脸上一派惊讶。后排的李鉴仁漫不经心地翻着一册流行的作文杂志，对教室里的噪音置若罔闻；他邻桌的女生今天一身花里胡哨的衣着，正尖声尖气地跟人煲电话。高兴星又在埋头发短信了，他看上去模样猥琐，桌面上空空如也；陈欣欣皱起眉头，不厌其烦地反复翻看旅行包里有没有少带东西。

张恬背着妈妈收拾的衣物和洗漱用品，想着在山上也许会无聊，又带了几本课外书和MP3。没料到不少人带的东西比他多了几倍，而且五花八门，种类繁多：从花露水、灭蚊药片、手电筒、感冒药、充电台灯、卫生纸一直到泳裤泳衣潜水镜乃至笔记本电脑。

"难道郎当山上还有游泳的地方？"高兴星突然把头抬起来，转问陈欣欣。

陈欣欣终于满意地拉上背包的拉链，回答说："废话，你……不是本地人啊？难道你不知道山上的人工湖对外开放吗？”

高兴星坐直身子，摇摇头说：“我其实一点不会游泳。至于籍贯嘛，我妈是北方人，我爸才是本地的，我五岁之前都在承德生活。郎当山我还真是没去过，虽然那地方好像名气挺大。”陈欣欣点点头，又知道了一点同桌的八卦让她很高兴。这时室外的骚动越来越大，各种各样鞋底摩擦地面的声音响起，惹得十二班的人蠢蠢欲动。

教室门突然打开，大伙儿以为是薛珍来了，充耳的喧闹一下子小下来。没想到是刘小静站在门口大喊：“薛老师让我通知大家，马上到大操场集合！赶快啊！”

噪音又轰然爆发，不过这主要是抱怨的声音——多数人对薛珍的做法感到不满，认为她纯粹是在浪费时间。张恬本来也很恼怒，但转念一想，既然别的班级也如此，那可能不是薛珍的问题，然后就不再吱声。抱怨归抱怨，拖拖拉拉，乱成一团的队伍终究还是拉到了操场上，年级的其他班差不多也到齐了。

薛珍显然刻意地打扮了一番，头发挽成一个发髻盘在脑后，除了妆化得比平时讲究外，衣服也换成了T恤加牛仔裤。

“客车还在路上，学校怕一会儿车开不进教学楼那块区域，所以让大家来操场等。”薛珍简单地作了解释。

操场上的状况比教室里更闹腾，自高处看，椭圆的地面竖着若干歪歪扭扭的方块，这些方块不时发生着变异，显得像活物一般。气温暂时还不高，偶尔有微风拂面，人心也就不那么烦躁。直到七八辆大巴缓缓驶进操场时，也没有多少人抱怨等得太久。上车之前，张恬抬手看表，差一刻九点，恰好是他们第一节课的下课时间。

郎当山离主城区并不是太远，若出市区前不塞车，一个小时的车程就足够了。张恬坐在靠窗户的位置，一旁的江楠之跪在椅座上和后面的两个动漫迷大聊特聊。前面的高兴星与帅浩同座，两人说话不怎么投机，感觉是上气不接下气。

“有一次，我在网上跟一个陌生女孩聊，她说她是上海的，”高兴星手舞足蹈地说，“结果我用外挂工具一看，居然是湖北那边的，不知她为什么要这样说谎……”

帅浩则脸色非常平静：“课桌的螺丝钉多为十字形，直径约一点五厘米左右，唉——有一次发现两颗畸形螺丝，就是微机教室靠窗一排的第六张，我居然没能拧下来……”旁人听上去，他俩不知是自言自语，还是在相互交流（有时也应一声对方）。

张恬一言不发，车厢里的喧闹仿佛慢慢小下去了。无所事事的他望着街景，耳道里的声音像水波一般散开又聚拢。随着车队驶上高速公路，原野里一片绿意盎然，景色愈益赏心悦目，阳光放肆地照耀，眼里随处感受到光芒闪烁。没有市声干扰，少男少女们聊得更开心了。

发动机均匀地运转着，张恬将脑袋靠在座椅柔软的靠背上，几近进入梦乡。不知过了多久，忽然一声吆喝把梦游的他吵醒，隐约辨出是张飞翔的大嗓门：“到了到了！前面就是郎当山，哎！你们看到没有!”

随后听见吴胖子在前排骂：“张飞翔，你这农民吼个屁呀，只有你这种没见过世面的人才这样兴奋!”继而引发一阵集体大笑，混杂着张飞翔的回骂声。

张飞翔和吴胖子的对骂赶跑了张恬残存的睡意——他其实也没见过郎当山的模样。伸长脖子向车窗外打量，结果发现什么山也没能看到，看到的只有沟壑石壁、树木藤蔓、公路弯道处的标识，以及叫不出名字的花花草草。总而言之，只能看到山的某一部分—— 一个小小的局部。连太阳也时有时无，像在跟他们捉迷藏。倒是车头的大玻璃窗时或射入一两缕刺眼的光柱，连带着星星点点的美丽光斑，赤橙黄绿，时明时灭，让人生出几分梦幻感。

江楠之本来跟后排的两个聊得火热，可是不知是为了啥，两方齣起架来，直争得脸红耳赤。无奈的江楠之大叹一声“哎呀”，转回身不再跟他们说话。张恬打望了一阵窗外，觉得有点烦了，看来看去没啥新意思。他打了个哈欠，困意又有点上来了。

不料刚合上眼，就被江楠之胡乱一通摇晃，他的神色看上去比张恬更烦躁：“你说这个鬼东西山到底还有多远？老子看车都开了快一个小时喽！”说着拿出手机一看，竟然已经接近十点钟，于是尖声尖气地开叫：“这师傅开的啥车哦！弄了半天连山的影子都没看到……”搞得前排的司机都听到了。江楠之的话让车里的气氛活跃起来：有的人嗤之以鼻，有的人置之不理，女同学大都捂着嘴偷笑。同座的张恬不免窘迫，只能偏过身子，尽量远离这个大嘴巴。

“新闻里都讲，我们这里的环境破坏越来越厉害，现在听说又搞啥退耕还林，这恐怕也来不及了吧?”高兴星一边瞎侃，一边却探出车窗专心察看景致的变化，连他自己都没听清自己说了些什么：“看来保护的搞不过开发的，呃——江楠之！你来看看那是什么？那一片黄颜色的……”

客车速度放缓，盘山公路显得有些陡峭，连一直抱怨个不停的江楠之也闭嘴了。张恬终究不是睡神，此刻他饶有兴趣地将一本什么书拿在手上——江楠之斜眼一看，是一本薄薄的素色封面的精装小册子，书名是几个不起眼的字：**通往阴雨山的道路**。里面的内容也是莫名其妙，绝对的云里雾里。不过他俩的关系也不是一天两天，他知道张恬不时会从书包里拽出一本怪里怪气的书，那是他完全不知晓、跟学校的功课也毫无瓜葛的书籍。而张恬之所以如此，自然又跟他在大学里任教的、平时怪里怪气有点迂腐的老爸有关，这大概就是所谓家传吧。不过江楠之的兴趣很快就转移了，伸长脖子，和前面的高兴星还有帅浩聊天，经他一插嘴，前排原本混乱的场面得以缓解，三人开始向一个话题靠拢。

三人却不知道再往前一排，陈欣欣和杨欣然刚才一直把高兴星和帅浩的对话当做笑料，一路上小声嘻哈个不停，这时江楠之忽然横插一脚，使得她们心中对江楠之颇感不满。他们终于到达了目的地：几栋白色的楼房在眼前出现，江楠之等人还没有留意，张恬已经觉察到客车开始减速。车快刹住的时候，车厢里变得更吵闹了，人人都迫不及待地想先下去体验一下。不料打头的几辆客车停稳以后，连同他们乘坐的后几辆车又开始加速，转过弯道向另一个方向驶去。

“大概是人太多了住不下，分开住吧？”江楠之很容易地联想。

又行驶了三四分钟，他们到了另一个住宿区，下车一看，这环境确实还不错。难怪市区常有人组团到郎当山玩儿，这时高兴星站在一个小土包上左望右望，忽然发现白色楼房周围还有围墙，弯弯绕绕时断时续，好似迷宫里的通道；越过墙面，可以看到远处湖水的闪光。

“好了好了，大家都别闹，别闹了！”薛珍从另一辆车下来，手拿一把折扇不停摇动，“这么嚷嚷，你们啥也听不清楚，都安静点，哎——”薛珍说着说着，突然觉得浑身燥热，话到嘴边都懒得动口。听了一会儿蝉声在树枝头的长鸣，她才继续往下说，“现在你们听着，那栋白房子里的二楼就是我们班的宿舍，当然没有生活老师——只有一个看门的人，注意不要随便单独行动，为了安全起见，可别把老师的话当耳边风啊！”薛珍自己也发现这样的话没有什么意义，站在原地用扇子继续扇风。

“薛老师，还有什么事情吩咐啊？”见薛珍不说话，李鉴仁忍不住问。

此时又有憋了半天的同学开始发难："我们的房间到底在哪里啊？热得老子受不了了！"于是全班又哄闹成一团，抱怨声不绝于耳。

薛珍今天破天荒地没有开口批评谁，只是皱起眉扇扇子，脸上滑过很多汗珠："男女生分开住，男生这边由李鉴仁统一负责，女生则由刘小静管理，六人一个房间，具体怎么搭配你们自己看着办吧。今天上午没有什么统一安排，大家可以自由活动。"听到自由活动四字，大多数人都开始振臂欢呼。

"但是你们要记住，别单独走得老远，要是人搞丢了，我不好交代，你们自己更倒霉。听清楚没有？"薛珍脸色突然变得严厉。

"听到了。"小人们似乎也耗尽了力气，回答得很是无精打采。

最终每个人都落实到了具体的房间。十二班住的楼房周围植物特别密集，鸟叫声似乎也要大得多，张恬确信自己听到蝈蝈伏在草丛里阴险地"吱吱"叫。

"哎呀，开学以来，难得有几天这样的清闲日子。"江楠之大大咧咧地躺在双层床上，浑身汗湿，脸上却眉飞色舞。

"热。"远处的帅浩说，算是回应江楠之的话，他此时正在仔细地查看床铺的结构。

除了帅浩和江楠之，这间屋子里的人还有张恬、高兴星、李鉴仁和王顺子。深谋远虑的李鉴仁横坐在自己床上，一边看那本没看完的杂志，蹙起的额头上全是汗珠。墙壁上本来有一个中央空调的送风口，但一丝凉风也没有，完全成了个摆设。

"热得要老子的命……这种操蛋的破地方，他妈的连空调都没得用。"高兴星瘫坐在张恬的上铺，一边发短信，一边还在摇头晃脑地叨念。张恬更是热得话都懒得说，手上的书歪在床边，随时都有掉下去的可能。

奇特的是王顺子，他好像没有热的感觉，把一个打火机捏在手里，兀自说着什么，还有节奏地点头，看得对面床上的江楠之心生提防。时间接近十一点，这时房间里无人说话，帅浩拨弄床铺的摩擦声也消失了，唯有窗外的鸟声与蝉声，还有阳光呼呼的传送声。帅浩把扳手、螺丝刀等工具收回，拍了拍手上的灰尘，盯着对面上铺的江楠之。江楠之正在神游，被帅浩凌厉的目光一盯，立即回过神。

“想说啥？”江楠之一脸汗颜。

“走，”帅浩露出坏笑，“出去溜溜。”

江楠之如释重负：“还以为有什么大事……不就是出去玩么，干嘛这么神经兮兮的……要不叫上他们？”

帅浩：“反正不能待在房间里，闷死我了。”

江楠之暗自想，要是给你两张畸形课桌随便摆弄，不就待得下去啦？

“王顺子，出去玩吗？”帅浩底气十足地问，吓得王顺子身体一颤。

“不，”王顺子显得有点恼怒，“我喜欢一个人出去转，人多了有啥意思？”

“走嘛，都走嘛，人多有个照应嘛。”高兴星发完短信，也感到无趣，索性对靠在床头半睡的李鉴仁吼道：“班长班长！你去不去哟！你不去我们走了哟！”李鉴仁蓦地睁开眼，仿佛没听清对方说的什么。

“有啥事？”李鉴仁口气好像是高兴星冒犯了他一样。

“问你去不去耍。”张恬在床上翻来覆去的。

李鉴仁正要搭话，中央空调的送风口忽然自行开始送风了，江楠之和王顺子离得最近，他俩同时感到一阵冷风袭来。

“哎呀！你们这些人真麻烦，屁大个事情都要扯半天，”江楠之说着一骨碌躺下不动了，“不去了，不去了，老子好好睡个觉。”

众人一看空调启动了，都躺在床上懒得动弹，唯有王顺子起身下了床。

“嘿嘿，这下外面可能没什么人了，我正好出去逛一逛。”王顺子一边说，手指还按动着打火机的开关，火苗一明一灭。

“别把我们这块儿也烧了。”帅浩在王顺子经过时挥了挥手。

夏日中午，几个人躺在一个陌生的屋子里，空调将暑热降了下来。张恬先是开着MP3听音乐，结果不知不觉间慢慢睡去。其他人也无聊至极，于是把窗帘一拉拢，躺到床上，不一会儿便只有此起彼伏的鼾声了。

也不知道睡了多久，张恬只觉得全身陷在一个泥潭里，黏黏糊糊地爬不出来，但突然又听到“咚咚”不间断的敲门声。张恬不知道自己是梦是醒，反正懒得起床，对敲门声不予理会。又过了一会儿，其他的人也陆续被惊醒，大炮高兴星满心烦恼，闭着眼就开始破口大骂：

“敲你妈个屁，你有闲啊！老子连睡个觉都睡不清净！”

不想门外响起一个令人胆寒的声音：“高兴星，你说话当心点啊。”一听是薛珍的声音，高兴星脸色大变，不住咳嗽。李鉴仁一看时间已经快一点，连忙跳起身去开门。

薛珍脸色阴沉，盯着李鉴仁，口气不善地说：“你们在搞什么鬼？”她一眼掠过李鉴仁，看到江楠之高兴星正急急忙忙往身上套衣服。

“睡觉睡觉，搞什么名堂。”帅浩还没有完全清醒，嘴里叽里咕噜，外面几声蝉叫仿佛在应和他的话。

薛珍展开扇子摇着，继续说：“都给我起来，李鉴仁，我让你管理好全班男同学，你却躲在寝室里不出来！你看刘小静，人家一个女生跑来跑去带两拨人，方便吗？啊？”说着瞪了李鉴仁几眼，搞得他大汗淋漓。

“对不起，我那个……睡着了……”李鉴仁一边解释一边擦汗，样子有点狼狈。

“现在食堂的饭也开过了，看你们吃什么!”薛珍正欲转身离开，又转过头，“自己去小卖部买几盒方便面吃，注意不要忘了下午三点集合，有统一活动，你们再自行其是试试看!”

没有一个人吭气，李鉴仁赶快应了两声。

“哎，”薛珍眼睛突然一亮，“王顺子呢？怎么不见人?”

“噢噢，好像出去了。他一会儿就会回来。”李鉴仁答。

薛珍不再说话，她转身出门，走廊上响起高跟鞋的“咔咔”声，很快便消失了。

“王顺子那个鬼东西，出去一个多小时还没回来。”帅浩不知什么时候坐了起来，也不知道在跟谁说话。

江楠之接茬道：“也不知道他去哪里放火了，不会把自己困在里边了吧?”

“睡觉睡觉。”高兴星打一个哈欠，又栽倒在床上。

李鉴仁暗骂高兴星是猪，又转头看着别的人：“你们要不要吃方便面，我帮你们带几包回来。”

“不要了吧，肚子胀得慌，啥都不想吃。”江楠之也躺下了。

李鉴仁还打算问张恬和帅浩，却见帅浩已把脑袋埋进铺窝，张恬也翻身面壁去了，只好惋惜地摇摇头，独自一人走了。

下午三点差一刻，几个将要睡死过去的人被李鉴仁的手机闹钟吵醒，仍旧瘫在床上一动不动，可经不住李鉴仁软磨硬泡，说了恁多威胁的话和好听的话，大家才慢条斯理地下床。

“没法子，我必须先走，”李鉴仁一边迈向门口，脑袋还朝着房间这边，“你们一定要来啊，如果不来，会吃大亏的。”说着身影消失在门外。

离开房间，整个人就被闷热的空气包裹住了，站在队列里的高兴星表情痛苦，一只手拿着一块硬纸板扇来扇去。江楠之本来就热得想骂人，见其他的人都蹙出一张苦瓜脸，心里更是难受，恨不得将衣服脱掉。张恬此刻还没有从困乏状态中调整过来，而周围实在太热，因此比江楠之还要焦躁。

在两位班长的调遣下，男女生各自分成两列，站在阴凉处。张恬恍然觉得无数的知了在头顶怪叫，他最怕的昆虫便是这东西，仿佛一只硕大的苍蝇，叫声就像在挣命似的，一看一听便浑身起鸡皮疙瘩。薛珍摇着折扇，满脸写满了不耐烦，此刻她似乎反应特别迟钝，一直缄默着不说一句话。

三点很快就过了，大家不满的声音大起来，差不多要盖过树上蝉鸣了。薛珍戴着墨镜，打一把遮阳伞，仍然待在那里不动弹。又过了一会儿，抱怨声此起彼伏，有人仿佛有散伙的意思，薛珍不得不开口说话了：

“慌什么嘛？活动的器材还没有送过来，一会儿客车要接我们上山顶去。”薛珍一边解释，扇子一边扇得更快了，空气中生出好几道虚影。

喧闹声音低了许多，但张恬听见仍有人趁乱发泄——

“早点不拿来！害得老子们在这种鬼地方瞎站！”

“狗屁的器材，你以为上体育课呢，搞你妈些鬼名堂！”

“我操！……”

骂归骂，但并没有人敢擅自离开。终于，两个年轻人急匆匆地走来，身穿工作服，肩扛一个黑色的大包。这时客车也启动了，发动机发出嗡嗡的声音。江楠之好奇地盯着那个大包，好几个同学更簇拥到两个年轻人旁边，搞得他俩手足无措。薛珍对李鉴仁和刘小静交代了几句，两个班长打头，她则慢慢踱了过来。

吴胖子望了望李鉴仁，咧嘴笑道："这里面是什么呀？"李鉴仁好像没有听见，拨开围观的人，跟两个年轻人合力把袋子拖到树下。

"真他妈的幼稚。"两个年轻人离开后，李鉴仁看到薛珍站在远远的地方，也开口骂道。

经常与李鉴仁为伍的陈建翔问："班长，这里头到底是啥鬼东西？"

李鉴仁不屑地答："自己看吧。"陈建翔将袋子一拉，高兴星伸长脖子瞧过来，原来是一根棒子连着一张网，就是平时电视里捕蝴蝶用的网兜，还有一大堆花花绿绿的笔记本，用意当然已非常明显。高兴星还没有来得及发表评论，叫骂声便如海浪一般汹涌而至——

"搞啥活动，出主意的人智商坏了吧？"

"捉蝴蝶？捉锤子！当老子是白痴好骗？"

"撞你妈个鬼哟！肯定有人从中贪污！不晓得收的钱弄去搞什么名堂了！"

张恬对这个计划倒不是太反感，但听到铺天盖地的骂声，不知道活动会否取消，转头看远处树下的薛珍，表情被墨镜盖住了，只有嘴角微微翘起，好似在冷笑。李鉴仁也是执行学校的指令，人手一个网兜和笔记本，要的就拿着，不要的就扔地上。不过多数人知道这花的是自己的钱，不要白不要，于是拿着网兜当武器使，相互打闹。不一会儿只听"咔嚓"一声，已有网竿断为两截。江楠之舞动着捕蝶网，耳中听到帅浩正在叨念"做工拙劣"。

尽管活动搞得怨声载道，大家伙儿还是登上客车，摇摇晃晃地向山顶驶去。

第六章 王顺子失踪

“累!”

下午六点过，一行人回到宿舍。张恬发现空调还开着，一头栽倒在床，发现被子和毯子像冰一样寒冷。拉开窗帘，大片乔木和灌木相互掩映，远处的湖水在夕阳下闪动着橙黄的波光，显得萧瑟又美丽。

高兴星坐到张恬的床头说：“这个破玩意儿，抓个狗屁蝴蝶，屁都网不到，还不如老子的一双手。”接着又表示，没有一个人带回了完整的网兜。

“笔记本的纸质还不错，”江楠之边说边在本子上画，“感觉用起来比原来的速写本好用，流利又清晰。不用的话，干脆把你那个给我算了。”

高兴星急忙摇头：“我是说网兜很垃圾，不是本子，本子我也要用。”

“外面景色不错，”帅浩忽然指了指窗外，“走，我们去食堂吃饭。”

“去哪里吃?”李鉴仁神色惊惶地顺着帅浩手指的方向看去，以为他要破窗而出。

食堂也是一栋低矮的平层建筑，但是面积不小，可同时容纳两三百人就餐。江楠之从来讨厌食堂饭菜，感觉这里与学校食堂如出一辙，于是悄悄溜出去买方便面了。张恬环顾四周，发现饭厅里除了就餐的学生和老师，几乎不见工作人员了，只有桌上摆好的饭菜和几个饭桶。

“看上去挺干净的。”张恬对高兴星说。

“唔，味道还不错，比学校食堂的饭菜好多了。”一阵含混不清的声音传来，张恬转头看去，宿舍里的人已经坐下吃起来了。

江楠之回到寝室，方便面的香味使他胃口大开，张大嘴巴正要开干，忽然听见一串嗡鸣之声。他以为是蚊虫叫，接着却发现那声音很有规律，好像是从王顺子床上发出的。江楠之这才记起，那家伙出门后一直不见回来。他好奇地撩开王顺子床上的被盖，眼前赫然出现的是，一只像是在发疟疾的手机。

他按下接听键，耳朵里响起一个熟悉的声音：“我是王顺子，你谁啊?”

江楠之呼出一口长气：“你小子跑哪儿去了？我们到处都找不到你。”

“报警没有?”王顺子音调颤颤的。

江楠之心中一惊，急忙压低声音：“咋的，你被绑架啦?”

“放屁放屁，我是怕薛老师知道了小题大做。”

“噢，那你赶快回来呀？现在除了我们几个，还没有谁知道呢。”

“能回来我还打个屁电话……”王顺子继续嚷嚷，“要不是老子想得周到，留下手机带上小灵通，恐怕有大麻烦了。我迷了路，现在不知在个啥地方，我害怕要是天黑还转不出去咋办？于是只好打电话。”

“你知不知道自己的大概位置，我马上叫他们一起来找你。”江楠之心中也没主意，只是觉得事情闹大了终究不好。

王顺子粗声说：“大概位置我自然知道，只是别惊动薛珍。老子现在饿得要死。”

江楠之知道王顺子已经有两顿没吃饭，心里也很着急，本来想叫他点火烧林子的玩笑也不开了。他匆匆挂掉电话，狼吞虎咽吃完方便面。等四人陆续回到寝室，时间已快七点了，张恬和高兴星还聊得兴致勃勃，似乎是说晚上要放什么电影。

看见江楠之床头的方便面，高兴星讽刺道：“你硬是以为食堂的饭难吃，抱桶垃圾食品在这里消磨，真有点搞笑。”听了他的话，江楠之坐着不动，也不反驳。

江楠之想了想，终于对四个人把刚才的事说了一遍。李鉴仁一边听一边皱眉头，心头拿不定主意。

“给王顺子打电话，”帅浩挥着手叫，“不能告诉薛珍，那人只会捅娄子，不会帮忙。”

李鉴仁觉得好气又好笑，但还是说：“先问清楚他的大致位置，再做下一步打算。如果能够自己解决，不把事情闹大最好。不过要是地方太远，我们都找不到，也就只好告诉老师了，毕竟更要紧的是同学的安全。”

江楠之在电话里叽里呱啦了一通，忽然抬起头问：“他说他离大水不远，就是乱七八糟找不到路。不知道这水是不是人工湖？”

帅浩喃喃地说：“去人工湖的路我熟，以前去游过泳，水里安装有喷水器，螺丝钉的痕迹……”

李鉴仁连忙打断：“远吗？”

帅浩托着下巴想了想：“这个，我说不太清楚。那是几年前的事了，步行估计不会超过一小时吧。但那里不大可能迷路呀……难道我记错了？”

张恬、江楠之等人面面相觑，不超过一个小时的概念太模糊了。

“你们赶快去吧。”李鉴仁紧皱的眉头突然松开，像个领导样地挥挥手。

高兴星有点不高兴：“怎么？你不去？”

李鉴仁沉下脸说：“不要多扯了，你们快去快回，晚上看电影如果清点人数，还需要我打掩护。我肯定是不能去了，寝室里没人，薛珍也随时有可能找我。”

“走吧，”帅浩拿出他的工具包（只能这么称呼），“一会儿天黑下来，我怕也认不清路了。要是王顺子沉不住气放火烧林子，我们全都得完蛋。”他开玩笑时脸色十分严肃，不知情的人还以为他说的是真话呢。

四个人很快溜出去，只留下李鉴仁一个人在寝室里。

太阳正在落山，空气闷热得沉重，西天满是形状千奇百怪的火烧云，而且不断地改变着面孔。帅浩走路的速度很快，灌木间的身影忽隐忽现，江楠之他们几个紧随其后。张恬觉得自己来的作用不大，但出于责任心还是快步向前走着。江楠之则兴趣蛮大，一路上絮叨个不停，接二连三演绎他毫无逻辑的推测。高兴星则跟得上气不接下气，前面三人不得不时时放慢速度等他。

“不行了不行了，”高兴星一屁股坐在地上说，拿出手机一看，已经是七点一刻，“你们去吧，我就在这里等，我实在是走不动了。”见他狼狈不堪，一脸虚汗的样子，三个人只好让他留在原地。

通往人工湖的路确实不太好走，帅浩虽说来过，但时间一久，记忆也不清晰了。幸亏路上还有若干标记，几人沿着细长的水泥小路往上走了一会儿，人工湖已经出现在视野里，可是张恬心里却有一股越来越不舒服的感觉。

“不会有什么问题的，我的记忆力还行。”帅浩坚定地说，此时他的脚步也变慢了。天色渐渐暗下来，远处山峦的轮廓处只剩下晚霞的最后一点痕迹，气温降低得很快。江楠之耳朵里不断闪过蚊蝇翅膀的振动声，这让他感到极大不适。说话的工夫，帅浩又飞也似的走了好长一截，张恬和江楠之不得不为他的耐力所折服。小路不知何时进入了树林，繁密的枝叶遮挡了本来就黯淡的光线，让人心里不免有几分发慌。树林里杂草藤蔓、各色荆棘灌木都胡乱纠集着生长在一起，江楠之的细腿上已经被划出了几道口子。

“你还说这里……不是乱七八糟，”江楠之一边喘气一边说，“这里的树……全长到一团……去了，不要弄得我们……也走不出去哦……”

帅浩很不屑：“我看你就是只圈养的鸡，这些树木，基本上都是人工栽种的，而且路旁有标志，王顺子又不是瞎子——哎，你赶快给他打电话，说我们快到了。”

江楠之刚刚拨通电话，就听见王顺子嚷嚷：“快点！我脑袋都转晕了，这里的烂路就跟鬼打墙一样，老子怎么转都转不出去。小灵通也快没电了。”说完匆匆挂掉了电话。

“王顺子说他脑袋都转晕了！”江楠之把手机揣进兜里，朝着帅浩喊。

“到了。”帅浩疾走的动作突然停了，张恬和江楠之也跟着停下来。

视野里密集紧凑的黑暗变得开阔了，树林给人工湖留下了一个椭圆的场地，湖的形状有点倾斜，大概湖水的深度也是从这边由深入浅。眼前湖水的浅处仿佛透出微蓝，张恬不知道这是不是幻觉，不过更深远的地方漆黑一片，看不见一丝亮光。此时，夕照消逝，天穹变成黛紫，星光若有若无地透出来，叫人看不真切。张恬四下环顾，流动的空气摩挲着裸露的皮肤，他感到了一丝丝凉意。

这一刻没有人说话。帅浩跟个炮台般原地不动，只是转动身体的方向，目光一次次扫瞄四周，手电筒的白光也马上就被黑黢黢的树林吞没了。江楠之左手捏了枚指南针，右手里老式手电筒的光线泛黄，微弱得像空气里的水汽。张恬害怕漏过了王顺子的声音，于是拔出听音乐的耳机，屏住气息仔细倾听：偶或还有蝉声，但主要是蛐蛐的鸣叫。站在这样一个陌生的地方，全身充满大自然的气息，这跟游戏中的虚拟场景是如此的不同。

“哎——！王顺子！”江楠之公鸭声音的突然响起，唤回了神游的张恬。

帅浩踩断了一根枯枝，大吼道：“妈的。王顺子！你人呢！王顺子！你人呢！——王顺子！你人呢！”来回叫了十几遍，树林中回响着他的大嗓门：“你人呢——！你人呢——！”

……

江楠之又拨了一次手机，传出的仍然是那个冷淡的女声：“你拨打的用户暂时无法接通，请稍后再拨……”然后是一段英语。

“拨你妈个鬼！”江楠之冲动之下真想摔掉手机，但他知道不能摔，于是泄气地一屁股坐到草地上。

时辰已入夜，光线较强的星星开始闪光，这是跟市区迥异的郎当山的夜晚。帅浩盘腿坐着，心不在焉地用小刀削着一根木头：“王顺子会不会骗我们？不过他好像不习惯跟不要好的人开玩笑……”

张恬说：“会不会他已经转出去了，毕竟这里有路标。”

“我看未必！”江楠之摇摇头，“他说自己转来转去，遇到了鬼打墙，这里有个屁墙！我怎么啥都没看见？”

“你胡说些什么？”帅浩瞪了一眼江楠之。

江楠之整个人都瘫软在地上了："哎呀，鬼晓得他是啥意思。他说：老子在墙里转来转去，好像遇到鬼打墙了。可他不大可能撒谎吧？他出门时就带了个打火机，难不成他为了骗我们只好拿打火机充饥了？"

"除非我方向搞错——"帅浩眉毛一扬，现出固执的神情。

"不成还有另外的湖？"江楠之问帅浩。

帅浩摇头："我不清楚，我只知道这里。"两人脸色变为阴沉：错过了电影，王顺子不见踪影，一趟辛苦毫无收获——这使他们大为失落，不免坐在原地生闷气。

"回去吧。"张恬淡淡地说，躺在草地上的他全身凉爽，一身大汗也干透了。

江楠之见张恬这模样，心中不快："这次王顺子如果有三长两短，我们肯定脱不了干系。我本来以为有希望找到他的，现在一点信息也没有了，或许……"

在返回的路上，他仍在琢磨寻找王顺子的办法，不过无一不是人人都能想到的。

"你说这么多没用，"张恬说，"事情到底会怎么样，不久总会见分晓的。"

回程走到一半，天色完全黑透了。在一块中国移动的广告牌下，帅浩叉着腰气呼呼地让江楠之给高兴星打电话。

"他肯定自己回去了。"张恬对帅浩说。

"打了再说！要是他给老虎豹子吃了，我们也好交代。"

这时的山间不知是什么动物，为了配合帅浩的话，发出一声拖得很长的嚎叫。张恬眼前顿时出现一轮满月下一只恶狼站立山巅的情景，他抬头一看，天上连月亮的影子都没有。

江楠之更加配合，他满脸惊惶地说："没人接……"

张恬环顾周围，除了窄窄的路，还有若干庞然大石山壁，另一侧是斜斜的缓坡，生长着零零星星的树木。他有意识镇静了一会儿，赶紧让自己打消内心里不好的念头。

帅浩自从出门以来，便再没有显露过轻浮的一面，甚至没有笑过一次。他呼出一口气，像是个被不肖儿子气坏了的父亲，不愿意开口说话。江楠之不停地拨王顺子和高兴星的电话，张恬只是盯着他俩发呆。

终于，江楠之灵机一动，把电话转拨给了李鉴仁。电话通了，远远的那头传来微弱的喧哗声，他甚至听到了夸张的电影音乐。

“找到了?”李鉴仁压低声音问。

江楠之心中一沉，也压低了声音：“高兴星回来没有?”

“没有。我没有看到他。”李鉴仁不假思索地回答。

停了一会儿，李鉴仁突然大声叫：“高兴星呢？你们不是和他在一起吗？难道你们找人又弄丢一个——”江楠之心中烦乱，不由得挂掉电话，破口大骂。

帅浩忽然奇怪地笑起来，和着叉腰的动作，看上去很像个咸蛋超人：“哎呀，好得很！好得很！再搞掉几个！再搞掉几个!”说完一言不发，迈着大步向前走去，看样子他也完全丧失信心，自暴自弃了。

江楠之最先跟上去，张恬立在原地，只觉得两人有点小题大做。但他心里也知道，没有什么是不可能的。略一叹气，他循着手电筒的光线赶上去。三人又走到一块，都明白自己仍没有放弃，眼睛不停地左顾右盼，手电筒不时扫射周围的树草石头，好像突然会蹦出个人影似的。

“妈的，我走不动了!”江楠之突然感觉自己心力憔悴，腿一软坐在地上。

“江楠之，你在搞什么鬼！你这样傻乎乎地坐着有屁用！”张恬心头涌起一股无名火，“现在人还没确定在什么地方！你偏要以为他们出大事了，是吧？那你要不要现在就报警，你觉得事情已经没法收拾了，我们就报警，行不？”

江楠之坐在路上，听着张恬发怒的话，却一句也不想反驳。几个人像是有默契似的，继续迈步走上归程。九点半左右，他们回到了住宿的地方，楼道里外的路灯白恻恻的，三人在楼前台阶上坐下，各自想各自的心事。张恬觉得身上有些发冷，仰视天空，虽然不见月亮，但星星多得出奇，跟市区的天空相比简直是天差地别，只是多数星星光线微弱，闪烁不定。就这样坐了一会儿，他们烦乱的心渐渐平静下来。

响起一阵不合时宜的摇滚乐，是江楠之的电话，来电显示是李鉴仁。

“遇到麻烦了，王顺子失踪的事被薛珍知道了，你们现在在哪里？”李鉴仁焦急的声音传过来，电话那头十分安静，想必他是在一个僻静处打电话。

“宿舍门口。”江楠之说。

“鬼火。”帅浩忽然神秘地向灌木丛一指，吓得张恬一跳。

江楠之应道：“好，我知道了，我们马上就过来——”他的两眼忽然瞪得奇大，不远的灌木丛中亮起一团神秘的红光，在夜气里飘忽不定。帅浩和张恬犹疑着起身，打算上前去看个究竟，萎靡的江楠之却飞快地冲到了他们前头。

看着光团越来越近，江楠之胆寒地问：“那究竟是什么？”

帅浩观察了一会儿：“我有一种预感，可能是王顺子回来了。”

江楠之立即反驳：“不可能，王顺子只有一只打火机，哪来那么强的光线，我看是夜游神来了。”说罢还装出一副诚惶诚恐的模样。

可没人觉得好笑，倒是张恬朝火光的来路喊了一声：“王顺子！是你吗？”

“嘿！你们几个鬼东西，咋又回来啦？”响起的果然是王顺子的声音。火团很快到了面前，矮小精干的王顺子也显形了，他满脸疲惫，手里捏了一根胳膊粗细的大火把。

“咦？”帅浩无比惊奇，“你这是从哪儿钻出来的呀？这方向不是死路么？”

“难道……”江楠之说着惊惶地一摸王顺子的手，“是活的。”接着他又哀叹道。

听了江楠之的话，王顺子满脸恼怒，粗声说：“废话！老子不是活的难道是僵尸？你们几个说来找我，我死等了半天。你们说要到了，老子就动也不敢动，傻×样一直吆喝，结果没一点回音！要不是后来碰上农家告诉老子咋走，又给了我这支树皮火把，今天肯定就回不来了！妈的，你们真的一点也不仗义！”王顺子越说越激动，他唾了一口唾沫，头也不回地径直走向宿舍大门。

“哈哈哈！”帅浩大笑三声。

王顺子闻声转过头。

“你说我们有意在电话里骗你，你干嘛不仔细瞧瞧再开口说话。”张恬语气冷淡地说。

听了张恬的话，王顺子走回几步，将火把举过头顶一瞧，发现三个人无一不是浑身脏兮兮，沾满植物的绿色，鞋子也满是泥土，这才察觉自己错怪人了。

“原来……你们也是刚回来？”王顺子口气缓和了很多。

江楠之又犯了好激动的毛病：“哪有这么简单！我们六点多钟出发

来找你，回来已经是九点半。眼下高兴星在找你的中途又不见了，你还好意思怪我们！再说，要不是你一个人出去乱晃，哪会惹出这么多麻烦来？你都快上初三了，却连路都记不清楚，以后要是去陌生的地方，岂不是自己就把自己搞丢了！”他说得语速极快，不假思索，王顺子听了光站在原地，一句话也说不出来了。

“高兴星那个家伙，应该是自己跑到什么地方玩儿去了吧？”张恬猜测。

江楠之挠了挠头，喃喃道：“现在谁也说不清楚，但我们最好先去薛珍那里一趟。高兴星手机没人接，搞不清他在哪里，不可能满山满坡去找他吧。”

露天电影就在不远处的一块坝子里，半个年级的几百人都聚集在那里。浑圆的山峦还有黄色的树木融在一起，只有闪烁的星光显示出天空的位置。放映的是一部科幻大片，张恬不知道名字，但觉得它没什么吸引之处。接到电话李鉴仁悄悄溜出来，把他们引到坝子边的空旷处。

“幸亏你们找到一个，要不然真是麻烦了。”李鉴仁满脸欣慰地说。

江楠之嚷嚷道：“还差一个呢？”

“薛珍咧，在哪里？”帅浩的大声插嘴，不仅吓了李鉴仁一跳，还把看电影的人也一并吸引过来了。

“对了，”李鉴仁做出恍然大悟的样子，“薛老师说等你们来了，就立刻去找她。我带你们去吧。”说完领着四人向另一栋灯火通明的楼房走去。

薛珍坐在房间里，面对着一本根本看不进去的书，主要是王顺子的走失惹得她心烦意乱，注意力无法集中。听见有人敲门，打开门一看，原来李鉴仁来了，她一眼就看见了后面的王顺子，不由得喜出望外。

“看看你们今天都搞了些什么，还有一个高兴星呢？”薛珍尽管心中暗喜，口气却像是在批评。

江楠之本来就憋了一肚子气，他正想大喊“不见了”，忽听一旁的张恬答：“他肚子不舒服，先回寝室睡觉去了。”

薛珍印象里张恬不会说谎，于是情绪和缓下来：“既然如此，那你们就先回去休息，不过要注意，即使是出来玩儿，也不能自行其是，集体活动还是得参加。”

“我们下次一定注意。”又是张恬开口应答。

“下次，没有几个下次了，这是毕业前最后一次秋游。同学们都知道待在一起，只有你们几个异人，偏偏要操单帮。”

几个人本来就理亏，薛珍这样讲，他们也无话可说。回到坝子里，看见银幕上几个跳来蹦去的傻子演员，一点心情都没有了。一行人回到宿舍，还在门外就听见猪嚎样的鼾声，张恬等人打开灯一瞧，原来是睡虫高兴星，他趴在床上已经入睡很久了。

第七章

跟陌生人比赛

半夜时分，江楠之被高兴星弄醒了。

高兴星早早回来睡了好几个小时，醒来后再也无法入睡，想要拉着江楠之出去散步。江楠之迷糊间吓了一大跳，嘴里不干不净地骂了两句。

“看星星，去不去?”高兴星自认为这行为很酷，满以为能引起江楠之的兴趣。

“去锤子，你还嫌我没有看够?”江楠之挥着手像赶苍蝇一样把高兴星赶开，转过头朝向墙壁那面，不到十秒钟就睡着了。

高兴星又去叫张恬，同样碰了一鼻子灰。山中的夜晚又冷又黑，他不敢独自出门，只好望着窗户发呆。天快亮的时候，东边天空的颜色慢慢变淡，草丛中的各色昆虫开始鸣叫，高兴星才觉得又有睡意了，于是上床睡回笼觉。感觉没过几分钟，他在很大的喧嚣声中醒来。睁眼一看，阳光照得屋里金光闪闪，他全身黏糊糊的，无数的汗珠正从额头脖颈往下淌。空调已经关了，周围空气里充满了让皮肤瘙痒的热气，楼下有悠悠的蝉声传来。

“热吧?”同是上铺的江楠之发出幸灾乐祸的嘲笑，他正在摆弄自己的手机，“我看你睡着时的表情一点也不热呢。”

张恬起来得晚，刚洗漱完毕的他坐在床边看书。有趣的是，王顺子一大早又不见了踪影。帅浩跟江楠之大致同时起床，但他洗漱后又倒下床睡着了。李鉴仁不见踪影，张恬隐约听到好像是被薛珍叫走的，不知今天上午又会搞出什么无聊的活动来。

早晨九点，十二班的同学准时在宿舍楼前集合，男女生各两列排成了四排。李鉴仁和刘小静当着全班说了一番废话，又无谓地整队，搞了半天不见薛珍来，干脆不管了。不到一分钟，弄整齐的队伍又乱成一团。

江楠之在跟一个面色像王顺子一样阴沉的男生争执，他俩的话题引来了其他同学的插话。张恬本来在看何文西用笔记本玩《魔兽争霸》，可是何文西水平太臭，惹得张恬不停插手，到后来何文西干脆坐到一边看张恬玩了。高兴星则老是喜欢自娱自乐，整天短信发得没完没了，不知道他是装模作样，还是真有那么多信息可发。

王顺子今天没有再玩失踪，他用捕蝶网捉了一把虫子，装在一个透明的大盒子里，蝉、蛐蛐、蜘蛛、金龟子，应有尽有。这些东西男生看到都会头皮发麻，女生更是尖叫着不敢靠近。倒是张飞翔、王志彬、吴柯等几个爱好昆虫的顽皮家伙，想将虫子压干做成标本，正很有兴致地跟王顺子探讨。

混乱持续到九点二十分薛珍到来为止，这时候人人都背心湿透，唯有薛珍身上干干爽爽，头发梳得一丝不乱，一看就是精心打扮后才出门的。看到薛珍的模样，大家都嚷成一团，根本没有站好的意思。

薛珍皱了皱眉，手中挥着一把和昨天颜色不一样的折扇：“李鉴仁，我不是说过一会儿再集合嘛，怎么这么早就站在这里？”

李鉴仁微露不满：“我以为一会儿是几分钟，哪里想到是二十分钟。”

薛珍脸色略变，只扇扇子不说话，像个模特一样换了个姿势站着。

“是不是钱被挪用了，没钱搞活动就东拖西拖，把时间混过去？”张恬耳尖，听见有人在背后小声嘀咕。

队伍里窸窸窣窣的议论不断，过一会儿王顺子的蝉也憋不住了，发出歇斯底里的怪叫。盒子里的虫子扑腾着四处乱窜。王顺子对叫声充耳不闻，只是凝神把小棍伸进盒子里捅来捅去。

“就是抓不到蜜蜂螳螂，”王顺子对吴胖子说，“法布尔的《昆虫记》写蜜蜂跟蜘蛛对打，螳螂捕蜜蜂，那个才叫好看。”

吴胖子看着王顺子乱捅的棍子，最终心惊胆战地抓住他的手腕：“别捅了，金龟子都被你捅成糨糊了。”王顺子回过神，看到裂成几瓣的金龟子，吓了一跳，急忙抽出棍子。

听到嚷嚷声越来越大，薛珍无奈地叹了口气，开口说：“下午我们要去人工湖，想必大家都知道了，要是没有泳衣或者泳裤，或者想要潜水镜的同学，自己去小卖部购买。”

“上午呢？”有人发问。

“上午本来打算安排参观几个景点，但又怕你们不感兴趣，”薛珍答道，“因为没有请到导游，你们只能自己去看。这样吧，这个活动不强求集体参加，你们愿意去参观的，到李鉴仁那里拿地图。不愿意去的，可以自由安排，注意一下安全就行了。”说完，薛珍便转头离开了。

“既然没请到导游，为啥不退钱？”有人大声朝着薛珍的背影喊。

江楠之不满地说：“学校就是这样搞的，先收钱，然后偷工减料，这个就跟出卖假冒伪劣产品一样……”

“校内小卖部和食堂不也这样么?”旁边有人插话。

批评学校的话题持续到十点以后，等到宿舍的空调开启，人们才纷纷回到各自的房间。不过一些人又开始四处串门，比如722寝室的室长李鉴仁不见了，留下四个室友卧床不起。江楠之看对面的床铺没人，再看底下床铺也是空的，想到这个房间无人问津，心里很是失落。

“王顺子又鬼打墙去了吧？他老是一个人跑锤子啊。”寝室里响起江楠之的声音。

张恬放下书说：“管他呢，他要是再玩儿失踪，真的只能自己烧树林了。”

“这家伙有病，怪癖，”高兴星把手机键盘按得噼啪作响，“老是独来独往，哎，张恬，你啥时候看看心理学方面的书，也好指导指导我们——你现在看的是什么啊?”张恬举起书晃了晃，高兴星居高临下没看清楚，也就算了。

“这儿的床起码已经用了十年了。”帅浩忽然大着声音说，一把小号螺丝刀稳稳地捏在手上。

张恬望了望帅浩，忽然觉得挺荒诞，接着发现寝室里的人都颇无聊，只好自顾自拿起书看。张恬读书专注，常常一看就是好几个小时，吃过午饭后眯了一觉，不觉就到了下午两点。李鉴仁不知什么时候已经回到寝室，他的手机闹钟两点钟准时响起，吵醒了所有的人。

“起床啦起床啦!”李鉴仁大大咧咧地叫喊：“一会儿坐不到客车!你们可别怪我没有提醒!”

张恬本来很想继续读书，但他不敢再干脱离集体活动的事，于是一跃而起，冲到小卖部买游泳用具去了。

坐上客车，张恬深深觉察到昨天晚上一路的不易，大约十分钟左右，几辆车就停到了树林的路口前。阳光下的林子比夜晚显得精神许多，有不少当时看不清或者没有留意到的东西，比如树杈上精致的鸟巢，林子深处形形色色的菌类，还有人工湖畔隐约可见的入口大门和更衣室轮廓。

“气温不比昨天低，不过今天其实是阴间多云哦。”帅浩拍拍江楠之的肩，手指着天顶。张恬和江楠之眯起眼仰头望去，只见强光晃眼，还有大堆翻滚的白云，太阳只在云堆的边缘留下了一个浅浅的金印子。

“哎呀，实在是没得意思哟。”身后的高兴星在喉咙里嘀咕，不过他的声音太小，被前后乱哄哄的欢声笑语淹没了。

“走，”高兴星被江楠之突如其来地一把抓住，“我们今天来比赛，原来我跟张恬两个游得都差不多，我还没见过你游泳呢。”说着就把高兴星往前拽。

高兴星赶忙挣脱江楠之的手：“蠢蛋，你当然没看见过我游泳，妈的，我根本就不会游！你这不是废话嘛！”说完高兴星脸色绯红，仿佛环绕的气温升高了好几度。

江楠之也没像平时那样借机鄙夷一下，只是挠挠脑袋：“咦？你不会游泳？难道是我脑子恍惚记错了，我咋没听你说过？哎呀！管那么多！走走走，我教你游泳，哎呀——你拉我干什么，走嘛！你看那边这么多女生都在游，你过去凑个热闹不好？”

人工湖入口处有一个挺大设施也挺齐全的更衣室，室内有供游泳者休息的座椅，可以上锁的搁衣物的壁柜，淋浴的喷头和厕所，非常方便。班上有几位属于游泳高手的男生十分兴奋，他们飞快地脱掉衣服，套上游泳裤便冲出更衣室，直奔碧波荡漾的湖边。

等张恬、江楠之他们出来的时候，浅水区已经挤满了人，距离远一些的深水区的人却很稀少，而且其中多半都是老师。那里有一个中年人游得特别好，他的脑袋露在水面，时沉时浮，样子看上去十分精神。不过因为高兴星的强烈要求，他们只好来到浅水区，跟那些不大会游泳的男生及许多怕水的女生挤在一起。高兴星坐在水边铺设的瓷砖上，晃动着他粗大的腿，样子既兴奋又胆怯。班上的体育课有时也去游泳池比划几下，但真正下水的时间并不多，今天的机会正好让那些游泳高手显露一下。张恬看了看高兴星怯生生的样子，私心觉得好笑，他戴上游泳镜，自顾自地游向深水区去了。

“哎，我们这里到底有多少人啊？我怎么看了半天才这么点人呢?”江楠之拍着李鉴仁的肩膀问——李的游泳技术也不错，此刻他在水边做着准备运动。

李鉴仁不假思索地回答：“有三个班级吧，我们班算是最后一批了，有的班昨天就来了，还有两个班安排在今天上午。”

“游泳没意思，哎哎哎，江楠之，你自己去游，我在水里泡会儿就成。”高兴星一副懒散的样子，把江楠之向水深的地方推。江楠之看到他不成器的模样，临时想恶作剧一下，他一只手抓住高兴星的手腕，不费吹灰之力便把他拖进了水深两米多的地方。高兴星一边瞎扑腾一边杀人似的大叫，这下子引来了好多女生的注目，看见他的狼狈样儿，不免捂着嘴咯咯偷笑。

张恬很快游到了接近人工湖三分之一的位置，这里人已经很少了，大都孤独地游着，相互并不认识。不知是怎么回事，此刻的张恬突然感到莫名的轻松，好像被什么紧紧缠住的身体一下子解放、松弛开来。他索性换了个仰泳的姿势，面孔朝着云团大片大片堆砌的天空，太阳强烈的光线撞在他紧闭的眼皮上，眼前的金色和红色糅合交织在一起。张恬正沉浸在梦幻般的状态中，忽然不远处响起一阵划水声，接着一只手搭住他的肩膀，他吓了一跳，翻过身又换了个姿势。

“呵呵，你的仰泳游得不错嘛。”张恬还以为是江楠之，一听说话的声音，才知道是嬉皮笑脸的帅浩。

张恬一脸淡然：“原来是你，我当是江楠之呢。”说着目光越过高兴星，“想不到我们班上的游泳高手不少，跟在你后面的就有十多个。”

帅浩咧嘴一笑：“不敢瞎吹别的，就游泳来说，班上估计没人能入我的眼。我舅舅曾经是市游泳队的教练，我八岁就下池子学习了。上次来郎当山游泳，这里的设施还很简陋呢。”

“哦？”张恬心中升起一阵好奇，他一直认为自己游得已经不错了，没想到帅浩竟说出这番话来，“那你等着，一会儿我们来比比。”说话间，张恬已经离帅浩好几米远了，他打算到浅水区找江楠之，然后比试比试三个人当中究竟谁更强。

江楠之本来没有啥感觉，现在他陡然膨胀得不得了，原因是高兴星像一块落水的橡皮泥，软不拉叽任他折腾。高兴星恼怒无比，一旦冒出水面就破口大骂，威胁上岸去就要江楠之好看，可此时感觉良好的江楠之根本不听。他联合几个会游泳的同学，故意把高兴星往深水区推。在起码有三四米水深的区域。高兴星胡乱抓刨了一阵，喝了好几口水，好不容易接近湖岸，摸到一个搭在水边的梯子，骂骂咧咧地爬了上去。

“江楠之，你还在这儿搞啥名堂啊？”张恬看了看坐在扶梯旁的高兴星，“他不想游泳，你就算了吧，每个人都会有不感兴趣的事，何必要为难高兴星呢。跟我走吧，我们去同帅浩比一比。”

江楠之没话找话地辩道：“游泳就是适合没有体育天赋的人学习的呀。也行，我们走吧，上次差你那么点，这次一定要捞回来。”

张恬听惯了江楠之的废话，并没有反驳：“你这次就算比我快，也不一定比得过帅浩。”

张恬有意这么一激，江楠之立刻来了兴趣："你是啥意思？不一定比得过帅浩？帅浩很厉害吗？他刚刚跟你比赛过？"

张恬摆了摆手："我还没有跟他比，但凭我的直觉，他肯定游得非常好。他说他舅舅以前是市游泳队的教练。至于他的速度到底有多快，我就不知道了。"江楠之一听就兴奋起来，叨念说他好久没有遇到厉害的对手了，拉上张恬就往深水区游了过去。

帅浩还在张恬刚待的那个地方半浮半沉，显然他是在等待，并且尽可能地节省自己的体力。直到划水声越来越来近，他才扭过头，意料中的是张恬和江楠之来了。

"哎呀，江楠之，想不到你也游得这么好。"帅浩笑着说。江楠之为了吸引帅浩的眼球，故意游得很快，拉下张恬一大截，帅浩话说完没有半分钟，江楠之已冲到他跟前了。

张恬的脑袋像个葫芦似的露在水面，阳光暴晒之下已是满头大汗。他伸手在脸上抹了一把："我们怎么个比法？是看谁先到达某个目标，还是在规定时间内看谁游得更远？"

帅浩高深莫测地回答："普通比赛无非就这两种比法，随便你们吧。"

江楠之脑筋转转，急忙问："那你的意思是，还有不普通的比法？你说说看。"

帅浩面无表情："哪里还有别的比法，这个人工湖建得根本不标准，尽管它比普通游泳池大得多。"

"什么标准不标准，本来就是一人工湖嘛，又不是比赛用的游泳池。"江楠之总是喜欢拌嘴。

张恬听着两个人的争执，心知帅浩并没有什么新鲜主意，于是提起精神说："我们就从这里出发，终点是湖的西岸，最早到达目的地为胜。要是半途体力不行了，就自动退出靠岸认输，可以吧?”

帅浩盯住深水区黑黢黢的湖水说：“行，这样的比法简单、干脆。”

“那我们赶快开始吧。”江楠之也表示赞成。

张恬目测了一下远远的湖岸，心想这段距离至少有五六百米，于是喊一声：“预备——开始!”准备就绪的三个人一下子蹿了出去。江楠之为取胜竭尽全力，也不管姿势是否难看，只要速度快就行。张恬对名次并不特别在乎，只是觉得这个过程挺好玩儿而已。整个世界的喧闹声仿佛都离他而去，只听得见自己有点夸张的呼吸，还有前面斜上方的那个黄金球体发出若有若无的光波传送声。一两分钟后，他仰起脸，看见了前面的江楠之，超过他大半个身子。纳闷的是帅浩没一点踪影，再仔细看，一团激旋的水涡活动在更远处，又超过了江楠之快一个身子。张恬笑了笑，他明白帅浩是在水里潜游。

江楠之感觉左右无人，心中十分得意，以为自己绝对领先了。当然他并不是傻子，拼命游了一阵，他再次观察对手，发现右边那团鱼一般穿梭潜游的水涡，超过了他一个多身子的长度。而且，左边的张恬也一点点追了上来，看样子还没有尽全力。江楠之有几分慌乱了，无奈他比赛一开始便耗费了较多的体力，越到后来越感觉力不从心。而帅浩好像一艘动力十足的潜艇，一点不减速地朝着目的地行驶，后面的张恬又渐渐加速，从紧随自己到跟上领头的帅浩。

张恬直觉到帅浩的速度的确是他赶不上的，偶尔见他露出脑袋急促地换上一口气，便又潜入到水下去了。张恬用的也不是啥标准姿势，他自己都不大清楚游的是什么泳，只要速度够快就行。到了人工湖中间的深水区，四周已经见不到游泳的人了，身后的喧嚣声变得十分微弱。望着前方扑面而来的白色湖岸，张恬有一种脱离这个尘世的感觉。他再度加快划水的频率，感觉已经到达自己的极限，有朝帅浩逼近的趋势。江楠之也毫不放松，紧紧跟在与张恬差一米左右的身位。湖水的颜色愈变愈深，张恬游着游着脑子里又有点走神儿，漆黑的湖底似乎有什么怪兽要出现。恍惚尽管只是一刹那，但他的速度立刻慢下来，江楠之趁机冲到了和他齐驱并驾的位置。

最终离岸还差十来米距离时，张恬见一只水湿的手伸出湖面，一把抓住白色扶梯，紧接着帅浩的身体浮出水面，带起一大片水花。半分钟后，张恬和江楠之也到了，他俩几乎是同时登岸——这次算是打平了。

“帅浩，你游得真神！”江楠之大口喘气，从心底里感到叹服。

帅浩脸色和呼吸一如平时：“我看你在比赛前就用了太多力气，要不是这样，你还可以再游快点。”江楠之连忙点头。

帅浩又对张恬说：“我看你也没尽全力。”

张恬露出一丝笑意：“我们今天都没有尽全力。江楠之确实是没有尽全力，我是一时疏忽，你却是很自信，不管我们怎样拼命追赶，你只顾往前游。”

帅浩正要搭话，旁边忽然响起“呵呵呵”的笑声。

“几位同学，游得不错嘛，你们是哪个班的？”

三人抬头一看，几米开外坐着一个面容和善、体型精干、蓄平头的男子。张恬怔了怔，记起就是开始看到的那个在深水区游泳的中年人。

“我们是初二十二班的。”江楠之有点好奇地望着他。

中年人脸露恍然：“哦，原来是十二班的学生，我常听刘老师提起你们。教你们音乐的应该是刘大江刘老师吧？”这时张恬才知道音乐老师原来叫刘大江，几人都不约而同地点点头，暗想中年人或许听了很多坏话。

“我也姓刘，刘朝伟，朝廷的朝，伟大的伟，”中年人继续用他浑圆的声音说，“我是二十五班的班主任，你们可以叫我刘老师。”听到中年人原来是个班主任，三人面面相觑，虽然已经猜到，但对他的印象已大打折扣。

“我看你们游泳都游得不错，比我班上那些学生厉害多了，”刘朝伟夸奖道，“我们班的学生敢在两米深的水里游，游远了怕被淹死！”口气十分诙谐。

“哈哈哈哈哈哈……”江楠之莫名其妙地笑起来，搞得张恬也不免觉得好笑，不知道他在笑什么。“怕……怕被淹死？怎么会有那种想法？哈哈哈哈哈……”江楠之不知道脑袋里哪根弦出了问题，弄得刘朝伟也微微笑了起来，好像在看一个精神病人。

帅浩皱着眉头说：“别笑了，有什么好笑的，那些不会游泳的人，你把他扔到一两米深的水里，很可能淹死，这有啥奇怪？”

刘朝伟摆摆手：“几个同学，我还不知道怎么称呼你们呢？”问了几人的名字，刘朝伟又说：“时间不算早了，我也不拐什么弯子，如果有兴致我们再来比一次，从深水区游回那边的浅水区，怎么样？你们还有没有力气？”

江楠之慌忙说：“就算有力气，我们刚刚游了那么长一段距离，肯定比不过你。”

刘朝伟笑着说：“小娃娃这么年轻，咋说没力气，我这么大一把年纪，哪里是你们的对手？何况我也是从那边游过来的，体力消耗都差不多，说起来也就是找点乐子而已。弄不好我还要掉尾巴呢。”

刘朝伟挑明了非要比赛，他是班主任，自然不好得罪。几个人虽然兴趣不大，但也不便推托，只有答应下来。

比赛还未开始，在岸上做准备活动的时候，帅浩就说：“这次我使出全力游，又要得第一名。”江楠之估计中年人游泳技术厉害，轻轻冷笑了两声。张恬倒觉得帅浩要是用全力，拿第一名应该不成问题。

准备完毕，张恬只感到自己背上灼热难受，看着远方浅水区嬉戏游闹的人群，好像又要从归隐的山林返回尘世，内心提不起多少动力。

第八章
湖边的斗殴

这次张恬实在没有精神看到底谁游在前头了，不过眼角的余光瞟到刘朝伟和江楠之都在自己后面，帅浩应该在刘朝伟左边，但这时不见他的踪影。江楠之和刘朝伟并排着游在一起，紧跟在张恬后面，但似乎也没怎么打算追上他。江楠之的体力也确实不行了。

刘朝伟游得优哉游哉。他没有什么顾虑，输了也不丢面子，所以完全没用全力游。只求自己不落下太多，以便最后发力。他眼睛本来远视，近处的东西反而看不清，勉强看见身旁是江楠之，前面的是张恬，还以为那个自称要游第一的男孩落到最后去了。但过了很久，刘朝伟才发现帅浩是在潜游，因为他终于发现了远处那个露出水面换气的脑袋。

意识到这点已经太晚了，他尽全力超过江楠之和张恬后，仍然没能追上帅浩，帅浩领先刘朝伟将近一分钟。

“刘老师，你怎么没好好游啊？”帅浩似乎很不满，毕竟他使出了全力。

刘朝伟一咧嘴："哈哈，刘老师老了嘛，肯定没有你们年轻人有力气，刚才我费了好大劲儿才追上来，要是一开始就这么游，刘老师哪里能坚持这么久。"他的话入情入理，帅浩听了也没有反驳。

张恬和江楠之离终点老远就没力气了，两个人是踩着水慢慢混过来的。张恬耳朵灵，还没有靠岸，就听到了激烈的争吵声。江楠之从水中爬出来，立刻跟张恬赶往吵闹的中心：更衣室旁边一大堆围观的男生女生。还隔着相当一段距离，就听到传来高兴星和王顺子的怒骂声——

"滚你妈的，你敢扔老子的东西，看老子敢不敢打你！"是高兴星愤怒的声音。

"老子的盒子关你屁事啊，我操你妈那个×的！"王顺子不像是跟高兴星吵架，而是跟他一起在骂什么人。江楠之听得丈二和尚摸不着头脑，正打算上前去劝阻，另一个尖亮的骂人声又响起来——

"你的东西？你的啥东西？老子又没有给你摔坏，你回家喊你妈给你买呀！"章思楠尖细的嗓音传到江楠之耳朵里，让他顿时生起一股厌恶感，"高兴星，你他妈的除了会说几句吹牛不要本钱的屁话，还有个啥本事？比学习，比有钱，比长相，你个龟儿子哪样比得过我？"章思楠成绩在年级属于中等偏上，爸爸是个有名的房地产商，平时为人又比较嚣张，自然不把高兴星这类差生放在眼里。

"王顺子，你他妈还不够讨嫌？"这个是何文西的声音，他是章思楠的哥们，最近又因为雨伞被王顺子烧坏耿耿于怀，"你他妈把蚊子苍蝇关在一起还不够恶心，你还他妈要带到游泳池旁边来！"

"老子带不带关你鸟事！"

"王顺子！高兴星！都是一类货色，"章思楠的死党谭大慧也开口了："成绩又差，一天到晚没个正经，只知道干这些恶心的事。"

"滚你妈的！"高兴星有点孤掌难鸣，"你谭大慧又算个屁啊，你的成绩又好到哪里去？垃圾！"

"我至少不跟你这样的人胡混。"谭大慧冷笑道。人群里一阵嘈杂的议论声，似乎有人对谭大慧的话不满，不过没有人站出来说话。

江楠之听到这里，只觉得气血上涌，一张脸涨得通红，那些骂高兴星的话好像就是在骂自己一般。被触到了痛处的高兴星龇牙咧嘴，瞪着一双眼就要冲上去打人。事情的原委是不会游泳的高兴星闷得无聊，在同张飞翔、吴胖子等人的捉猫猫游戏玩腻后，突然看到王顺子和吴胖子饶有兴趣地逗弄盒子里的虫子——王顺子玩得十分兴奋，平日阴沉的表情也不见了。高兴星上去凑热闹，虽然盒子里的蝉唧唧啦啦地大叫，很多游累了的人伏在岸边，并没有觉得碍事。但章思楠一贯嚣张好事，和何文西、谭大慧一道对王顺子的昆虫盒子大加指责，搞得几个人很不耐烦地把蝉放掉了。

章思楠见他们服软，心中很是得意，于是放过他们去同班上的女生聊天，不知怎么又说到王顺子的虫盒子这个话题，女生们纷纷表示十分恶心。这下子章思楠的虚荣心又蠢蠢欲动，想在女生面前充大条，保证马上让王顺子的盒子消失。章思楠告诉王顺子，他的盒子让很多人心烦，暗示他们最好去树林里边玩。王顺子本来就对章思楠厌烦了，准备自己去一个僻静的地儿，无奈薛珍早就有令，游泳时不准离开人工湖的周围。

章思楠得寸进尺继续装大条："要不拿到更衣室东边去玩，要不就把盒子扔掉算了！大家看见就恶心死了，还怎么游泳？"

王顺子本不是个什么好脾气，章思楠却对他一再逼迫，确实也欺人太甚了。血一下子冲上了头顶，他随即破口大骂："你他妈的算个鸟啊你！你让老子扔掉，老子就扔掉？那老子还看你像他妈条蛆，老子马上打110叫警察把你个垃圾扔掉！”

这番话自然让章思楠暴跳如雷，气得吐血，他一把抢过王顺子的盒子，几下撕碎后扔在空地上，这样一来盒子里的虫子当然全跑光了。高兴星、吴胖子还有王顺子也觉得大失面子，冲过来就跟章思楠动手脚，争执中高兴星的手机也被打飞到水里去了。后来其他同学上来劝架，好不容易把他们分开，可又有一两个女生在章思楠面前煽惑，为了面子他又跟几个人杠上了。

“高兴星，你整天跟些什么样的人混，班上的同学又不是不清楚，”章思楠接了谭大慧的话，故意用轻蔑的口气说，“什么江楠之、张恬，哪一个是啥好东西？”他不知道江楠之和张恬也在围观，为了贬低高兴星而口无遮拦。

最后这句话章思楠不该说，不然江楠之也不会动手了。小个子江楠之悄悄绕到章思楠背后，飞起一脚踹在他小腿上，章思楠一个饿狗抢屎扑倒在地，嘴都啃到沙堆里去了。章思楠丢了面子，呼地一下爬起来，转身冲向江楠之，可此时突觉一股大力将他拽了回去——吴胖子力气大，一把将他拉坐到地上，这使得章思楠看上去十分弱小。

何文西和谭大慧见势不对，骂骂咧咧地也要往上冲。看热闹的人起初还在劝阻，但一见打起来，就有好事者拍手起哄了。张恬拉住江楠之，不想让他继续生事，但此刻的江楠之力气尤其大，平时直立的短发东倒西歪，张恬几乎控制不住他。

“谭大慧，你不要以为自己块头大，又跟着个什么主子，就整天想咬人，”张恬脸色阴沉地说，“你算个什么东西，不就是章思楠的一条走狗吗？”

谭大慧听张恬把他贬为走狗，顿时失去理智，遗憾的是手中空空啥也没有，便直接扑了过来。张恬的反应奇快，闪身一躲，重心不稳的谭大慧撞进人堆里，正想再度伸手去揪张恬，人群里凭空冒出一个拳头，打在他脑门儿上。

“赶快滚！”说话的是头发凌乱的帅浩，谭大慧一看，心里就多了几分忌惮。他跟帅浩小学同学，知道他不但学习好，体育也好，每年三百六十五天里有一百天都在和人发生纠纷，但几乎没有落过下风。直到上了初中，帅浩的性格才慢慢有所收敛。

但谭大慧心想这几年自己块头长大不少，好多人就算个头差不多，也远不及自己壮实，于是底气十足地回骂：“帅浩，你狗拿耗子干嘛，老子惹着你了？”

帅浩不动声色：“你说说，他为什么骂你？”

谭大慧一听，心知跟他辩理又要吃亏，可张恬刚才让他很失面子，恼羞成怒之下抓向帅浩，不料又被身后的江楠之一脚踹翻。江楠之连续放翻两个人，心中十分快活，继续跃跃欲试。王顺子那边，吴胖子、高兴星与何文西、章思楠纠缠在一起，搅得沙尘乱飞，何文西和章思楠两人明显吃了亏，口头却一点不服软。

高兴星和吴胖子两个拳脚上不错，只是不善于骂战，很容易被对方嚣张的挑衅所激怒。章思楠在高兴星的步步紧逼下且战且退，最后一不小心跌入了人工湖中，因其还穿着上衣，处境就显得有些狼狈了。谭大慧在人群中被两面夹攻，因自己的面子全丢光了，发狠地一拳打在江楠之前胸，震得他浑身发麻，接连倒退几步。见谭大慧来真格的，江楠之也不再畏手畏脚，他拿出跟父亲学的一点散打功夫，冲过来飞起一脚，踢中对手的右腰，谭大慧哎哟一声，直接躺倒在地。

看到江楠之这么厉害，帅浩嘿嘿一笑，露出赞赏的表情。江楠之还准备再上，忽然听到一声严厉的喝止：“都给我住手！”

听到这个熟悉的声音，围观的人群就像一大盘珠子，盘子斜晃几下，那些珠子眨眼间就向不同方向滚得无影无踪了。薛珍像是从地下冒出来似的，一只手紧捏她的手机，脸色十分难看。剩在沙堆四周没动的几个人包括：高兴星，王顺子，吴柯，帅浩，张恬，江楠之，何文西，章思楠，谭大慧。章思楠刚从湖中爬上岸，神情很是尴尬。

薛珍身旁站着副班长刘小静，她鼻梁上的眼镜在太阳下光影迷离。

“就是这几个人打架?”薛珍的问给人的感觉是多此一举。

“我看到高兴星他们先动手打人，章思楠他们都没有还手。”刘小静语气平静地说。

江楠之冷冷地回敬：“只怕你近视得厉害，家里没钱配新眼镜吧?”

“你给我闭嘴!”薛珍回头朝向刘小静，“不要你复述过程，我只问你是否就是这些人?”

“是，”刘小静回答，“我看到他们……”

薛珍示意刘小静不要再开口，目光扫过每一个人，发现章思楠、谭大慧还有何文西灰头土脸，脸上身上都有擦伤，章思楠浑身湿透。再看高兴星、王顺子、江楠之等人，身上除了沙粒外，几乎没有什么伤痕。她冷声说：“你们先去换衣服，今天的活动到此为止，等会儿一起到我房间里来。”

张恬在更衣室简单冲洗了一下，换上T恤短裤，想着自己没有参与斗殴，是不是不应该去。但转念一想，连帅浩都去了，他还有什么理由不去？本来拿捏不定的心思安定下来。帅浩在更衣室夸江楠之的腿功厉害，江楠之借机“人来疯”；谭大慧等人则阴着脸生闷气，不敢再生事。

薛珍在树荫下等待他们，全班同学受到斗殴的牵连，也都随客车回宿舍活动。时间已是下午四点过后，太阳悬在一个恰好的角度，照得车内的人浑身燥热，心情越发烦闷。从女生中透露出的倾向看，对章思楠较为有利，一路上都能听到对高兴星这帮人不满的议论。此外，一直到下车，犯事的几个人之间没有任何交流，除了张恬和帅浩的神情比较正常，其他人脸色都不大好看，仿佛随时可能跟人发生冲突一样。

当然了，脸色更加难看的是薛珍。当一行九人来到她住的房间里，几个人稀稀拉拉列着队站在地板中间，薛珍绷着脸一言不发。墙上的空调开的是强冷模式，吹得人皮肤冷飕飕的。

端坐在椅子上的薛珍敲了两下桌子："谁先说，今天究竟是怎么回事？"张恬突然记起这个动作和说法自己已经历过多次，不知薛珍有否意识到。

没有人吱声，这也在薛珍的意料之中，她继续宣泄道："你们算是把十二班的脸都丢光了，知道吗？其他老师对你们的印象本来就不咋样，你们偏偏要当着其他班的面，演一场全武行。到底是打架还是拍戏？你们存心要气死我，啊？"薛珍的音量渐渐增大，又用力敲了两下桌子。

谭大慧眼露委屈地说："薛老师，你刚才也听刘小静说了，确实是他们最先惹事，我们本来——"

"我们先惹事？"高兴星突然一指章思楠，说，"我们先惹事？你们敢发誓吗？"

薛珍叫道："行了！现在你们先区分清楚，哪边是谭大慧说的你们，哪边又是高兴星说的我们。"尽管薛珍对情况已经了解大半，但她却喜欢明知故问——这有点像是长期以来的习惯。随后见双方都无语，薛珍忽然向右边的几个人发问。"你们人多，是吧？人多就可以随便打人。"

“刘小静都看到是他们先动手，他们直接就开始打人了。”何文西嘟囔着说。

仍然没有人说话，薛珍对高兴星他们冷笑了一下：“还说不是你们先惹事，他们只有三个人，他们难道是傻瓜？数不清你们是几个人？而且不知道你们都是好事之徒！”

章思楠也开口了：“高兴星根本是在撒谎，就是他把我推下湖里去的，他像一头蛮牛，没有人挡得住。”

谭大慧伸出双手比划：“帅浩用拳头打我脑门儿，江楠之把我的腰踢坏了。”

薛珍胸中的愤怒像电梯一样升上来，她疾言厉色地说：“你们六个！基本上都是不学无术又整天好事的那种人！学习不咋样，品行呢，就跟街头那类混混儿有得一比，今后到了社会上，你们不混最底层还做得了什么！”

谭大慧看到六个人照样没谁吭声，胆子明显壮起来：“刘小静看到……”

吴胖子忍不住跳起身，指着谭大慧的脸大声咆哮：“你他妈的刘小静是你妈！她什么都看得到！”

“吴柯！你给我滚出去！”薛珍面色一下变得铁青。

“章思楠，你给老子等着！”吴胖子头也不回地拔腿就走。

“站住！”薛珍似乎又改了主意，但吴胖子理也不理，只听到一声巨大的摔门声，震得窗户玻璃不停地颤动。剩下的人看到这一幕，没有人阻止吴胖子，也没有人说话。薛珍双手发抖，拿起手机拨了个电话。

“李鉴仁吗？你马上到我这里来。”

李鉴仁很快就赶过来，端端正正站在薛珍面前。薛珍又开始新一轮问责："九个人打架，其中有五个人都在你那个寝室，你还是班长，你是怎么管理的？"

李鉴仁对章思楠的印象并不好，这时他摇头说："我确实没看到他们打架，我只看到王顺子和高兴星站在一起，张恬、帅浩好像是后来才到现场的。他们到底是谁先动手，起因是什么，我都不太清楚。"

薛珍目光一移，落在高兴星身上："你说说事情的经过好吗？"

高兴星正打算开口，不料何文西没头没脑地接了过去："最先动手打人的是谁？就是江楠之！还有一个帅浩。"

"好，"帅浩的声音突然冒出来，目光发亮地瞧着何文西，"你说我们动手打人，那你接着往下说，我们为什么打人？这场纠纷是谁挑起来的——"

"我让高兴星先讲，帅浩你抢什么抢？"不知是咋回事，薛珍一听帅浩开口便觉得头疼，好像他有办法把白的诡辩成黑的，同他很难作常规的沟通。

所有人的目光都聚集到薛珍身上，她注意帅浩的神色疑惑又有些不满。

"薛老师，你不想听我说话？你不是想了解事情的真相吗？"帅浩质问。

薛珍说："不是不让你讲，只是让高兴星先讲而已，因为你后到一步，对事情的全过程不一定都清楚。而且，你是个喜欢胡搅蛮缠的人，我怎么发现班上啥事都有你，啥都要来插上一脚？你要先讲也行，那你就回答我，你今天下午打没打人？不要诡辩，更不要撒谎，你参与打架没有？"

帅浩眼睛一眨不眨地看着薛珍："我在谭大慧的脑袋上打了一拳，别的什么也没有做。如果你说我参与打架了，我也没意见。"

薛珍叹了口气："知道了。你先出去吧，回学校后另找个时间，有些事我们需要单独谈。"帅浩还想再说点什么，薛珍闭上眼，表示不愿再听。帅浩兀自想了想，还是推门走了。

"现在继续吧。高兴星，你来讲讲事情的经过。"等帅浩走后，薛珍重新睁开了眼睛。

"那好。"带着明显的倾向性，高兴星将事情的来龙去脉大致叙述了一遍。

薛珍听完，目光转向章思楠等人："你们觉得，高兴星所说的情况是否属实?"

章思楠大为不满："他说得太夸张了。我们只是要王顺子把那个虫盒子拿开，主要是同学们觉得里面的东西太恶心：知了玩命样怪叫，蜘蛛、毛毛虫到处乱爬，特别是那些女同学吓得受不了。可他们根本就听不进我们的建议——后来，后来……是因为同学们都忍无可忍了，才扔掉了他们的盒子。哪里想到他们为了这个就动手打人，把几只虫子看得比同学之间的关系还重。"章思楠的一席话听得江楠之心中火起，高兴星也阴沉着脸不说话。张恬则煞有介事地咳嗽两声，提醒章思楠还是不要离事实太远。

听章思楠说完，薛珍似乎才想起了这场纠纷的肇始者："王顺子，你也不是小孩了，捉那么多讨厌的玩意儿到宿舍里来。你自己玩玩也就没事，大多数同学都提意见了，你们几个还是我行我素，直到把下午的游泳活动都搅黄了才算数。这次十二班的脸丢大了，你们还有没有点集体观念?"

"他们是放屁，"王顺子瞪大眼睛，粗声粗气地反驳，"我看除了章思楠这种假正经，没有几个在提意见，人家还趴在地上看我的蝉，说它叫得好听呢！有谁提意见了!"

何文西一听老对头王顺子的狡辩，气就不打一处来，赶紧对薛珍说：“薛老师，王顺子纯属瞎说八道！他带那么一堆龌龊的虫子来，不可能没有人提意见。我周围的同学都很反感，不然我们为啥扔他的破盒子？还不是为了集体活动不受干扰。”

薛珍意识到这样扯下去没完没了，尽管双方所述的细节还有一些出入，但事情的大致经过已经清楚。但是由于平时的印象加上思维的影响，她对事件是非的基本判断显然还是发生了习惯性的倾斜——

“你们两方面的叙述我都听了，虽说我当时并不在现场，但根据在场各方的讲述，复原大致的真相还是没有问题的，至少八九不离十吧？你们对自己的错误都有文过饰非、避重就轻的地方，但这其中的轻重程度不消说又很不一样——比如王顺子，你刚才的辩解就有些过分，你几乎把自己的过错全都撇清了，好像问题全在章思楠他们一方。是这样的吗？显然难以让人信服。”薛珍的脸似笑非笑，“不管前面的起因怎么样，骂人、扔东西有错，但动手打架，那就是另一个性质的问题了。我告诉你们，今天发生的事影响很坏，很恶劣，作为你们的班主任，如果我觉得有必要，可以因为这件事向校方汇报，要求给你们处分。”

薛珍的批评少有的严厉，王顺子的血一下子涌到了脖颈和脸上，他不敢直接顶撞薛珍，却敢将战火引向他人：“好啊，像我这样的，也无所谓了，可是你给处分的时候，记住别忘了这三个。”他抬手指着旁边的章思楠等人。

章思楠平时是公认的好学生，听到王顺子的话，即刻汗如雨下，他急赤白脸地说：“我，我们又没有打架，就扔了点破东西，骂了几句，再说，这个……这个也是有原因的……”

听了章思楠和王顺子的话，薛珍沉默了好几分钟，之后她抬起头，语速缓慢地说："你们呀，一学期下来，就没有几天是消停的时候，连个秋游都不安分，这到底是为什么呢？如果说是精力过剩，咋没想到把过剩的精力用到学习上去？给我摆一些摊子，对自己又有啥好处？我告诉你们，如果继续这样瞎搞胡闹下去，到中考高考的时候，你们会追悔莫及，我要说的就到这儿为止，信不信随你们的便。"

对薛珍的唠叨，高兴星似乎多多少少听进去了几分，但惯性还是让他轻轻地"哼"了一声。张恬则完全走神儿了，一遇上这种类似的情景，他老是意马心猿，精神没法集中到一块儿。江楠之有意无意地，不止一次想起身辩驳，就像帅浩那样，但最终也没能提起勇气。

"你们几个太让老师失望了。"薛珍将脸转过去，"事不过三，我今天再原谅你们一次，如果实在要犯事，到时候我说话也算不了了。去吧！"说完一摆手，翻开一册旧英文书看起来。

"让帅浩过来一趟。"最后离开的张恬听见薛珍打电话的声音。

当天夜里，迷糊中的张恬觉得被人推了两下，他以为自己在做梦，哼唧了两声什么，翻过身面向墙壁。

"恬妹，要出去走走不？"耳边是高兴星的声音。

张恬翻回身，见江楠之和高兴星黑糊糊地站在床前。江楠之的手电筒对着李鉴仁床边的墙壁一开一关的，不知道想干嘛。

"'发现'号起飞？"张恬坐起身，快速套上黑色T恤，拿起手机。

"散步，"高兴星回答，"江楠之也睡不着。"他补充一句。

张恬轻轻带上门，下楼的几个人透过窗户，仍能看到远处人工湖水微弱的光亮。看大门的老头也睡熟了，楼道里一片黑暗。走出楼房，张恬发现夜空格外灿烂，和昨夜一样没有月亮，垂挂的星星却更加密集。不知是茫茫宇宙间哪颗早已不存在的星球发出的光芒，在张恬的眼里收缩成了一个光亮的小点，一枚光斑。市区里永远不会有山上这样开阔的视野，虽然这样璀璨的星空张恬并非第一次见到，但他仍然受到强烈的震撼，而且山上的他没有了海边遥望长天的寂寞感觉。

江楠之也在仰望星空，他觉得再没有比宇宙空间更迷人的景象了，而对这景象的感受又很难用一个字眼儿来形容。过了很久，他脑子里浮现出一种置身于星际太空，随流淌的星光起落飘浮的幻觉。

“看，流星。”高兴星懒洋洋地说，手托着脑袋。事实上空中什么都没有。

眼前忽然一花，江楠之连忙摇摇脑袋，很气愤他破坏了眼前的气氛。

张恬一动不动地凝视着天空，仿佛在期待着什么一掠而过。高兴星举起手机，拍下一幅模糊的星空照片。

“看起来好像电脑制作的。”江楠之如此描述。

张恬短促地笑笑，低头不语。

第九章
月　考

期待月考的人实在不多，更多人想的倒是如何快速结束这个讨厌的考试，享受十·一长假。让张恬感到恼火的是，考好的希望非常渺茫。但想到母亲对自己的期望，又的确不能再考出上学期期末的名次了，不然她会气疯的。

脑子里的胡思乱想还没有完结，不知不觉间下课铃又响了—— 一堂英语课又在冥想中飘然而逝。

“妈的，根本搞不懂!”江楠之捧着李鉴仁的笔记边看边抱怨，不时提出各种稀奇古怪的问题。

“这已经够简单的啦!”李鉴仁说，“你连最起码的语法都没有掌握，自然看不懂啦。这里用的是过去完成时，那么简单，张恬都知道。”

“别加‘都’字。”张恬头也不回地说。

江楠之愣了一下，又开始向张恬发问。张恬耐心地解释了一通，江楠之好像听明白了，脑袋鸡啄米一样连连点头，张恬的话还没有讲完，他就一把拖过笔记，脑袋缩到窗户的那一边。

“我还没有说完，你急什么啊。”张恬白了江楠之一眼，趴到桌子上不动了。

在接下来的地理、历史课上，江楠之犹如着魔一般，抱着笔记本念念有词，连午休时间也一直坐在教室里。直到下午李鉴仁自己要复习了，才把笔记本收回去。这时的江楠之并不在意，似乎已胸有成竹，可过了一会儿又找到高兴星借笔记。

“你以为临时抱佛脚就成了？”张恬说，“你还没有那个本事吧。”

江楠之白了他一眼：“我保证这么看一阵，英语至少可以及格，你不信等着瞧。”

到了星期二，监考表和考号全都被薛珍贴在教室门口，一大堆人拥挤着看自己的考号和考试地点。江楠之、张恬和高兴星三人差不多差劲，江楠之与张恬在一个考室，高兴星和谭大慧在一间考室。当天早自习上，薛珍着重强调了严禁作弊的问题，大意是作弊被发现不仅科目作零分处理，受校级处分，还要书面通知家长。

“科目零分处理就是通知家长，居然还要分开念，故意把事情说得很重似的。”江楠之念叨说，张恬点头表示认同。

月考时间是星期四，星期二星期三整天都是自习。星期三早上，张恬拿起英语书，先浏览了一遍单词，心想英语及格问题应该不大。随即想起江楠之也是这个目标，心中不爽，又拿起书多看了几遍。张恬的英语一直复习到第二节课过半才停，这时美术老师正在讲台上守着他们，手托着下巴一摇一晃的，不时打瞌睡。这时张恬又拿起语文书，认真看下去，直到把文言文内容全部背诵出来。张恬的语文一向不错，虽然薛珍有意无视这点，但班上的同学都清楚。他的作文基本上都是高分，文言文也是长项。

第四节课张恬放下语文课本，见江楠之仍旧对着英语书一动不动，甚至下课铃声也引不起他的反应。高兴星则和同桌的陈欣欣聊得很欢，手里捏着手机，看样子又在发短信。张恬收回眼光，叹了一口气，拿起了江楠之的数学练习册。练习册里的题目张恬都看得懂，就是不会演算；他把练习册换成课本，上面的题简单得他闭着眼睛都能做出来，可换回练习册又是一筹莫展，只能做点简单的习题。

他愁眉不展地盯着练习册："难道练习册上面的进程和教材不同？"又读了一遍题目，觉得这确实是教材里面的内容，可他就是做不出来。他左手碰了碰江楠之，指着书上的一道习题说："这个我怎么想都想不出来啊，咋个做的啊？"

江楠之扶着眼镜看完题目，开口说："这道题目先要画图，你看，就是这样画。然后你从这里作一根辅助线，补充一个一模一样的图形出来，然后再这样连接……你看，这里是对顶角，这里是内错角……"叽里呱啦说了一通，讲得十分详细，张恬人也聪明，不要江楠之说第二遍就懂了。

"可是我怎么想得到在这里作辅助线啊？"张恬眉毛拧作一团。

"老师讲过作辅助线的方法，谁知道你当时想啥去了？"江楠之又准备去拿英语书，"这些题目都不是一两步能想出来的，毕竟是初二了，又不是小学生。"张恬听了更加愁眉不展，觉得数学教材上讲得太简单，老师则专讲些复杂的题，他估计还是会考砸在数学上。张恬估计英语可以及格，语文也问题不大，被一门数学弄栽就太不划算了。这样一想，又拿起练习册问江楠之问题，到中午休息时间，他自己做出了不少，心中才稍稍有了点底。心想，这次数学即使不及格，分数也不至于太不像话。

较为平静的心态保持到了下午自习开始，直到看见赵一山手里那本红色的书，张恬才记起还有物理这个重要科目。他对物理一向没有好感，这可能跟物理老师—— 一个戴着深度近视眼镜、面无表情的瘦弱中年男有关。物理老师讲课的语调一成不变，写的字方方正正，从未见过他有过皱眉以外的表情，所以同学们给他取了个外号“robot”。不知道哪个英语很烂的同学竟音译为罗伯特，于是后来私下都这么叫他了。

初二上学期，物理十分简单，满分一百分，张恬第一次考了八十多。之后他越考越低，到上学期期末，考试勉强及格。初二下学期，物理难度突然加大，张恬仍以为靠自己的小聪明可以混过去，以至到了月考前一天下午的第一节课，张恬望着物理书发呆，花了四十分钟才看懂了一点点内容。

“你的物理怎么样?”第一节下课后，张恬问江楠之。江楠之还在恶补英语，这种劲头令张恬感到心烦，他怀疑那家伙是把目标定在一百分以上了。

“你问物理？不好，肯定不好。”窗外吹进一阵热风，他手中英语书的书页乱翻，头发也乱糟糟地纠结成一团。江楠之嘀咕着关上窗户，然后把英语书翻回原来的位置。

“我的头发都长这么长了，真要命，”江楠之拽着已经超过眉毛的头发说，“头发超过眉毛很容易扎疼眼睛，今天晚上去把它们剪掉。”

张恬的头发已经快到眼睛跟前了：“哪有你说的这么恼火嘛，头发留长些，看起来好看点，头发太短了，总觉得傻乎乎的。”

江楠之并不认同：“不好，我不喜欢留长发，浑身都不舒服，还是短发好。”张恬懒得继续争执，也就不说话了。

“我已经复习得不错了。”下午最后一节课，江楠之终于放下了英语书，仿佛练成了绝世武功的高手。

张恬很不屑地“哼”了一声，转身从练习册里挑了一道较难的题：“这道题选什么？不许偷看答案，就看着我给你的书说。”

江楠之挠了挠脑袋，伸手去拿英语笔记本，又意识到这样做就不算数了。他缩回手，又托着下巴想了一会儿，说：“嗯……应该是C……哦！不不不！应该是选‘D’。”

见江楠之选出了正确答案，张恬暗暗吃惊：“哎呀，你居然选对了，不会是瞎蒙的吧？说说理由，为什么选D?”

江楠之有几分得意，他指指点点地说：“看上去这道题好像应该选A，可是这个句子后面有个念什么来着，这个东西？反正后面多了这个东西，笔记里说就应该变成一般现在时，所以应该选C。但是后面还有个句子，就是这个他妈的什么东西，所以该选D了。”

张恬意识到江楠之看了一阵笔记果然很有效果，自觉有点吃亏——因为平时的精力都放到语文和英语上了，而这些才是最好抱佛脚的科目，而数学实在没法临时抱佛脚。要不就是他的手太细了，根本抱不住。

“平时应该多花时间在数学上——”张恬想，越想越觉得划不来，索性不想了。

放学时天上微弱的阳光也不见了，灰色的云团愈来愈浓地聚集在头顶，看了叫人胸闷。三个人又来到轻轨车站二楼候车走廊的下面，这里的气温还是那么低，头顶是灰白色的天花板，再上面是售票处和车站入口。高兴星坚持认为这是车站里唯一没有摄像头的地方，所以当他看到那个“小心地滑”的牌子，心中又有点蠢蠢欲动了。

“又是这个‘小心地滑’，扔一个放一个，轻轨站真有钱。”高兴星喃喃地说。

江楠之表情不明地抓着脑袋：“不会吧？你又想搞破坏了？”

高兴星不言语，眼睛机敏地扫视一圈，没发现有人过往，这里也不会有轻轨站的工作人员。只要位置站得好，谁都看不到自己。高兴星果断地抓起“小心地滑”，观察着底下的街道，每隔几秒十几秒钟会有一辆或几辆汽车驶过，人行道上的路人也不多，常常要隔一两分钟，才会看到一个人慢慢地走过去。

过了一会儿，高兴星看到一辆三轮晃晃悠悠从远处驶来，眼里立即露出一丝捕获到猎物的兴奋感。只见三轮车逐渐朝他们脚下靠近，接着开过轻轨车站楼底，高兴星掐准了速度距离和时间，让手中的板子掉了下去。“小心地滑”高不过半米，宽度只有一米，由三块塑料板组合成一个三角形，高兴星扔过不下十个，技术已操练得八九不离十。那东西果然擦着三轮车的尾部砸在马路上，发出一声闷响，三轮车的尾灯闪了闪，在路边刹下。

“快走。”江楠之背着书包跑上二楼，高兴星和张恬在那儿继续观察，直到下车的司机东张西望，发现了那块“小心地滑”，这才往上走。等他们到达候车处，江楠之已颓然坐在固定的凳子上。

江楠之看着他们说：“这班车刚刚开走，本来赶得上的。”

高兴星毫不在意地回答：“有啥关系嘛，就十分钟一班，又不赶时间。”江楠之含含糊糊地应了一句，张恬隐约听到“英语”二字，不禁皱了下眉头。高兴星不在意地挥了两下手，表示他什么也没听清楚。

张恬头天晚上被训诫不少时间，虽然父母对月考的重视程度并不高，但仍旧警告他不能向上学期看齐。七点过一刻，他在轻轨车上碰到了高兴星，却不见江楠之的踪影，张恬估计他起得更早。高兴星看起来心情不咋样，眼里有一种厌烦的意味，手里卷着一本语文书，坐在椅子上看着。

“文言文恐怕完了，”高兴星突然说，眼睛也不看张恬，“昨晚上想背语文来着，结果看了半天数学，又复习英语，完全忘了。”

张恬不知道说什么好，只得“哦”了一声。他的物理也准备得一塌糊涂，毫无把握。

“我的物理也不行，”高兴星呆望着语文书说，“不过及格还是勉强吧。妈的，这些古人脑子都被猪吃了，写些什么玩意儿，有意不让老子好过的。”张恬听了并不回应。不大一会儿，高兴星还没背出个子丑寅卯，轻轨就到站了。

高兴星边骂边往前走，紧握手中书不放松，一路上还在不停地咕哝，几次引得路人回头看他。走到学校大门口，周围实在太过拥挤，他才不得不放弃了努力。进门后又碰见吴胖子，三个人一起并肩而行。

“这次语文据说会考得挺难。”吴胖子一脸无所谓地闲扯。

吴胖子的话对高兴星打击不小，他讶异地抬起头：“谁说的啊？扯淡的吧？谁知道考得难不难？”张恬看到高兴星惊慌失措的样子，觉得挺好笑。

“听说的呗，我也不知道到底咋样，其实……我还不是想考得简单点。”吴胖子把松松垮垮的书包往肩头一提，走得更快了。

江楠之果然七点钟就提前到了教室，只是他不再抱着英语了，因为昨天晚上他一直都在复习英语。旁边的幼儿园提前放假了，小操场和教室走廊上都空荡荡的，偶尔可以看到一个成年人走过。今天的天气不大正常，室内外都一样闷热，空中灰蒙蒙的，有的位置聚集着浓黑的云彩，有一种风雨欲来的感觉。

等江楠之注意到张恬的时候，他已经翻开了语文书，面无表情地默看着几篇文言文。

“都说这次语文考得难，要真这样就有点恼火了。”江楠之说。

“到底是哪个说的？”

“我是听王星说的呗，”江楠之努了努嘴，“人人都在这样传。”

“总有第一个传谣的人。”张恬埋头继续看他的亮点科目。

早自习一转眼就过去了。七点四十分，在巨大的铃声鸣叫中，学生们背起书包，三两结伙朝自己的考室走去。张恬和江楠之走在一起，混乱中没有发现高兴星的身影。阶梯教室门口狠狠地贴着一张大纸，上面写着：二十一考室（1665−1705）。好似无形的耳光扇到脸上一样，最先到教室的人仿佛都没有面子。

教室里还只散坐着稀稀拉拉几个人，张恬找到了自己的座位，在后几排的一个角落里。他自认为还不错，可以安心答题。江楠之的位置有点倒霉，刚好是五排的正中央，落在老师眼皮底下，这会让人浑身不舒服。几分钟后，一些打扮花哨的男女大大咧咧地走进来，教室里喧闹成一片，各种脏话怪话穿梭来去，在头顶的电扇上绕圈，在桌子腿下打转。不少人都喜欢不停地打招呼，显露着他们人脉的宽广，并且喋喋不休地讨论很多关于考试的问题。

“哎，等一会儿记得要把手机开启哟，有个二百多名的要发选择题给我……”

“要得要得！下午考物理也有人给老子发，到时候老子发给你。”

这种嚣张的情形他们还没有见识过，张恬想起自己原来再差也在一千三百多名，上学期三个人上网吧上得中毒了，考完一科的中途都跑出去玩，结果期末完全考砸了。这时周围讨论得愈发火热，好像在开吹牛大会，也有人趴在桌子上睡觉，手边放着的花哨包包，看上去比桌子还大。

江楠之暗自想：“真掉价，真没面子……”想着想着连看书的心情也没有了。

高兴星也不好受，他右手边就是谭大慧，谭大慧成绩本来也不咋样，但他现在跟高兴星在一起，自己还觉得有点丢脸。这间教室跟张恬那边情况差不多，刚才高兴星前面就有个披头散发画口红的女生，突然鬼一般转过头来，吓得他手一抖，一支铅笔“呼”地飞出去了。

“同学，你的语文好不好？”那女生戴一副硕大的眼镜，好像一只昆虫。

高兴星急忙摇头：“不好，我语文最差了，我语文不及格，你不要抄我的。”然后他把脑袋埋到桌面下去，盯着课本再不抬起来。

二十一考室的监考老师是个老头，一走上讲台就露出凶巴巴的神情，竖起食指在空中一点一点，声音尖锐地说：“以前习惯作弊的同学小心喽，如果被我发现或者是监控录像记载，该科一定记为零分，绝没有留情一说！你们好自为之，我倒是巴不得多抓几个，一个五十块钱。”

语文考得难不难？张恬不好判断，他几次抬头想看看江楠之，都被攒动的人头挡住了。他自己认为，选择题和文言文的难度比较适中，阅读题文章写得相当烂，读得他心惊肉跳，焦头烂额。当然了，二十一考室里高手还是有的，张恬的阅读题还没做完，有人就写完作文了，而时间才过了一个小时，可见其神速。

让人跌破眼镜的是老掉牙的作文题：“难忘的瞬间”，和十二班语文老师的预测完全不搭界。周老师的预测是一个半命题作文。

张恬对作文题一点没感觉，他挑了篇曾经得过高分的作文，作了些修改后写上去。作文完成后，挡住江楠之的那个脑袋不见了，江楠之身子僵着，正咬着笔冥思苦想。

考试结束前五分钟，江楠之终于做完了卷子，整个人也松弛下来。

下课铃一拉，室内立即响起一片桌椅的摔打摩擦声，震得人耳根发麻。原本空旷的走廊上很快挤满少男少女：四五个一帮原地不动讨论考题的，背着书包毫不停顿行色匆匆的都有。江楠之的抱怨也开始了——根据考室中预览到的表情，他的抱怨完全在张恬的意料之中。路途中遇到的几个同学或是跟江楠之贫嘴，或是找张恬对答案，奇怪的是选择题答案五花八门，跟张恬的很不一致。

“这次语文真有这么难?”张恬反复思虑的结果是，“要是没有意外，我的选择题应该没有太大的差错。”

“真的考得难，”江楠之又一次叹息，“恬妹恬妹，你语文好，就不要再打击我了嘛，我的选择题跟你对下来错得离谱，完了完了。”

“算了吧，”张恬说，“语文拉不了多少分，明天考数学我不知会被你反超多少。”

高兴星和江楠之的语文都考得不好，情绪一低落，午饭吃得自然比较沉闷。吃完饭江楠之又开始了他的英语恶补，高兴星无聊地打了一会儿瞌睡，又拿出数学书煞有介事地翻了一阵。对下午的物理张恬心态放得很宽，打算是能考到什么程度算什么程度，下一步目标是数学和英语至少及格，要是能到一百分以上，那就是圆满达成目标了。

教室里依然充斥着作弊的夸夸其谈，不过据上午的观察，这些人暂时都是YY而已。监考的仍旧是那个老头儿，他换了件方格短袖衬衫，手捏矿泉水瓶，头发乱糟糟好像没有梳理。考前他没有多废话，只是拉长着脸把卷子发下去，然后端坐在讲台后面，半个脑袋被堆积成山的书包、复习资料之类挡住了。

一两分钟后，老头很不满地站起来，把讲台上的东西全扫荡到地下去了。

选择题部分竟然做得十分顺利，有的答案是张恬不久前才看过的，不明白的就半猜半蒙。到了后面的填空、实验题，他就没办法了，勉强填了几个，脑子里一片空白。计算题更让他犯愁：第一道比较简单，张恬套个公式算了出来，心中十分高兴；可是再往下，根本就不知道怎么做了。

整个考试期间，张恬向江楠之那边看了不下十几次，那家伙在草稿纸上认真地写写画画，看得张恬很没有信心。物理考得难还是易？张恬无从判断。反正在这一个半小时的时间里，后面大概有五十分钟他都是闲着的，脑袋里不住地往游戏上想。想到后来，心中又痒痒的，觉得又有很久没玩游戏了，决定月考后好好玩一次。

“物理考得太难了，除了个别题目，全都做不来。”江楠之说，这时人群又拥堵在一起，隔几秒钟才能向前挪动几步。

张恬瞪大了眼睛：“你不是一直在那儿演算么？不像是不会做的样子吧？”这时他看到帅浩在人堆中神经质地盯着他的卷子。

“演算个屁！我在草稿纸上画漫画呢……”江楠之话没讲完，张恬就拉着他往帅浩那边走，江楠之一个没配合，差点摔倒。

“哎！别拉我！”江楠之嚷嚷道，“我自己会走，你这样容易引起误会。”

帅浩抬起头，见张恬和江楠之正向他面前走来，他不自觉地向后退了一步：“哦，是你俩，有啥事？”

“这次物理的难度……咋样啊？我感觉好多题都不懂。”江楠之有点期期艾艾。

“难，”帅浩直截了当地答，眼神又回到卷子上，“简单的题很简单，难的题很难，总的来说，难题比简单的题目多，我估计自己上不了九十分。”

江楠之一听，信心大受打击，小声说：“我及格都有问题呢……九十分。”一时间，张恬也随着唉声叹气。

第十章
人妖妹妹

第二天上午，一名年轻老师替换了阴鸷的老头儿。新监考老师看上去很文弱，说了一通跟老头昨天说过的差不多的话，不过语气要好很多了。张恬昨晚看了很久的书，现在的脑子成了一块铁板，而跟游戏有关的东西却像一块隐形的大号磁铁，总是若有若无地在吸引着他。

张恬敲了敲脑袋，坐正身子，试图让思维清醒一下。不远处的江楠之显得比较轻松，有一刻他回头看张恬，那时张恬却转到别的方向去了。张恬注意到前排一个头发卷曲的男生，正和他左边一个企鹅般的矮胖男生交换眼神，以至卷子传过来之后过了一段才发现。

这次的卷子上居然还打出了命题人的名字：刘朝伟。张恬立即想起了比赛游泳的那个中年人，敢情他是一位数学老师。张恬的选择题做到第八题受阻了，前面一直很顺利，他也觉得挺满意。接下来花时较长地做了三道填空题，填选共余下了二十分。接着当他做大题的时候，前面两位开始不老实了：矮胖子趁监考老师有点迷糊的当儿，一双手慢慢移到裤兜里，掏出个大屏幕发出异样光亮的黑色手机，捣鼓了一阵，胖子表情平静地将手机放了回去。

后来张恬就没有继续跟踪了，反正那两人没有被监考老师发现，至于监控录像有没有打开，这是个问题。张恬陷在痛苦中，除了头两道题不大费事外，他在最后四道题里迂回盘旋了好几次，终究只写了一点步骤，连一个小题也没有解出来。

数学考完后，张恬心情有点低落，以至影响到了下午的英语考试。江楠之倒是心情不错，可笑地唠叨着考试的题目。

“就是那道题……那个大题的第四道题……哎呀哎呀……我想了很久，最后才想出来，”江楠之说，眼镜在鼻梁上摇摇欲坠，“只不过最后一个小问好像把结果算错了，等会儿我去找李鉴仁对下答案。大题的第三题你做出来没有嘛?”

“没有，”张恬老实地回答道，“我只做出来两道大题，后面的都是零零碎碎做了些小问。”江楠之表示理解，惋惜地点点头。

江楠之最终没能找到可以对答案的人，场面太混乱了，等他们挤到楼下的考室，很多人都已经走了。下午英语考试照例要考听力，因此要提前到，中午没啥复习时间。张恬抓紧时间背了一部分单词，但见江楠之又拿起高兴星的笔记看起来了。

“喂，你借了人家的笔记多久了？你难道不看啊？”张恬分别问江楠之和高兴星。

“他说他不想看英语，我就拿他的去看了，我自己还不是有。”江楠之回答说。

高兴星用手揉着太阳穴：“我不想看英语了，昨天晚上看了一夜，现在我需要的是清醒一下，再看脑袋真是要晕了，连听力都听不清楚。”

“听力都听不清楚。”张恬怀疑自己从来就没有听清过，他老是觉得音箱发出的声音含含糊糊，像是在念经或咒语。这次月考也不例外，他只能勉强听个大概，有时候他疑惑选项中所有答案都被人念出来了，叫他没法选。听到最后一题，张恬的耳朵实在跟不上语速了，眼睛向江楠之那边瞄去，见江楠之也挠着脑袋，眼睛望着天花板，好像在思虑自己为什么听不懂。

英语考试至少有一百分的选择题，然后才是填单词和作文。张恬几乎每次除了听力便是先做单词，不然他害怕一张卷子做下来，刚刚背诵不久的单词又忘掉了。等做完单词，回过头来愁眉苦脸地望着选择题，里面好多都像是没见过的句型，他实在怀疑老师有没有讲过这些。

做到完型填空部分，张恬稍微轻松了一点，这是他比较擅长的题型，上学期期末考试差点拿了满分。等做到阅读题的时候，张恬又犯难了，他每次都觉得里面有太多生词，很难看懂。当然这总归是张恬自己的感受，待他觉得已经耗费了很长的时间，最终把作文写完的时候，结果发现才过去了一个小时，也就是考试时间的一半。

“天哪，时间怎么过得这么慢啊！”张恬暗想，他觉得对付英语考试两个小时未免太长了。与此同时，另一间教室里，高兴星才刚刚开始做阅读题。他看了看挂钟的时间，未免心中有些着急，抱怨自己做得太慢了。

考室里充满了昏昏欲睡的气氛，江楠之取下眼镜，在桌子上趴了一阵子，抬起头看时间，还有半个小时。这时监考老师已经真正睡着了，眼镜都滑下了鼻梁，轻轻耷拉到了讲台上。这样一来，教室里有人开始掏出手机接收或者发送短信，此外还有弹纸条的，手法非常精准，纸条里写着不知道从哪儿抄来的答案。连张恬也觉察了考场里的异常气氛，左前方的矮胖男摸摸索索打起了电话，声音不算大，但至少邻桌都听得到。

“喂，喂！听得见，你说，”矮胖男像个架子十足的老板，“好好好，第三个填什么单词？什么？哎呀，老子听不懂那些，你念字母，不要念读音，听不懂！”

还剩十分钟光景，监考老师总算从乌有乡醒来。一开始大概还没意识到自己在什么地方，先揉了揉眼，左顾右盼地看了两下，终于想起自己还在监考，连忙扶好眼镜。教室的混乱场面立即恢复到初始状态：每个人都昏昏欲睡，眼神惺忪，也有的站起身来交卷了。考试直到铃声响起的时候，还有接近一半的人坐在座位上。

下午五点左右，暴风雨的警报似乎解除了。天上灰沉沉的云彩裂开了一些缝隙，几个小时不见踪影的太阳光斜射出来，描镀在高高低低的楼房轮廓上。张恬呼吸着傍晚时郁闷的空气，融入熙熙攘攘的人群：虽然考得不尽如人意，但他还是感到一阵轻松。江楠之的英语考得也没有把握，他找高兴星对了一通答案，算下来总成绩是九十七分。

“我的答案肯定不准确，你这个九十七要么高了要么低了。”高兴星说。

江楠之不耐烦地答道：“还用得着你说，这不是废话吗?!”

张恬站在原地看着他们，心头有点躁动，这是从英语考试开始便有的。他想起自己快一个星期没有碰过电脑了，略一迟疑，便对身边的两个人说：“明天就放国庆长假了，晚上要不要出去玩玩儿?”

江楠之坚决地摇摇头：“还是算了，我昨天才被老爸警告，他说要是晚上再敢跑出去玩，就打烂我的屁股。”三个人商量了一会儿，一致决定后天再说。

十月二号那天，张恬早早起床，洗漱完毕出门，在轻轨车站刚好碰上江楠之。等车的江楠之聚精会神地摆弄着自己的手机，张恬悄悄走过去，冷不防把手伸进他的裤兜。江楠之吓得怪叫一声，往后退了好几步，这才看清是张恬。

“幸好我没出手，”江楠之擦着汗说，“要是扒手的话，肯定会受伤的。”接着他发现自己没有表述清楚，便解释说他的意思是扒手会受伤，并有意无意提到自己在人工湖畔那精彩的两脚。

到了学校大门口，高兴星还没有影子，倒是碰见了其他几个同学，都是出来闲逛的。大家站在台阶上瞎扯了没几句，就看见高兴星精神十足地走来了。

“走吧走吧！”高兴星人还没到，就大手一挥，好像指挥下级的首长一样。张恬和江楠之发现高兴星和吴胖子走在一起，搭配十分和谐。

“走哪里嘛，走哪里嘛？”江楠之砸砸嘴，故意做出很不耐烦的样子。

高兴星说：“今天要不要从事点健康活动？先到商业城步行街去逛逛？每次一出来好像都是直奔网吧，我想了一下，我们也这么大了，还是要到处逛一下嘛。”

“随便啦，我反正是在家里待烦了，出来轻松一下，只要不坐在家里就行了。”吴胖子呵呵笑了两声。

张恬内心里很想上网，不过他不想因为这个让大家扫兴，于是表示“无所谓”。

“走走走！步行街！”高兴星见没有人异议，心中十分满意，“坐轻轨去，两站路就到了，又快又便宜。”于是刚下轻轨的张恬和江楠之又翻着白眼向轻轨站走去。

商业城步行街是本市最热闹繁华的地方，节假日这里的人就像下饺子一样多，在国庆这种人人不旅游也要出门的时节，去那里闲逛其实是一桩非常烦人的事情。轻轨到站，高兴星轻车熟路地带着三人钻出地下站台，引领他们直奔正确的方向而去。由于事先没有什么目标，高兴星便让大家陪他去买衣服，吴胖子一概表示干什么都行，张恬和江楠之也只好附和。

他们来到最大的“苹果百货”，这家商场一共有八层，每层卖各种各样的商品，无非是化妆品小家电鞋帽衣服之类。商场内跟火炉般的步行街不一样，温度低得像冰窖，中央空调吹出的风寒冷刺骨，让一身短裤褂的人浑身发抖。张恬只好双臂交叉，抱住绽开鸡皮疙瘩的裸露皮肤。一楼全是化妆品专卖和鞋子箱包，这几个小屁孩没有人招呼，甚至都没有人正眼看过他们。到了二楼三楼，又是什么淑女装、职业女装之类，花里胡哨的品牌和广告看得人眼花缭乱。

“好久没逛过商场了，感觉真有点不适应！”吴胖子一边嚷嚷，一边歪着脖子看一个美女的时装照，“这人长得真他妈漂亮，不知道有没有整容！”挺大的声音引来周围顾客和服务员的侧目，张恬等人连忙和吴胖子拉开距离。

四个人闷着头上到顶楼，才发现童装和少年装应该在七楼，又掉回头慌里慌张地往下走。中途高兴星撞倒了一个模样猥琐的中年人，被狠狠地骂了几句。

“对不起，我没有看清楚。”高兴星连连道歉，那怪叔叔爬起来，嘴里还在呜呜噜噜。

站在自动扶梯上，高兴星开始得意地自吹自擂：“看吧，这样逛一圈比上网有意思多了。一会儿买完东西，我们去吃饭，吃完饭就去看电影，我请客。最近新出的电影有些什么来着……反正我们以后要是常这样，就不会沉迷在那些破网吧里了。”说完还打了个响指。

“钱是‘常这样’的基础。”张恬接过话头，一旁的江楠之点头同意。

选衣服的时候，让人意外的是，高兴星十分挑剔。他反复征询服务员和几个随行者的意见，但当人人都说不错了，他却一口否决，然后莫名其妙地鸡蛋里挑骨头，指出一些瑕疵。最后大家搞烦了，对他选中每一宗商品都恶意大加贬抑，此时的高兴星反而力排众议，试图通过夸大衣服的优点来说服反对者。最后他在阿迪达斯完成了这次冗长的购物，购买了一件T恤和一条短裤。

“我记得卡上还有钱。”高兴星在收银台自言自语，从荷包里摸出一张银行卡。另外三人站在不远处静静地看着，说是保镖模样又不大靠谱。

“卡上的余额是一千一百零二元……您还剩余二百八十八元。”这是大家在商场里听到的最后一句话。他们乘观光电梯直下一楼，时间是十二点半，要是在学校里早就吃完午饭了。

四个人随着拥挤的人流走到好吃街，高兴星正准备说出酝酿好的“吃什么？我请你们”时，突然身形一滞，呆在原地不动了。他一只手还插在裤兜里，眼睛瞪得老大，眉毛拧成一疙瘩。

“怎么啦？”江楠之奇怪地走上去，用一根手指头在高兴星眼前晃了晃。

高兴星慢慢吐出几个字：“我，我那个……裤兜里的钱，钱掉了。我，操！”

吴胖子用试探军情般的口吻问：“掉了多少？”眉毛还高高扬起。

高兴星伸出食指，顿了一会儿，在众人没开口前回答：“一千，没了。”

听到高兴星的话，几个人好像都受到了打击，仿佛自己的钱丢了一样。江楠之立即开始分析钱是如何丢失的，他不停比划着手势，从轻轨推演到学校，又从学校揣测到商场……几人从十二点半站到一点，肯德基门口的服务生像看活宝一样看着他们。

“估计是在轻轨车上被小偷摸掉了。”张恬下结论说。

“嗯，”吴胖子随声附和，挠了挠圆乎乎的大头，“现在没钱了，我们上哪儿去?”

张恬心中压下去的欲望又复苏了：“既然不能去看电影，要不我们找个网吧上网吧。”

江楠之也想起自己尚未看完的动漫，于是附和张恬说：“也只有这样了，我想起上次那部动画片没有看完，干脆就去网吧看完算了。吴胖子，你去不去?”

“我随便怎么都成。”吴胖子很随和地说，又开始呵呵笑。

江楠之不知道他在笑什么，“说起来我也很久没上网了，顺便去看看有什么新游戏，家里那些老游戏都玩厌了。”

四个人里有两个同意去网吧，还有一个表示无可无不可，高兴星也不好说什么了。他本来想回家取到钱再出来，但又觉得太浪费时间，只好作罢了：“你们要去也行，我是觉得，经常这样不能自拔也很麻烦，这次月考除了英语，我估计都有问题……”

他们先去“乡村基”胡乱吃了顿快餐，之后找到一处名叫“浅绿色”的网吧——江楠之隐隐觉得高兴星以前好像带他们来过，但想不起是啥时候的事了。堂子里稀稀拉拉没几个人，一位矮墩墩的老板坐在钱柜后面，百无聊赖地看一部古装武打片。路过时张恬向屏幕瞄了一眼，发现男男女女一帮人正打得一塌糊涂，不过他平时非常讨厌看武侠电影。

好久没有碰“魔兽”，明显感觉生疏了，张恬在跟网上玩家的对战中连输了好几场，搞得心情很不爽。旁边的吴胖子又不断有骚扰行为，搅得他没法专注地进入游戏状态。

“哇，这个玩起来牛×！”吴胖子忽然大叫一声，吓得张恬掌握鼠标的手一颤。

“喂，吴胖子，你稍微小声点嘛，”张恬很恼火地说，“你这样搞，别人看我们都是二百五。”吴胖子对别人怎么看好像没有什么反应，不过嘴巴总算消停了。江楠之坐在椅子上倒是一副爱谁谁的样子，他戴一副硕大的耳机，身子硬挺着，双脚不停地抖来摆去，好像个小流氓。

高兴星本来很坚定抵制来网吧，不料回到这个熟悉的环境以后，磐石一般的信心又像日光下的冰雪一样融化掉了。他平时只是用手机上下QQ，已经相当长时间没碰过电脑，可是一旦坐在电脑前，才深切地体会到用电脑上网确实比手机爽十倍。上线没有几分钟，耳机里就充斥着QQ吱吱的信号声，高兴星不得不设置成静音模式，否则他什么声音都听不见了。

“又上QQ啦？头次那个什么飘雪呢？”江楠之像狗仔队一样把脑袋探过来，露出怪怪的表情，“你这个是谁啊？哎，躲躲闪闪的，有啥秘密？”

高兴星把电脑屏幕旋转了一下，说：“管什么闲事，自己看自己的漫画，难道我就没有自己的隐私不成？”一边说一边把键盘敲得稀里哗啦响，有一瞬间江楠之看到他脸上露出傻傻的笑。

“我这个是动漫，不是漫画，你见过漫画会动吗？”江楠之说。

今天张恬实在没有手气，连输了四局，勉强在一个菜鸟那里扳回一局，没有了继续玩下去的心情。他周围的人都不玩《魔兽争霸》，吴胖子笨拙地把鼠标挪来挪去，玩着一个低幼级别的小游戏，还不时发出很快乐的嬉笑声。

“呵呵，又赢了。”吴胖子不知在向谁炫耀，此时张恬刚从他旁边走过去。

张恬站在高兴星身后，他还浑然不觉地在QQ上瞎聊，脸面被屏幕混杂的反光映得花里胡哨，表情有点呆滞。跟他对聊的是一个昵称“六月飞雪”的Q友，高兴星很久以前就把自己QQ上的性别改成了女性，甚至还花了十几块钱买了一套QQ秀。高兴星正非常投入地敲着键盘，张恬则慢慢欣赏两人的谈话内容。中途，江楠之往这边瞄了一眼，没发一言就转过身去了。“六月飞雪”跟高兴星互晒了很多自己的身世，往下口气越来越黏糊——

“是啊，人家和你就是一个区的人嘛，人家从小就是在这里长大的耶。”

“不是啦，我现在不在家上网哦，我家的别墅不是很大，只有两百多平米啦。”

“要不发张照片给妹妹看看吧，姐姐肯定比我漂亮多了，嘻嘻。”

——张恬经常看到高兴星打出这样的回复，早就见惯不惊，只是觉得后半句完全是废话。高兴星聊得入迷，眼睛无意识地眯缝着，嘴巴却越张越大。

很快，“六月飞雪”发过来一张美女照：颜色染得很前卫的头发，一双俏丽的眼，红鲜鲜的嘴唇，看得高兴星迷迷瞪瞪，口水都快流出来了。

高兴星飞速回复：“姐姐真是个大美女，比人家还漂亮。”

没想到对方的回复是：“人家的照片暂时找不到啦，这是人家妹妹的照片哦，怎么样？还行吧？”

看到这儿，张恬忍不住“嗤”地笑出来，等他想捂住嘴时已来不及了。

“哎呀！”高兴星的隐私泄露，一张宽脸顿时红得像斗牛士手上的那块布，他恼羞成怒地叫道，“你，你咋个偷窥我，老子上次跟人聊天，你也在旁边偷偷站了半小时，我看你是不是有怪癖?”

张恬指点着“姐姐真是个大美女，比人家还漂亮”那行字：“哎呀，我有没有怪癖不知道，我只围观某人说的话。”高兴星吭哧吭哧地生了阵闷气，觉得难以反驳，干脆闭口不语，转过头继续跟大美女聊天，大约是无奈地默认了张恬的存在。不过接下来，高兴星还是把显示器搬来搬去，其实这时的张恬尽管还站在原处，对他聊天却已失去了兴趣。

不料一个网管突然走过来，指着高兴星说：“哎哎哎，干什么呢，显示器是这么折腾的吗？要是转坏了，你赔不起就把你扣在这里哦!”高兴星觉得人人都跟他作对，骂了一声，撒手不管了。他开始用夸张的动作敲键盘，有意把声音弄得特别大。

看完动漫的江楠之无所事事，他站起身，把头凑到张恬旁边。高兴星也没法儿躲闪了，皱着眉头只管打字，这种情形在他们的网吧生涯中早已不再新鲜。

吴胖子看到三个人挤在一块儿，不知道是在看什么稀奇，也跟风冲到这边来：“你们在看什么好看的东东啊？我也想看看。”

高兴星心想：“这些要是被吴胖子看到了，那还得了?”赶紧把对话框最小化了，慌慌张张地点开游戏《魔兽争霸》，载入游戏界面后，一座冰山和冰海出现在屏幕上，3D画面和高清的色彩让人有身临其境之感，似乎能听到凛冽刺骨的呼呼寒风声。

吴胖子没玩过3D游戏，《魔兽争霸》让他眉飞色舞，十分来劲：“操，这个是啥游戏？这么牛×的东西，我还从来没有看到过!”高兴星暗暗好笑，心想你吴胖子没见过的东西多着呢。

等吴胖子回到他的座位上，江楠之小声在高兴星耳边说：“那个

‘六月飞雪’真靓啊，我说，干脆约她出来见一面，我都想看看真人啥样。”听了江楠之的话，高兴星敲打着键盘回复道：

“姐姐，我们这么有缘，是不是出来见见面啊？”

“你家好像离这里很远哎，我现在商业城步行街这边，下次有机会姐姐专门约你出来玩噢。”

聊到这里，高兴星浑身一紧，旁边的江楠之露出诡异的神色，转过头望望张恬，张恬盯着江楠之不说话，但是交换了下眼色。

高兴星继续回复：“六月姐姐，我现在也在网吧上网嘛，不在家里。”

“是吗？在哪家网吧？”

“很小的一个网吧。估计离你不远噢。看来我们真的是有缘分噢。”

“你们说，她会不会就在这间网吧里？”高兴星好像突然有了第六感似的，面露惊惶，“要不然我跟她聊着，你们悄悄在周围转一下——”

“不见得吧？我在哪儿，你在哪儿啊。”

“要不要我猜一猜？我对这一带可是很熟悉哦。”

“小妹妹，你为啥对姐姐的行踪这么关心咧？你猜不着的，姐姐也不会告诉你。”

高兴星继续有一搭没一搭地闲扯，江楠之和张恬已经消失了。这时候网吧里的人多起来了，里面玩《魔兽争霸》的人不少，两人装出若无其事样子东看西瞟。纳闷的是转了一大圈，没有发现一个跟照片哪怕是相似的人。

不知为何，江楠之很拿这个当回事，他一边八方观察，一边对张恬说：“奇怪，那个女人的样子我咋觉得很熟呢？我是不是以前认识那人？或者是看见过那人的照片？”

张恬耸了耸肩：“你还当真了，现在网上假装女生的人多了。高兴星这个傻帽，他自己男扮女生，那个自称美女的人难道不可能假扮吗?”江楠之一听恍然大悟，不住地点头。两个人决定再找一圈，这一次特别把注意力放在屏幕上，主要关注那些聊QQ的人。

“高兴星认识那个六月飞雪有多久了?”张恬随口问。

“大概有一个多月了吧，好像是玩什么游戏时认识的，高兴星原来一直跟她聊游戏呢。”

张恬有点惊奇：“高兴星也玩游戏？我居然会不知道。”

“嗨，”江楠之转了转脑袋，“人家高兴星玩的是那种，女孩子玩的网络游戏。其实他对游戏没多大兴趣，主要兴趣是跟女生套近乎，呵呵。”又转悠了一会儿，江楠之锁定了目标，那是一个金发披肩的他（她）。站在他（她）的身后，两个人差不多是同时发现屏幕上的QQ对话框里，显示出了高兴星漂亮的QQ秀。张恬把脑袋低下去，恰好看到高兴星的回复：

“人家长得那个……跟QQ秀上的人差不多啦。”

他们慢慢侧过身子，尽可能不打草惊蛇地靠近金发人。张恬先是看见他（她）耳朵上的耳钉，纤长手指上戴着不知是真是假的戒指，他懒洋洋地敲着键盘，指法娴熟。再走近些，一张棕黄色的脸浮现出来，睫毛修长，嘴巴涂着浅浅的紫色唇膏，右肩挎了一个很大的时装包包，比十九英寸的电脑显示器还大。一副边框红色的眼镜架在短粗的鼻梁上，脸上挂着若有若无的笑容。

“撞他妈的鬼，”江楠之小声说，开始向后移动，“就算是个男的我也能接受，结果是个不男不女的非主流，赶快撤吧，吓死老子了!”张恬点点头，那人的模样让他心里也生出异样的感觉，就好像碰见妖怪一样，难怪那人两旁的座位都空空如也。

第十一章
三位“补课帝”

“高兴星，你那个‘美女’六月飞雪真的就在这个网吧里，被我们找到了。”江楠之故意把语气放得很平淡地说。

高兴星顿时两眼放光，立即兴奋地追问：“怎么样，是不是跟她的妹妹长得很像？”

“像得很，”张恬刻薄地回答说，“简直就是双胞胎，一模一样，不信你赶快去看吧。”高兴星没有注意张恬的语气有什么问题，他从座位上跳了起来，根据江楠之的导引，大步流星地冲了过去。结局这里自然就不用细述了，两三分钟后，高兴星东倒西歪地绕回来，呼吸急促，脸色潮红，表情中混杂着恼怒、羞惭、狼狈、轻微的虚脱等等复杂的成分……不过他很快就镇定下来，态度坚决地表示要立即离开这家网吧。

他在QQ上回复了两行字：“对不起，有急事不能和你再往下聊了，一个模样很怪异的非主流非要让我陪他逛街。”说完立即把他从好友表列中删除了。

在另外的网吧里，高兴星小心翼翼地继续和若干女性好友聊天，但是刚才的杯具使他无端地疑神疑鬼，对每个人都产生了不信任感。

“弄不好她们都是男生吧，我不相信会有女生这么说话，妈的。”高兴星胡乱地按着键盘，对一边的张恬说。张恬玩游戏的状态渐渐开始恢复，很难说沉浸在游戏世界中的他是否听到高兴星的话。

“是啊，那些玩游戏的人都是想要泡妞的男孩，”江楠之语带讽刺地说，“其实根本没有女孩玩那种游戏，你们都被骗了。”

“不是这样吧？”高兴星口气游移地说，“不是人人都这么无聊装女生的，”他还没意识到自己是在自我贬低，“我敢肯定这里头肯定有女生，只是我目前分辨不清楚而已。”

“是啊是啊，那太幸运了，谁说不是呢？”张恬也顺便挖苦道。

这让高兴星在其后的几个小时里一直处于焦灼状态。他关掉QQ，然后去尝试各种新的网络小游戏，同时又不停指责这些游戏毛病太多，反复表明自己对它们并没有兴趣。

“要不要试试《魔兽争霸》？”刚刚大获全胜的张恬心情不错，扭过头来问高兴星，“至少这是我近年来最喜欢的游戏，它在世界范围内都很受欢迎哪。”

“那个看起来很麻烦吧，我懒得玩儿。”高兴星说。

张恬笑了笑：“聊天当然简单了，可是到头来不过是说了一堆废话而已。竞技游戏对提高智力和反应的敏捷度很有作用，当然了，前提是……不能陷得太深。”说完自己也觉得无聊，道理都能够明白，可是他仍然是陷得很深了。

高兴星叹了口气：“说得不错，我觉得在网络交际上，老子做得十分失败……老子再不为那些狗日的人妖浪费时间了。”

十月三日，星期五，一个十分不祥的日子。张恬早晨起床以后，妈妈一直没和他说过话，除了一句“去吃早饭”。张闻学坐在客厅里沉默地浏览报纸，摸着他的八字胡，要不是戴了一副厚重的眼镜，张恬觉得他跟图片上的鲁迅很有点相像。吃完饭，张恬看到靠在沙发上的妈妈在打量他，爸爸的目光也有意无意地瞄过来。知道苗头不对，他赶紧回到自己房间里，摆出一副做作业的样子。但那些枯燥无趣的作业实在败人胃口，没过一会儿，他就拉过那本《你好，幽默》读起来。

三口人围坐着吃中午饭的时候，心事重重的张恬垂着头，眼光尽量不跟父母交汇。

“恬恬，你考虑是不是要补一下数学?”妈妈忽然停下筷子问。

听到要补课，张恬就不大高兴：“为什么要补数学?”

“你的数学不大好，你自己又不是不明白。”张闻学接过话头，“你的月考数学只有七十来分，这个成绩不是所有人都能考出来的。张恬，你在学校的情况我们其实相当清楚，比如上次秋游的问题，薛老师早就跟我们沟通了。我并不主张事事追究你，但是你……”他脸色越来越严肃，那派头看上去很有型，可张恬看到父亲的神情就心烦——他最讨厌父母给他脸色看。

妈妈打开手机：“听听你的月考成绩，语文一百二十六分，这个不说了；数学七十八分，年级一千三百多名；英语九十一分，年级九百多名；物理，三十九分!! 一千五百多名。”

“说实话，你这次考得还不算太差，”张闻天接过话头，“比起上学期期末更烂的成绩好一点，而且语文考得不错。这个国家的应试教育是很叫人头疼，我也很讨厌，但是这是改变不了的事。张恬，你不是不知道中考的考试科目，除了政治历史，还有物理化学。现在化学课还没有开始上，物理你就先放弃了，那你说说，要不要考高中?”

妈妈神色坚定，毫不含糊：“现在你必须去补课，不然一到星期天，不是抱着那些闲书看，就是跑出去瞎混。”

张闻学对妻子的话很不满：“看课外书有啥可指责的？可以养成他的品位嘛，恬恬作文写得还行，难道跟阅读没有一点关系?”妈妈一听不说话了。

“我会努力的。”张恬咕哝道，刚才的话没有听清一半，他脑子里想的完全是别的事。

“你先去做作业，”张闻学说，张恬很敏感地注意到了“先”字，“你的学习其实还是不够认真，我们得另找个时间好好谈谈，你去吧。”张恬经常被父母谈话，不过他很难有听进去的时候，因为他一旦看到父母的脸色，脑子就恼火地关闭了一半。之后从他们嘴里蹦出的每一个字，都让他莫名地生厌，于是他就成了一个裹满超级合金的金属人，对枪林弹雨无所畏惧，呼啸的子弹只能在装甲表面留下一点极浅的印痕。

高乐天星期五一大早又要到局里去，贾丽瞳不知道自己抱怨过好多次了：“孩子是不是我们生养的？成绩都这个样儿了，你天天只知道工作，家里的事你到底还管不管?”

高兴星知道自己又考差了，他侧起耳朵，听到楼下传来父亲无奈的声音：“丽瞳，你以为我愿意这样啊？我也是没办法！等单位上的事情忙完了，我肯定会抽时间好好跟他谈。”

“你今天是加班吧？别以为我啥都不知道！”贾丽瞳很恼火地说，“你就不能够请一天假？我实在是不明白，你怎么放心让我一个人跟孩子待在家里?”一边说着，高乐天的手机又响了。高兴星听见父亲接了电话，接着好一阵子，都只有高乐天的“嗯嗯”声。

“你听我说，丽瞳，”高乐天声音低低的，“有些事远没有你想的那么简单。”随后大门“砰”的一声关上，接着便再没有动静了。高兴星继续在房间里磨蹭，直到他手机的闹铃声响起，他才穿上衣服，装出睡眼惺忪的样子慢慢走下楼。客厅里，贾丽瞳拿着一本装帧精美的杂志似看非看，脸上余怒未消。见高兴星这时候才起床，没好气地瞪了他一眼，说：“吃饭去！”

高兴星见到妈妈的表情，心中有底了。根据经验推断，估计自己考得不算太差。吃完早饭，贾丽瞳又让他坐到沙发上去。高兴星一方面故作镇静，一方面又心中忐忑，他终究还是害怕自己考得太烂，不大好混过去。

贾丽瞳坐得很端正，并且像薛珍一样敲着茶几：“星儿，国庆节你也别出去疯玩了，整天就知道跟张恬王顺子这类人鬼混，你知不知道薛老师对你的评价？别的我不想说，你看看你月考考的什么名堂？”说着很不客气地把手机甩在茶几上，高兴星连忙拿起手机看短信：总分三百二十三分，语文九十二分，年级名次一千一百七十六名，数学一百零一分，年级八百二十三名，英语一百一十七分，年级五百六十四名，物理十三分，年级一千八百一十名，年级总名次有待统计。高兴星呆顿了一阵，又看到后面的信息：尊敬的各位家长，学校将于十月十日星期五下午四点召开全年级家长大会，这是家长和老师间沟通的良机，希望您届时参加万勿缺席。

“物理十三分！高兴星，你想想你搞的啥鬼啊？”贾丽瞳大声责问，敲桌子的样子越发像薛珍了。高兴星倒没有在意物理成绩，此时他只是庆幸自己在数学上的努力没有白费时间。

“还有你的语文，咋个才刚刚及格？”贾丽瞳继续发作，“上学期期末语文考得够差了，当时我们就希望你加把劲儿，可现在的状况看不到一点改变，你说正常不?”

“有啥不正常的，考得比我还差的人也不少。”高兴星嗫嚅着抗议，自觉这次已经考得不错了，妈妈还是如此唠叨，心里不免有些不满。

“那你为什么不想比你考得好的同学?”贾丽瞳的回答跟高兴星意料的一模一样，“在我看来，语文在及格上下徘徊，这个就不正常。母语学得比外语还差，像什么话?我不要听无谓的解释，我告诉你，给我补课去，不要惹我生气。要是半期的考试还是这副模样，就等着挨你爸爸的揍吧。”高兴星虽然做出很委屈的样子，但心里偷着乐，因为这是他少有的平安度过月考的经历，也算是临时努力抱佛脚的回报吧。

江楠之的妈妈“十·一”和一帮姐儿们旅游去了，剩下他和他老爸在家里。江武不知道儿子月考的情况，一直到三号中午，江妈妈才把月考成绩的短信转发到他手机上。

“物理三十六分!”江武突然猛地一拍饭桌，没头没脑地来了一句，脑袋上直立的头发仿佛要自行浮向空中去了。江楠之的脸一下子吓成了青色，吞到一半的面条哽在了喉头，他赶紧端起杯子喝了一大口水。

“物理三十六分!”江武以为江楠之没有反应，又拍了一次桌子，心想是否威慑力不够，又加上一句“他妈的”!

江楠之最近胆子似乎大了些，不像以前那样吓得不敢说话，他小心翼翼地问：“我的其他科目呢?考得如何?”意思是让江武别老逮着一科成绩不放。

江武不知道自己到底要表达什么，于是又指着手机，浓密的眉毛高高耸起：“语文一百分!数学一百二!英语八十分!”他的声音相当的高亢，其中的情感却辨不大清楚。

江楠之松了一口气：“除了物理，各科成绩都比上学期进步大多啦。”

江武思路还没能理清，于是很不耐烦地把江楠之的话挡回去：“上学期？你上学期的那个狗屁成绩还好意思说？哎呀，吃自己的面条，吃完老子再慢慢收拾你！一想到这些事，老子就觉得满心的焦虑。”说完飞快地吃起面条来，江楠之暗暗嘟囔：何止你这么想，我也是一样，你每次都说些乱七八糟的话，还不如不说。

江武很快吃完面条，踱到客厅的沙发上靠着，盯着电视发愣。电视正在播本地新闻，较少的普通话和较多的本地方言混在一起，听上去南腔北调，乱糟糟的。江楠之知道老爸要找他“谈心”，故意吃得很慢，一直磨蹭到实在不行了，才把面碗端到厨房去洗干净。本想趁老爸看电视的空当溜回房间，不想江武毕竟是有本事的人，灵敏地听到了儿子的一切动静。他轻而易举地截住江楠之，拍拍沙发，好像那地方很舒适似的。江楠之装作没有领会父亲的意思，斜着身子坐在一旁的小凳子上。

看到儿子装傻，江武很不高兴地皱了下眉头：“坐这边来！”江楠之这才无奈地坐过去，不过还是警惕地跟父亲保持了一段距离。

江武上次听儿子吐露了那番话后，心中已有所醒悟，对以前非打即骂的做法产生了怀疑。他这一套大抵是从江楠之爷爷那儿得来的，只是转念一想，既然老家伙把自己调教成了个粗人，无论如何也应当换一种方式。于是江武决定把调门儿降下来，“尽管你物理考得不咋样，但我还是要表扬你一下”。说到这里他突然顿住了，不是因为儿子的讶异神情，而是自己还没有想好怎么往下说。

过了一会儿，江武挠了挠平头，又开口说：“薛珍说你秋游的时候跟同学打架，一脚踢倒了谭大慧……那一脚功夫还行，你老爸……”他发现江楠之的眼睛瞪得溜圆，总算意识到自己的话有点离谱，于是急促地提高了声音，“不过，你老爸不是让你拿本事去派这样的用场。你那两手学得虽然不错，但用来对付班上的同学，就相当荒唐了……这个呢，明显体现出了你接受东西很快的优点……”江武说着思路更加不清晰了，声音愈来愈小，江楠之听不明白他到底想表达什么。

“你的智力是没说的，薛珍总是指责你，我觉得她确实有成见。当然你要叫她薛老师，老是薛珍长薛珍短的，这种口气也不对，她毕竟是老师嘛……”江武又卡壳了，他努力在脑海中搜寻新的思路，江楠之感觉自己面前的那个人好像不是老爸江武，倒像是一只泄了气的老虎。

“最近在看什么动漫?”江武盯着江楠之问，像是套近乎的样子。

江楠之知道老爸最厌烦自己看动漫，于是摇头说：“最近没怎么看，我那个，上次去秋游后，一直就没有看了。我一直在好好复习，结果物理失误了。”

说到物理成绩，江武脸色一下子就变了，刚才的温和消失得无影无踪，他大力敲击着沙发说：“物理三十七分！江楠之，你是咋个搞的?”他突然觉得自己急转弯的失态，立马放缓语气以挽回：“但还是有希望的，这门课不是刚刚开始嘛，内容还不算太多！而你现在的成绩也不是十几分、几分，说明你还是搞得懂一些的！那些搞不懂的内容摆在那里，你只要用心把它们搞懂了，物理得满分就没有问题!”

“这不是废话么!”江楠之情不自禁地点评，忽然想起面前的人是老爸，又急忙闭上嘴。

江武的目光飘忽过来，张口说：“你这话也说得没错，思维很敏捷，估计是你妈的遗传。你老子就是对语文方面的东西不敏感，所以语文方面你要多加把劲！你的数学完全可以提高到优生的等级去，我跟你妈商量过，国庆期间你在家也是鬼混，干脆到郭老师那里去补补课。这个是必须的，没有商量的余地。”

今天江武没有显露他霸道的一面，江楠之的骨头也有点轻了，他不满地嚷嚷说：“补课？我的作业本来就有一大堆，现在又要花时间补课，我还想放松放松哩！”江武装了半天孙子，自己都觉得憋闷了，一听儿子的话，两眼开始放射凶光。江楠之再一次意识到面对的是江武而非别人，于是赶紧闭上嘴，匆匆溜回房间去了。

国庆黄金周，上班族们都想趁这个时间出门旅游，最少也得上街去闲逛一趟，解放一下平时不自由的身体。但是某一部分人此时仍然没有空闲可言：他们背着干瘪的书包，或是拎着别的什么包，也可能手上拿个文具袋，急匆匆地奔走在路上，通常脸色都不大好看。

张恬完全暴露在了阳光底下，他大幅向前迈了几步，躲到一幢高楼的阴影下——这楼房紧贴着一段老城墙，离他们学校不远。

“教师的集资房也能修得这么好。”张恬眯细眼，仰头朝上望去——这座造型别致的米黄色建筑，外观质地一点不比商品房逊色。他思路回到自己身上，想到要一个人去高压锅家补课，心中有些泼烦——因为不知道有谁在那里补课，而他很不喜欢跟陌生人打交道。

高兴星像宝贝一样捧着手机，阳光太强烈了，液晶屏上芝麻样的小字实在看不清楚。他咒骂了两句，抬起头看看前面的那栋楼房，不料发现那儿徘徊着一个熟悉的人影，浮躁的心情立刻好了许多。

“张恬，你在这儿干什么呀？”蹲在阴影里的那人突然听见熟悉的声音，抬起头来，见高兴星戴一副墨镜，正满脸带笑地走过来。

“家里要我补课呢，这个国庆恐怕就这样完蛋了。”张恬闷闷不乐地说。

高兴星呵呵一笑："跟我一样啊，你不会是去补数学吧？"说完眼神很期待地看着张恬，眼睛乜斜着，那是被头顶的光线给晕的。

张恬看到高兴星的模样不禁笑了："是啊，我还以为只有我一个人呢，没想到你也来了。不知高压锅那里还有些啥人？"

"别傻蹲在这里呀，我们进里面去，"高兴星拉起张恬，"那儿有沙发坐，到了时间我们再上楼去。"底楼过厅里虽然没有空调，但是空气阴凉，他俩立刻感到爽快了很多。两只木沙发上已经坐满了来补课的学生，一个保安坐在电梯进口处，双肘搁在桌上，神情百无聊赖，昏昏欲睡。墙上液晶屏不停地播放广告，更加重了单调的感觉。

"嗯，还有十分钟该上去了。"高兴星看了看时间，摘下脸上的墨镜。

张恬斜倚着墙，无聊地拉动着文具袋的拉链。拉链拉过，一个豁开的狭长裂口就出现在眼前，好像一道峡谷；再往回拉上，拉链又严丝合缝地纠结在一起，把塑料袋完满地封闭起来，就像他某些时候的大脑。正在这当儿，一只手突然搭上他肩头，由于最近惊吓过多，他的反应只是微颤了一下。转头发现一个戴眼镜的圆脑袋男孩，短发像刺猬样乱糟糟的奓着，轮廓分明的嘴边带两个笑涡，从里面冒着几丝傻气。

"哟，居然是楠之哥，什么风把您给吹来了呀？"高兴星居然会一口标准的京腔。

江楠之咧开嘴："我刚刚还在为补课的事发愁呢，现在看来不用发愁了，倒是想想其他事情去。"一边说一边带头走进电梯里去了。

高压锅的补课方式很简单，就是做练习。他穿一双粉红色拖鞋，摘去了平日很少离开鼻子的眼镜，用那种听起来有点怪诞的普通话说："数学！就是要多做作业。"说的过程中做着各色手势，然后从茶几下的抽屉里拉出一大堆复印的练习题。从还算马马虎虎的字体可以看出，这是郭老师用签字笔一个字一个字写下来的。

“手写的不如电脑打出来的有感觉，”江楠之评价说，他和张恬还有高兴星坐到一堆，打量着周围不认识的人，“咋搞的？我们班的同学一个都没有。”

“有啊。”张恬指了指几米外认真做题的李鉴仁几个。

“那些不算，”高兴星心有灵犀地摆摆手，“噢，看来真的只有我们三个，奇怪。”

题目不算很难，当然，高压锅给他们删掉了一些内容，不懂的题随时可以问他。高压锅就坐在沙发上吞云吐雾，还拿着一本杂志悠闲地看，直到有人过去请教，他才用奇怪的普通话讲起来，于是不时可以听到他的声音响起。

他们从楼里走出来，天色变得灰蒙蒙的了，太阳猥琐地从高楼上方漏出一点辉光，这使得其他地方看上去显得更加昏暗。

“哎哟，高压锅出的这些题真精髓，比练习册上的好多了。”江楠之伸个懒腰说，“累死老子了，明天还要去周老师那儿补语文，我倒觉得还不如让张恬来补。”

“我也要去，”高兴星苦着脸说，他裤兜里揣着墨镜、手机之类，看上去胀鼓鼓的，“整个国庆长假都陷在里面了，妈的真倒霉。”

“这次没有看到‘小心地滑’了啊，”高兴星走过走廊时嬉笑着说，“看来轻轨站的人也学聪明了，知道这里不能放东西了。”上楼梯的时候，张恬鬼使神差地四处扫瞄了一遍，发现一个黄色的“小心地滑”小心地躲在一根柱子后面。张恬看它的时候，它好像也在回看自己，仿佛是某种活物一般。他叹口气，打消了告诉高兴星真相的想法，跟上两人的脚步，留下背后那道一晃而过的黄色光影。

第十二章
家　长　会

“我巴不得离家出走了才好，”张恬从教学楼走廊走过，听到一位具名不知的同学这么说，“我妈给我买了十套卷子，老子为了攒点时间玩玩，国庆前三天拼老命做完了，结果呢，她又买了八套，要我慢慢做！我不做，她就拿脸色给我看，妈的，老子为什么要听她的。”张恬听到“拿脸色”三个字，心中生起一股不快，不知不觉登上了顶楼。

顶楼是教学楼里唯一空闲的地方，就像家里的一个阳台。两百来平方米的空地周围，围了一圈半人高的墙，缠绕在墙上的是那种喜欢攀爬的植物。顶楼只有二十三和十二两个班，而二十五班在什么地方，张恬到现在还不清楚，据说那是全年级成绩最拔尖的一个班。

平时聚集在这里的多半是男生，高兴星和江楠之都不在。

教室里，高兴星一如既往地埋头玩手机。他们这排并列的三个人都不爱动弹：陈欣欣读小说，高兴星玩手机，再右边的那位呢？打盹。江楠之也很少出去，他情愿撑在窗台上俯瞰幼儿园，也懒得上楼顶和那群人瞎胡混。

“你这人就是不爱动，”从顶楼下来回到座位上的张恬说，“要是你天天都锻炼一下，游泳就不见得游不过帅浩了。”说着从抽屉里拉出一本有些年头的旧书，印装简陋的封面上是一幅装饰画，书名只有三个字：《弗兰妮》。

江楠之不为所动，他懒洋洋地看着窗外：“你不也不爱动吗？要不是去上厕所，你还不是和我一样，傻子似的坐在这儿，再说呢，”江楠之忽然坐正身子，“我觉得，我游泳已经游得够快了。他妈的，谁叫人家帅浩的舅舅是专业出身，我们不服不行。”江楠之用一个夸张的手势结束了他的话。

“那是你的信心问题，你爸还是散打教练呢，那么厉害。”张恬盯住手上的小说。

江楠之露出恍然的表情：“哦，对了，说到我爸，你们家谁来开家长会呀？”

“一般都是我妈吧，我爸说，他不喜欢跟中学老师打交道。”张恬淡淡地回答。

“我家大概是我爸来，不过我不大希望他来。”江楠之执拗地偏着脑袋，“我妈整天忙着赚钱，不然就是玩儿去了，她不怎么管事，主要还是我爸管得多。”

“有家长来开会就不错了，”旁边的赵一山哼哼道，左手还端着英语书，“有的人没有家长来开会，才不知道怎么办呢。”说着右手斜着一指，指到远处的第一排。

“说的是彭荔森吧？他怎么啦？”江楠之扶着眼镜，习惯地眯起眼睛，“他……”

“父母最近离婚了，可怜吧？”赵一山平静地说，听得张恬也抬起了头。前排两个女生兴致勃勃地转过头，赵一山本来在背英语，但毕竟面对的是女生，只好捺着性子跟她们扯了一阵。

江楠之又把头伸出窗外扯树上的结疤果子去了。张恬中断阅读，只听见赵一山断断续续的话：“父母离婚了……他爸爸找了一个女的……他妈妈找了一个男的……嗯……现在好像他父母是轮流管他……没办法啊……”张恬忽然想起书中读到过的一句话：“不要怜悯死人，怜悯那些活着的人。”不过他想这话用在这里未免太重了，他对别人不了解，没必要这样胡思乱想。

“不过，”张恬仍不免想，“要是他遇上什么烦心事，有没有可能离家出走呢？”

家长会来得很快。十一后上了三天课，星期五下午教室一片桌椅挪动的声音，讲台上的黑板写满励志的艺术字，后面墙壁上的黑板则列出各科前十名和综合前十名学生的名字。张恬看到自己的名字在语文下面排第二，心中很高兴，但又有点不满于第二的位置，心想要是排在第一就好了。

能看到各科任老师来来回回，只不知他们在忙什么。薛珍指挥学生搬动教室的东西，并督促两位班长熟悉他们一会儿要用到的台词：刘小静口里念念有词，满脸无邪的样子，眼镜的边框像金子般闪光。上次秋游后，他对刘小静的印象变得很差了，而且不知怎么回事，他最近对一些不那么熟悉的同学的印象也变得不太好，而他自己也不明白为什么会这样。

“哼哼，”张恬耳边响起帅浩的声音，“刘小静这个班长……”他转过头看帅浩，以为他是在跟自己说话，没想到帅浩做出刚刚看到他的模样。

“薛珍越来越没道理了，”帅浩好像是在自言自语，“好容易熬到今天家长会，她又要向我妈告状了。我倒要看看，她究竟能不能把我妈说服。”他一脚踢开脚下的空纯净水瓶，兀自走远了。张恬发现帅浩近来似乎有点不一样，从考试那天起便有这种感觉，不过到底是哪点不一样，张恬又说不大明白。

“发克优。”耳边传来几个优生用英语开的无聊的玩笑，张恬无奈地摇了摇头。

又过了一会儿，铃声响起来。这次铃声毫无意义，只是表示别的年级已经放学了。教学楼下面响起家长们的声音，应该是大礼堂里的会开完了。高兴星跑到走廊上东张西望，还以为妈妈就要出现在自己的视野里，想不到看见的是爸爸——高乐天身穿一件白色T恤，腋窝下夹着个黑色公文包，让人很难看出他到底是干什么的。

“咦？爸爸，你怎么来了？妈妈呢？”高兴星迎上去，拽了拽老爸的手，因为他正在四下打量，好像找不准方向。

高乐天拍了拍儿子的背：“你妈妈老说我不管你，这次开家长会，她说我要是再不来，她就要跟我进入战争状态咯。哎，你们是多少班啊？教室在几楼？”

“十二班，顶楼。”高兴星简短地回答。其实谁来他都无所谓，只是对老爸来觉得有点新鲜。

张恬和江楠之也出来了。江楠之搬弄着年久失修、松松垮垮的栏杆，张恬盯着几米外的楼梯口，期待妈妈的面影出现。整个场面乱哄哄的，处在一楼的班级也很烦恼，因为处在一个过路的位置而不堪其扰。他们对着楼上指指点点，好像住在上几层的人占了很大的便宜。

“上厕所的时候，他们可不这么想，让他们那阵子上来试试。”江楠之很不满地看着楼下说。

张恬看到了高兴星的老爸，心中奇怪他也会来。对江楠之的招呼，高乐天含糊地应了一声，就进教室去了。又过了半分钟，江楠之的手机响了，他按下接听键，很不耐烦地说："顶楼，顶楼。你不是来过几次了吗？"挂掉电话两分钟，一个身材高大的壮汉走上来了，黑色短袖被肌肉撑得有点紧绷，眼神看起来其实还很和善。

"张恬，你这小子，听说语文考了全班第二名？"江武摸了下江楠之的头，可话却先对张恬说，语气里有一点奇怪的不满。

张恬知道江武的怪脾气，淡淡地抿了一下嘴："叔叔好。"

江武拍拍张恬的肩，又用手指着他，对一旁的江楠之说："看见没有，你数学用功用得太多，思维容易机械，多向人家张恬学习一下，不是什么坏事。"江楠之见他不进教室而在这里瞎扯，连忙把他推进教室找座位去了。

不大一会儿，江楠之又出来了："张恬，你妈已经坐那儿了，她刚才没看见我们，正准备给你打电话呢。"张恬迷惑地瞧了瞧教室号，随江楠之走进去。他一眼瞄到高兴星和他爸爸正在收拾抽屉里的东西，然后是高乐天的训斥："臭小子，什么乱七八糟的习惯，你这是抽屉，还是垃圾箱？"他妈妈则在同江武聊天——

"我姓许，单名莉。"

"哦，许莉，是吧？"江武说，"我听张恬说起过他爸爸，好像叫张学问？"说着又不大确定地偏着脑袋想了想，"张文学？"

"闻名遐迩的闻，学习的学，"许莉说，"我原来听张恬……恬恬，你来了？"

"恬恬？"江楠之噗嗤一声，露出怪异的表情，似笑非笑。

"妈！你怎么又这么叫我？"张恬显得有些尴尬。

江武也哈哈一笑："那个……许莉小姐，你是不该这样叫张恬，这名儿听起来有点女孩气，不知情的人还以为是个女孩儿呢。"

许莉说："我们这样叫，只是希望他文静点，跟他爸爸一样。"

"语文一百二十八!"江武轻轻拍了下桌子，一边的江楠之小声提醒，"什么？哈哈，对，语文一百二十六！文学修养很高了。"

学校家长会的惯例是学生必须跟家长在一起，张恬有点忐忑地向彭荔森座位上看了一眼，那儿空空的，窗外一丝阳光射进来，恍如一张怀旧的图画。

薛珍坐在台下，最先出场的是李鉴仁和刘小静。李鉴仁的爸爸就在江武后面，一件格子衬衫，熨烫得十分妥帖，头发梳得一丝不乱。李鉴仁和刘小静你来我往，背诵了一通明显是编排好的对白，就像电视台的主持人一样。由于家长坐在旁边，江楠之和张恬也不好乱讲，只看到前排的高兴星好像在打瞌睡。

两个主持人讲的都是些无关紧要的套话，下面的家长听得不大耐烦，一时间教室里响起嘈杂的讨论声，搞得台上一对男女有点尴尬。两人好不容易把该说的说完了，匆匆走下来，薛珍接着登台了。她今天特意打扮了一下，脸上化着淡妆，表情看上去比平时和蔼可亲。

"不知不觉就是一个月过去了，"薛珍扶了扶质地样式都不错的眼镜，"初中阶段多数学科的学习将在本期进入尾声，而同学们很快就将步入初三。月考虽然并不是一次重要考试，但从中仍然能体现出班级和个人的学习水准。以英语考试为例，不少同学目前的学习状况良好，希望很大。当然也有少数人尚未进入竞技状态，目标不明确，状态不到位，这部分同学有待努力。"

许莉忽然伸手摸了摸张恬的脑袋，还在耿耿于怀的他不耐烦地甩开妈妈的手："哎呀，别烦我。"许莉笑笑，又把手缩回去了。

“教室后墙黑板上的信息，各位家长想必都看过了。”薛珍顿了一下，继续往下说，“不少同学的成绩都比较全面、均衡，也有同学只是某些科目比较突出，希望相关家长能够注意一下孩子偏科的问题。”张恬觉得这话好像专门在指他，脸上有点发热。江楠之也挠了挠脑袋，向张恬看过去，暗想自己的数学不知道算不算偏科。

“另外，需要引起家长重视的是，除了督促孩子把精力放在学习上而外，对他们的思想品行也要多加关心。”薛珍的目光在座位间扫视了一圈，“学校不只是教会学生学习，还需要使他们从生理到心理逐渐成人。前一段学校发生了几起偷盗事件，有的已被查知是同学所为。一般来讲，学习较好的同学对自己行为的约束要严格一些，当然也有例外，但概率毕竟小得多。”她的目光有意无意地扫向帅浩，帅浩正阴沉地垂着头，“极少数学习原本就需要努力的同学，在人生的关键时刻，一定要把握住自己，不要因小失大。我要告诫大家的是，有的同学的不良行为已经达到了年级通报处分的标准，作为班主任，我不希望他们档案里出现处分记载，所以才一再容忍。不过今后要是继续有越轨行为——”此时教室里已经有点乱腾了，“——我不会一再心慈手软。请安静！有事可以下来交流沟通！”教室里一时安静了下来，但好像还是有大量无形的能量在涌动。

“我想要说的是，”薛珍做出一个“安静”的手势说，“一部分同学的行为思想仍旧十分幼稚，现在都是十五岁上下的青少年，已经告别童年时代了，不应该用赌气这样的理由，干些自认为新颖怪异的事。尽管逆反心理是青春期的正常现象，但是我们的同学是最优秀的，不能因此干扰了我们的基本任务。说到干扰，请大家安静，不然会就没法开下去了！家长们一会儿会有提问时间的……”

这时喧闹的主要倒不是家长，而是同学对薛珍的话产生了异议。

“说到干扰，我们学校周围有不少书店、网吧，据我所知，同学迷恋网络、电玩还有言情小说、漫画的情况相当严重，有的学生甚至深陷其中不能自拔。对此，不仅是学校的老师，各位家长也要主动负起责任，配合学校做好对学生的监督管理工作，否则到程度过深时候，就不大好办了。好了，作为班主任，我暂时说到这里，各位在大操场已经听了不少，接下来我还要说说班上的英语……”

这时的薛珍才算恢复了她的本来面貌，和郎当山上那位懒于开口的薛珍几乎判若两人，差不多的只有相貌相同而已。

“她的脾气——”张恬想，她的话并不是毫无道理，但是听起来总让人觉得烦躁，这是为什么呢？接下来他又从“烦躁”跳到游戏的两个谐音字上去了，然后眼前仿佛有绚丽的画面出现。他拍拍额头，希望自己能清醒一下——每当对象让他感到不自在的时候，脑子就像开启保护程序一样，把他牵引到别的事情上去了，这不仅仅是游戏。

“薛珍又在搞歧视吧，实在不明白她为啥总要拿我们的成绩说事，”江楠之还在跟江武争论，“就像上次在郎当山一样，她根本不愿听我们的解释，直接把一起的同学赶跑了两个，你说她是不是耳朵长到成绩好的人身上去了？”

江武摇头说：“江楠之，你把别人的手给踢肿了，但是他没有还手吧？不能说他一定没错，但是你一定有不对的地方。”

“那是因为他当时没办法还手，这跟不还手是有区别的。”江楠之不满地回答，“你非要这么说我也没办法，不过我是从不会轻易招惹别人的。”江楠之此刻胆子大了起来，“你是我爸爸，难道你对我是个啥样的人还不了解吗？”

“说实在话，上次月考谈话之前，我以为我还是了解的，”江武摸着下巴想了想，“但自从谈话过后，即使是现在，我都觉得对你的了解太表皮了，甚至不了解的地方也不少。”

“既然你都这么说，薛珍就更不了解了，那她凭什么下结论？”江楠之巧妙地辩解道。

江武一时不知道如何驳倒他，很不耐烦地皱了皱眉，示意儿子不要再打扰老师说话。江楠之知道他没话说了，也就知足地闭上嘴。

高兴星迷迷糊糊从梦中醒来，刚才他清晰地梦到自己乘轻轨一会儿在天桥上飞，一会儿又在别的什么地方飞，后来飞到了花椰椰街。不过当他看清驾驶轻轨的居然是江楠之，一下就被吓坏了，轻轨也突然失灵下坠，他几乎是从梦中给吓醒的。醒来后隔了好几秒钟，他才意识到自己在啥地方，然后像鬼一样盯着薛珍，不知道她正在讲什么东西，耳朵里被动地接收着一些片段——

“有的同学英语还算不错……有科学家研究……偏科有时是一种天赋导致的趋势……大多数时候实际上带有一种叛逆行为……青春期的青少年……”高兴星听到这些，又清醒了许多，感到薛珍有含沙射影的味道。他心虚地瞟了父亲一眼，高乐天抬着脑袋，用左手摩挲着下巴上的胡子，显得有点漫不经心，好像有关英语科目的事都不必太过担心。爸爸的表情让高兴星觉得有点好笑，但他很反感薛珍的话语和动作，尤其是貌似不指名道姓，却用目光去盯人的举止。

“我今天的话说完了，下面请其他科任老师上来跟大家沟通。”薛珍终于打住，神情不以为然地走下讲台，径直走出了教室。

接下来是郭亚高老师讲话，他先点评了一下班上考试的总体情况，指出差生和优生的差距和存在的一些主要问题，整个长度持续不到五分钟，最后他用怪腔怪调的普通话说：“其他要说的还有很多，但我不是十二班的班主任，多数需要说的话，此前薛珍薛老师已经讲得非常全面，我就不重复了。不过我要说一句，十二班的学生还是很乖，虽然常常出点纰漏，但多数都是小问题，无关紧要的。”说完后笑两声，快步走出了教室。高压锅留给学生家长的印象不错，不少人都觉得，郭老师话讲得虽然不多，可问题的实质却是接触到了的，这个年轻人让他们刮目相看。

语文老师把挂在墙上的语文前十名表扬了一通，张恬的虚荣心本来应该得到满足，不过他一直埋着头，俨然没有听到周丽荣说的话似的。后来家长们鼓掌，江楠之碰他胳膊的时候，他才抬起脸勉强笑了一下。往下周老师指出班上的语文成绩普遍不差，拖后腿的人很少，这令少数人有点难堪。比如江武就自觉自己面子上挂不大住，江楠之更是汗颜，猜想回家后自己又会有莫名其妙的麻烦。

物理老师成功地使气氛跌回到薛珍走前的低谷，他严厉地指出全班的物理学习存在严重问题，除了少部分同学的成绩“尚可”，中等生以下便属于一塌糊涂。他丝毫不留情面的话让部分同学听得比家长更生气，当场就有人开口大声发出异议，有人说物理课上得太差太死板，也有人在下面指指点点，说是老师因为排名太差被扣了奖金，所以心情不好。

“我教得不好?”物理老师指着自己问，脸色明显气得发青，“你们可以好好访问下年级的其他老师，了解了解有多少获得物理竞赛金奖的学生是我教出来的。”最后他将十二班物理成绩的提高说得希望极小，搞得有些家长都生气了，他才拂袖而去。

“放他妈的屁，科任老师里就数他最垃圾，明显罗伯特被扣了奖金，心中不爽，就发泄到我们头上来了。”江楠之嘟嘟囔囔地说。时间已经是傍晚，一大串人挨挨挤挤走着，包括家长、同学。今天天气不大好，七点多钟天色就开始发暗，高层建筑亮出点点灯火，楼顶巨大的广告牌闪闪烁烁，城市缭乱的光亮使天空的颜色更显黯淡，胡乱纠结的云团仿佛一张愁闷的大脸。

空气不再闷热，迎面刮来凉飕飕的江风，那感觉完全不同于空调的冷气。张恬望着远处说："这些高楼把什么都遮住了，非得走上桥头才看得到江面，不身临其境就体会不到水泥森林的厉害啊。"

"轻轨上看得到江面，整个都看得完，沿路几乎都是，"高兴星接他的话茬说，"有一次连续几天暴雨，江水上涨得那么凶，五子店车站几乎都给淹没了，那阵才好玩儿。"

"好玩儿个屁，"江楠之没意识到高兴星最后一句话只是用来收尾的，"你不经过那个站不知道，我当时看见那一片江水，满眼都是垃圾泡沫，脏得叫人恶心，有啥意思?"

"你这人真没趣，老是要说得什么都没意思，"高兴星很是不满，"老子看你只对动漫和游泳感兴趣，你他妈对啥有过兴趣噢?"江楠之摇头不说话。他们走下了那坡阶梯，都停住了，等家长走过来分配各自的去向。

"我开车来的，"高乐天停住脚对高兴星说，像拉五岁小孩似的拉住他，"那我们先走吧，跟同学说再见。"高兴星嘴里咕噜了两句，也不知道说的什么，便和老爸转向停车场方向。随着人群四散，张恬觉得晚上的温度越来越低了，最后他和江楠之一起走向轻轨站。江武和许莉走在后面，好像在交换什么看法。

"妈×的，怎么这么冷，这不是夏天嘛!"江楠之抖了两下书包，把手交叉起来，他很希望有一件长袖，把两只手全缩进袖子里。江风渐渐变大，仿佛在跟谁作对，张恬能听到耳边的"呼呼"。直到走进车站，才发现空调已经关闭，身上的热气像是有一点点恢复。回望学校那座庞然大物，四下的昏黑和压顶的阴沉已把它挤成了一团，灯光下那些环绕的绿色植物变成了花里胡哨的怪物，在风中抖动摇曳着。

“咦?”江楠之突然叫了一声，奇怪地用右手摸了摸头顶，接着又用左手，“嘿，飘雨了，嘿嘿，飘雨了！三个星期没有下雨！下雨了!”他一边对周围的人宣布，一边展开了双手。张恬也察觉到斜上方游弋而来的轻忽忽的水点儿，好像一场巨变的前兆，落在了他的额头。

第十三章
J哥的那些事儿

后来的一个多月里，高兴星因为网络泡妞的失败，一直努力争取张恬向他传授玩《魔兽争霸》的经验。这样做的结果是江楠之也来了兴趣，看动漫时耳机不戴，一边顺便用耳朵听，到了关键时刻还要歪脖子伸过头去看。殊不知高兴星的突然来劲儿，又刺激了张恬网游瘾的进一步扩张。

这次家长会也影响到对老师的不同看法。高压锅现在的人气值大幅上升，不仅是因为他说十二班学生很乖，包括他原来说过的“每个同学都不放弃”也被发掘出来，成为了他备受欢迎的另一个理由。

三个人都或深或浅地和游戏沾边，共同话题就更多了——江楠之时不时在课间问起有关网游的常识；高兴星则在历史课、地理课跟赵一山调换座位，兴致勃勃地和张恬聊起《魔兽争霸》，收获到许多经验。这样搞下来，音乐、体育课的翘课又开始了，高兴星每次都要求先和张恬对战一局（江楠之尚没有资格，他连门都还没有入，和高兴星对战也撑不过十分钟)，不过至今他都没有赢过一局。

“玩这个游戏需要细心研究，更重要的是需要实战的时间，”看到高兴星一次又一次败绩后的沮丧表情，张恬说，“我建议你多去网上看看高手玩这个游戏的视频，从他们是怎么玩的，到揣摩他们脑子里是怎么想的，这对你很有帮助。”

高兴星连连点头：“我是要去看，这个游戏要超越菜鸟水平太花时间了。”

“快拉铃了，一会儿是高压锅的课，千万别迟到了，”江楠之看了看电脑上的时间，“他现在的新规矩你们也不是不知道，迟到的都在后面站着听。”

“知道了知道了。”高兴星不耐烦地应了一声，仍是专心地盯着屏幕，让上面的小人在鼠标操作下动来动去，还想跟张恬再决胜负。

江楠之又抬手看表：“网吧的时间还慢五分钟，现在还有七分钟下课，我们还不回去就晚了，要不我先走了。”说话的同时挪动身子站了起来。

高兴星见江楠之这么着急，不满油然而生：“哎呀哎呀，你要走先走，我们一会儿自己回来，你就是怕罚站嘛，站一会儿算什么？你先走吧。”说完也不看他一眼了。

张恬一直戴着耳机，没有听清两个人说什么，只是专心致志地盯着屏幕。江楠之叹了一口气，独自向出口走去了。高兴星又运动起部队准备发起进攻，不料张恬只用几个士兵和一大堆防御塔死守基地，大队人马全部侵入高兴星的基地，等到高兴星全力回防，基地里的建筑已经被拆得差不多了。

“你根本就不会侦察，玩了这么久还是不注意这个，”张恬取下耳机评点，“这个游戏不同于其他游戏，很费脑子和操作的。你根本没有弄明白敌方的情况就贸然行动，我却把你的情况摸得清清楚楚，你咋跟我打？”

高兴星连输三局，虽然明知自己是菜鸟，可心中还是不服气：“你这边全都是防御塔，我那边只有几座，你一过来我哪里挡得住？而且你的钱好像比我多得多。”

“这些问题就更复杂了，以后慢慢跟你说，”张恬说，“哎哟！已经下课了，再不走就赶不上了！江楠之呢？”

“哼，他坐不住先走了。”高兴星回答，起身跟张恬飞快地跑了起来。

张恬赶拢教室上课铃刚刚拉响，一进门就发现江楠之正眼巴巴望着，等他俩进来才收回目光。高压锅在讲台上调试投影仪，他表情不耐地弄了半天，却不见有反应，下面的同学闹哄哄也没人管。

高压锅最后再试探了一下，发觉实在没辙，只好用古怪的普通话说：“江楠之，快点快点，来来来，你这个信息委员对这些最熟悉，你来把这个投影仪弄一下。”

高压锅这样一喊，下面又是一片新的起哄声，很多人用公鸭一般的嗓子叫：“江——楠之！快——点，快点——信息——委员……”江楠之扶正眼镜，在抽屉里翻了半天，找到一个灰扑扑的遥控板，脸色严肃地走上讲台。高压锅叉了腰笑嘻嘻地站在讲台旁，也用手扶了扶眼镜，龇着牙，兴致勃勃地朝江楠之看。

“嘿嘿，有江楠之这种高手，两下肯定就搞起了。”郭老师用本地话诙谐地说。

江楠之站上高兴星的桌子，对准投影仪整了半天，上课时间已经过去了五分钟。不少人肚子里都在说：“江楠之！你行不行呀？”江楠之仍旧认真地研究着那个东西，他想了一会儿，对所有人说：“不要慌，再弄一会儿，肯定可以修好。”高压锅叉腰看着江楠之，笑嘻嘻的表情也消失了，只剩下牙齿龇着，表情似笑非笑。

又过了一会儿，随着咔嚓一响，一道灯光打到黑板左侧悬挂的屏幕上，高压锅手写题目的放大版清晰现身了。课堂里爆发出一阵很大的欢呼声，搞得江楠之有些站立不稳，他晃了一晃，慢慢从高兴星桌子上爬下来，摸出餐巾纸给他擦干净。

“因为搞投影仪的缘故，今天拖堂十分钟。”高压锅竖起一根食指，严肃地说。

这时一阵比欢呼声更大的起哄声音涌起，不同分贝的声音夹杂在一起，反而让人听不清内容，但大意无非是：“这是投影仪的原因，又不是我们的原因，如果不是花时间把它修好，你还没法上课呢！凭什么占用我们的下课时间，而且还全部占用?”郭亚高对这些声音基本上无动于衷，过了一会儿，声音就自己平息了。

课讲到一半，高压锅留下了几分钟时间做题，这时候他突然嘿嘿笑着说，“到底怪谁呢，要怪就怪江楠之，要是江楠之修一分钟，我就只拖两分钟，要是他修两分钟，我就只拖四分钟，结果江楠之不争气，修了六七分钟，我不好占用下节课老师的时间，只拖十分钟，已经算不错了。”大家听了高压锅的辩驳，无人回复。

张恬本来在画游戏里的行军路线，耳朵很尖地听到了郭老师的话，忽然转头盯着江楠之说：“哎呀，江哥，你咋这么不争气呢？把全班人的时间都耽搁了，一个人十分钟，五十个人就是五百分钟哟！”

江楠之正专心想问题，听到张恬的话，很不耐烦地说：“你别发神经嘛！”

后排的李鉴仁做完了题，很无聊地用低沉的声音说：“江——楠之……呀……江楠之……全都——怪你……你把大家——的时间——

都占——用光了……”江楠之急促地呼出一口气，表情似笑非笑，摇摇头不表态。

张恬正要继续贫嘴，忽然一团白影一下子擦过脸颊，落在脚下。向左一转头，见王志彬歉意地对他做个鬼脸，指了指江楠之，表示那张纸条是给他的。张恬拾起纸条碰了碰江楠之的胳膊，做完题的江楠之拿过纸条看起来。

窗外树枝摇曳的光影太晃眼，江楠之“哗啦”一声拉上布帘，张恬把脑袋凑过来，看见纸条上的几行字：“J哥，你咋个把我们的下课时间搞掉了呢？呀呀呀，J哥，一会儿放学了请客哟，不多说了，一人五串烧烤总是可以的嘛。”最后署名的竟然有八个人。江楠之飞快地一算，那岂不是得花掉四十块，于是一边大骂，一边将纸条撕碎。他对王志彬那边做了个鄙夷的手势，埋头做起剩下的数学题来。

“妈那个×，一群人都是方脑壳。”江楠之念叨着，用笔在纸上打草稿。

张恬偷看了一眼高压锅，讲台上的他漫不经心地摸着鼻子，对江楠之说：“讲台上那个脑壳里面的问题最大，你要是胆子够大就站起来说他两句，他不拖堂了，你就是英雄了。”江楠之连忙摇头，他很明白高压锅的脾气，有时候真的会像高压锅一样爆炸了。他暗想，除非是必须在江武和郭亚高当中选一个去冒犯，他才会选高压锅。

因为前头耽搁了差不多十分钟，数学课又是上起来感觉最快的，不一会儿张恬就听到下课铃了——对他这种时常处于冥想状态的人来说，感觉至多过了十来分钟。教室里又习惯性地充满了下课后的喧闹，而且根本听不出声音是从哪里发出的，只是很多人转过头朝江楠之这边瞄一眼，看到他被众多目光瞟得有点不知所以的表情，才又窃笑一声，将头转回去。

“这帮孙子脑壳有包。”江楠之感到好气又好笑，最后索性埋头不理睬了。

“江楠之，你是不是对我说的话有意见?”高压锅发出中气很足的声音，江楠之急忙抬起头，发现几乎全班同学都看着他，“马上就要半期考试了，我不过是拿投影仪做个借口，无论如何，一节课的时间我是要上完的，你埋着头干啥？难道你真的在生闷气？你这个小娃娃，嘿嘿，说你两句还不高兴呢?”高压锅笑着摆摆手，挽起右手的袖子，举起右手拍打屏幕上的习题，“认真听课，到时候都给我考个好成绩才对得起我!”

听了高压锅的话，课堂上腾起一阵哄笑，江楠之巴不得把头塞进抽屉里，脸颊的红色不知道是害羞还是气恼，盯着屏幕一言不发。

“哎呀，江——哥，你也是好耍，这种事还要跟人斤斤计较，听课听课。”李鉴仁的手从后面伸过来，拍了拍江楠之的肩膀。江楠之很想说明明是别人在跟他斤斤计较，但看在李鉴仁伸手安慰他的分上，又放弃了这个念头。

“节哀节哀，你这个完全是被冤枉嘛，哈哈，江哥。”张恬在一旁看得最清楚，也勉励似的拍拍他的背。

到下节课还有一分钟左右时间，高压锅关上投影仪走掉了。薛珍抱着笔记本电脑急急地走进教室，例行公事地打开多媒体，结果放下屏幕，投影仪像个死掉的废物——又没有任何反应了。薛珍比高压锅更不耐烦，她干脆地对江楠之挥挥手，江楠之便自觉地在抽屉里摸索遥控板。这下子响起的声音就不仅是哄笑，其中混杂了男生发出的各种高难度的怪笑尖叫，也还有人模仿唐老鸭的嗓音：“嘎嘎嘎嘎……J哥J哥又来了!”

江楠之其实也觉得挺别扭，但他一边心烦意乱地思考这个问题，一边还得寻找投影仪的毛病，而哄笑声就像波浪一般在他腰部以下泛起。薛珍没有制止哄笑声，只是不动声色地看江楠之拨弄投影仪。江楠之很想知道薛珍会不会也因为修这个狗屁玩意儿拖堂，但他知道这个是不能问的，便选择一言不发地继续调试。

“江哥，到底是什么问题，你修不修得好啊？”脚下的高兴星仰起头问。

耳朵里充满各色嘲笑的江楠之很不耐烦：“正在找，不知道。”然而哄闹声没完没了，薛珍的表情也越来越不耐烦，他心中不由生起一股恼怒：“老子只不过是义务劳动，你还有啥不高兴的？”

“江楠之，”薛珍最终按捺不住了，“你到底能不能修好？”

“我修不好，你自己在黑板上写吧！”江楠之感觉脑子里的弦断了。他立刻从高兴星桌子上跳下来，掏出餐巾纸照例在上面抹了几把，正想把剩下的放回衣兜，不料一整包都被高兴星夺了去。

“妈的，今天的脑壳全都有问题！”江楠之轻轻骂了一句，快步往自己的座位走。

“江楠之！你刚才说什么！”薛珍已经听到了江楠之的话，故意厉声问，但江楠之并没有停下来的意思，“你不知道很快就要半期考试吗？我们都需要投影仪，你马马虎虎弄两下就走，是什么意思？”薛珍没有高压锅的幽默，只能是严厉地盯着江楠之，好像他犯了弥天大错似的。这时候多数人都知道江楠之给惹毛了，知趣地闭了嘴，只剩下两个大胆的还在怪声呻吟江楠之的名字。

江楠之大声回应：“我又不是专业人员，修不好就是修不好，又啥可指责的？你找信息组的人来修吧！”

“你是有啥别的不满吧？所以故意跟我作对？是不是？”薛珍表情缓和了一些，她走下讲台，捏着自己的手机。

“有的事下来再说吧，到底上不上课？”帅浩很不客气地在座位上说。

薛珍很不情愿地停下来，把手机放进衣兜说：“好，江楠之，我们下来再沟通，下节体育课你到我办公室来。还有，帅浩！”薛珍转过身，“我提醒你尊重老师！不要混水摸鱼！否则别怪我没有提醒你，你很清楚我跟你说过什么！”帅浩听了不屑地把头偏到一边，破天荒地没有继续和她争论。江楠之闷闷地坐在座位上，脸现淡青色，一句话也不说。张恬觉得今天的局面主要是同学起哄造成，不知道说什么好，就很响地叹了口气。

“哎，江楠之，别生气，今天有些人真是太过分了。”李鉴仁的声音又在后面响起，一只手像神奇事物似的摸到江楠之的肩上，江楠之低着头不吱声，只是把头埋在臂弯里。薛珍自顾自地开始讲课了，课堂上终于安静下来。

一周时间过得真快，就好像有一只力大无穷的手在推似的。江楠之先从高兴星那里知晓一点常识，后来又找张恬学了两手，跟高兴星对战居然不落下风。后来甚至还赢了一局。两个人的对战由此一发不可收拾，以至最后两星期张恬想用来复习（半期考试的重要性毕竟比月考大多了），但由于江楠之和高兴星之间的争斗，三人泡网吧里的时间又增多了。张恬一个人还可以控制一下游戏时间，可是当三个人相互影响起来，他也就把持不住了——音乐，体育，几乎所有的副科都被他们用在游戏上了。

“你们这样逃下去，迟早会被发现的。”考试前一周的星期一，李鉴仁对张恬说，“上周五的音乐课薛珍来点名了，要不是我说已经点过名，你们肯定被发现了，几位还是省着点吧。体育课可以逃，音乐美术，还是别逃了。”张恬望了一眼旁边的江楠之，他正在打瞌睡，课间的嘈杂并没有干扰他。高兴星在座位上看新买的游戏攻略，一边看还一边在上头圈圈点点，他发短信的时间比以前少多了，这一是排除了很多男扮女的人妖，第二便是游戏占用的时间多了。

张恬担忧继续这样下去半期考试咋办，他问起江楠之，江楠之似乎很不屑：“该怎么办怎么办，以前我们哪次很认真地复习过了？”

江楠之还说：“月考时你看老子复习了多久的英语？老子看了他妈的一个晚上，我操，居然没有及格，老子一点都不想看了，反正看不看都差不多。”

张恬无法不惊愕：“你怎么会这么想？一个月都在瞎混，花了一两天工夫就考了八十分，难道你还想得满分？”江楠之仍然是一副不大在意的表情，随意地挥挥手。

高兴星把谈论半期考试的张恬撂到一边，直接对江楠之说：“一会儿第五节课再去比一局，我在攻略上看到暗夜精灵的一种新打法，嘿，这次没说的，你要输了。”

江楠之说：“屁话，你那水平我又不是不知道。等半期过了，我好好练一下我的兽族，不要说你打不过，说不定一个寒假过后，张恬也打不过我咯！”

高兴星见江楠之这么嚣张，心中很是不满：“牛皮别吹大了，我俩先试试再说，地理课我们就走，我让你试试暗夜精灵的新打法……”

不等高兴星说完，张恬急忙阻止他：“地理课走不得的，李鉴仁给我说，上一次薛珍在教室后面偷看，要不是他让赵一山挡着，薛珍又是近视眼，我们就被发现啦。”

“咦，张恬，你咋变得这么啰嗦哦？”江楠之盯住张恬说。这时候上课铃响了，外面走廊上响起一阵骚动，脸上写满懊恼的高兴星望着门口，似乎在斟酌到底听谁的。江楠之也撑着脑袋，在陈欣欣的位置上没动。

“我只是提醒你们一声，要不然就去吧，估计问题也不会很大。”高兴星的表情让张恬微微有点不高兴，“半期也没几天了，我还是准备复习一下，要是半期考差了，我就真要倒霉了。”

“别着急嘛，我们现在还在高压锅那里补数学，语文也在补，怕什么？”江楠之说。

“江楠之，快让一下，周老师来了。”江楠之身后响起一个女声，他猛一回头，差点扭挫了脖子，结果发现是面色冷淡的陈欣欣，也不知道她站多久了。

“噢，这就让。”江楠之说，直到他回到座位上，还留着惊魂未定的表情。

经张恬说服，几个人还是等到地理课完后，才来到学校后门的网吧。高兴星迫不及待地打开电脑，同时活动手指关节，好像要进入一场正式比赛。江楠之胸有成竹，眼睛不看高兴星，倒是不时瞟向张恬。张恬大都在网上跟那些水平很牛的高手对战，经常看得另外两个人满脸惊讶。

有时高兴星觉得张恬的局势不妙：“认输吧，这人优势占大了，你被搞得这么惨，连我都看不下去喽。”张恬继续不动声色地往下玩儿，过了一阵子，劣势又一点一点扳回来了，最后对方自知没有胜算，自动退出了游戏。这时高兴星又会嚷嚷：“他妈的太垃圾了，这么大的优势都赢不了。”张恬笑笑不说话。

江楠之扶着眼镜看自己只剩下主基地的地盘（那是高兴星故意给他留下的），说：“你这个是啥打法啊，不停地用投石车偷打老子的建筑，这个是犯规的。妈的，这样老子怎么防得了？”说完很不满地将目光投向张恬。

张恬淡淡地说：“攻略上说的这种游击打法，高兴星根本没有正常发挥，不然你还要头疼十倍。他技术太拙劣了，不信我跟他打一盘，你看看到底有多少破绽。”接着江楠之便很仔细地看他是怎样对付高兴星的。

高兴星死盯住屏幕，飞快地敲击键盘，嘴唇不停嚅动：“靠！不准用你的农民一直跟着我的投石车。”一会儿他又学聪明了，派几个士兵专门追杀张恬派的农民，可是他照旧很茫然：士兵跟着农民跑了一大圈，车队后面又跟上几个农民。最后高兴星的投石车部队已经四分五裂，只有士兵还在满屏幕追赶，不过这些落单的家伙最终还是被张恬调遣来的大部队全部消灭了。

“输了输了，这个战术根本没法用，什么烂攻略！”高兴星说，直接从菜单退出了游戏。

“骚扰和侦察是最重要的，”张恬说取下耳机，很惬意地靠住椅背，“你的骚扰技术和侦察差得太远了，更何况你在侦察后根本就没有根据新掌握的情况做出什么应变……”

“咋没应变？”高兴星指着屏幕上的比分大叫，“可是几个农民跟在那里这个战术就废了！这个破攻略上写的都是些最菜鸟的战术。”

江楠之听了在一旁窃笑不止。

“你的大部队离骚扰的投石车太远了，这是最大的问题，”张恬说，双手重叠枕着自己的后脑勺，“而你要投入那么多钱造投石车，所以主要部队的力量一直达不到跟我一搏的水准。要是你的主力一直尾随游记的投石车部队farm，随时过来掩护撤退，那才叫人头痛。”

江楠之听完挠了挠脑袋，高兴星也眨巴着眼睛思考了一阵，说：

“你说得也有理啊，我倒是没有想到这些。”

终于，半期考试像一盆显眼的鲜花摆在了人们的面前，再也没有忽视回避的可能了。虽然三人还在网吧里泡着，可是已隐约闻到了危险的气息。但不知道是什么原因，即使他们明了自身的处境，仍然没有人出头说破，就好像被无形的线互相牵制住似的。

有一次江楠之无意地回头看后墙的黑板，上面花哨的板报消失了，取而代之的是几个十分沉闷的艺术字：距离半期考试还有五天。他心中忽然感到难以抑制的诧异，即使先前一直都清楚这个事实，但仿佛在看到这十个大字后，他才真正意识到这个问题。

“距离半期考试还有五天。”江楠之不自觉地小声念道，取下眼镜按摩自己的眼睛。

第十四章
“信息已发送成功”

进入十一月，这座城市的炎热一天天远去了，校园里随季节变脸的落叶植物的叶片开始改换颜色。走在林荫道上，脚下有稀稀拉拉的枯萎的树叶，有时发出“咯吱咯吱”的声响。天穹看起来越发深邃了，给人愈离愈远的感觉，白云也不像白云，像是飘散在空中的几缕丝绵。即使是晴天，感觉到的气温也表明那颗金球离地球太久太远，跟人逐渐清冷的心情倒是遥遥相应。

不见了夹杂暴烈雷声的大雨，更常见的是淅淅沥沥飘落的毛毛细雨，延续的时间很长，一下就没完没了。那天放学以后，教学楼和办公室里的空调还在噪声中运转，薛珍那张很少显露笑容的脸一如往常，她皱起仔细描画过的眉毛，单手托着下巴。

“你们让我说什么好呢？”薛珍开口说话，纠结的眉头松开，只剩下疲惫的表情了。

面前的两个人没有说话，张恬和江楠之愁眉苦脸地相互对看一眼，又低下头沉默。

“张恬，我跟你谈话的时候从来只听到支支吾吾的回答，”薛珍口吻倦怠，“你倒是说说，你脑子里究竟在想什么，或许有个好理由，我可以不告诉你们家长。”

“不告诉家长，那个不可能吧。”江楠之硬起头皮，已经有了牺牲的决心。

薛珍撤掉托下巴的右手，坐正身子，咬着下唇，摘下了眼镜，眉毛重新纠结起来，目光凌厉地盯着张恬：“为什么一而再再而三地逃课？你们从来不会厌倦吗？别以为我只知道这一次，我以前不想逼你们，我以为网瘾可以在时间的推移中变淡，可是我现在觉得自己很失败，你们能体会到么？”簌簌的雨声和空调声混在一起，搞得房间里的气氛有点古怪。外面的阶梯上坐着高兴星，边叹气边等着里面的两个人出现。

“但是我还有最后一个底线，”薛珍继续说，竖起一根食指，“我只有最后一个底线，虽然你们屡屡触犯学校的规定，早就应该受到处分，那就是半期考试。要是你们考到令人满意的成绩，我在半期后可以不告诉你们的家长，把这件事保留在我这里。你们做得到吗？”

“不知道。”江楠之说，语气十分没有把握。

薛珍没有理会江楠之的话，语气平淡地说：“你们的月考比上学期有所进步，如果能够弥补一下自己不足的科目，半期考试肯定会有更大的改观。何去何从你们自己好好考虑一下，现在先回家吧，时间也不早了，一路上注意安全。”

江楠之和张恬节拍不齐地说了句：“薛老师再见。”薛珍点了一下头，示意他们离开。直到俩人走到校门口，四外的暮色合拢来，教学楼里办公室的灯还亮着。不知薛珍还在那儿忙什么，因为这时候楼里估计只剩她一个人了。

“all your base are belong to us（立即获胜）。”江楠之翻开一本英语笔记，脑袋里却塞满了别的念头。他眼前不断滑过一些树林和刀斧的影子，箭镞的闪光，各种人物的轮廓，沿着陌生路线移动的听话的士兵，更多时候是一些意思不明的英文在对话框里晃来晃去。甚至出现了那些绿色皮肤、露出两颗尖牙的兽族，他们手拿巨斧劈砍敌人，其中的一个高擎旗帜白发飘荡走在队伍的最前头，手中利剑流转着一圈灼灼炫目的光芒。

“就这样打下去，然后赢得胜利。”他不由自主地这样想，眼前的英语单词变成了一片陌生的颜色。

一个蒙上眼罩的人，他的心智却没有被遮蔽，心中亮如白昼，比一双敞亮的眼睛更加锐利；那些漂亮的斗篷在风中飘扬的女精灵，她们镶着一圈光芒的盲视似的眼睛扫视着战场，仿佛能看到一支紧贴草地飞行的羽箭。

“射中了。”高兴星突然神经兮兮地嘟囔，手中的数学书差点掉下去，幸亏他马上回过神，紧紧捏住了那本书。旁边陈欣欣眼角的余光瞟到他的动作，以为发生了什么意外，转过脸看，发现高兴星目光专注地盯着数学书。

“我怎么看不懂这个什么意思，哎，江楠之，”张恬把数学练习册凑到他面前，“上面说的解法我为什么看不懂？那个什么不等式怎么列出来的？哎？”他看到江楠之苦恼地看着英语书，一会儿又把书甩到一边，拿起李鉴仁借给他的笔记本，出神地盯着一个地方不动。

张恬奇怪地伸出手在江楠之眼前晃了晃：“你发神经啊？我问你问题呢？”

江楠之慢慢换个姿势，声音沉闷地说："我怎么老是看不进去书呀？这些单词我一个都背不进去，好像那种……就是精神没有办法集中的感觉，我是不是有什么病？"他说完用一种茫然的眼神注视着张恬，好像他是什么可以解决问题的医生一样，"张恬，你玩了那么久的游戏，你是否有过脑子不听使唤的情况，如果有，你看正经书的时候怎么办？"

这话让张恬有点熟悉，曾经也有人这么问过他，这是小学时的事情，他有点记不起来了。张恬顿了一下，口气很为难："怎么说呢，该想的时候就想，不该想的时候就别想。"

"这怎么能够控制？"江楠之瞪大了眼睛说道，"这叫闪现，不是你想要的时候才来的。"

张恬埋头回忆了一下自己是怎么摆脱那些记忆的，然后徐缓地说："没事的时候多花一点时间把那些要想的事多想想，不然你脑子里老是残留着那些游戏的记忆，便很容易走神儿了。"

这种事并不是像说起来那么简单的，江楠之听完张恬的话，心知可不能有时间容许他把要想的事情想完，甚至有点怀疑自己想不想得完。他无奈地放下英语书，拿出数学练习册开始做习题。沉浸在数学思维当中，这似乎让他摆脱了脑袋中那些似真似幻漫无边际的想法，将注意力转移到了解题上去。与此同时，高兴星也安下心来复习他的英语，这种曾经的熟悉氛围让他杂乱的心境清净下来，脑海里不时浮现的幻影也随之消失了。

张恬其实一直都没有受到这类妄想的干扰，他似乎能够很好地把握自己精神游荡的时机，不会因为过度沉溺游戏或别的什么而失控。

"你一定要静下心来，我说不要过多地去网吧，你们老是不听，你说现在怎么办？"张恬一边看书，口里一边念叨。江楠之这时也进入了状态，没工夫理会他的话，只顾瞪着眼珠子做题。张恬面对英语书的时间久了，心头也蠢蠢欲动，看窗外的天空非阴非晴，灰茫茫一片，好像一层帏幕，又像悬在头顶的巨大冰川。

解题告一段落，江楠之开始了新的抱怨：“这次我的语文肯定又要完蛋了，真不知怎么办哪……姓周的教些什么东西啊？”幽怨眼神飘向张恬，似乎这些问题都是他造成的。

张恬有点啼笑皆非：“叫你们最近不要天天泡网吧，你们不但自己去，还要拉我去做见证，教授你们经验，现在我不是一样的犯难？”江楠之觉得自己虽也是抱怨，可总在不断说出新理由，而张恬老是拿几句老生常谈搪塞，听起来实在没趣味，于是就此闭嘴。

“我语文再考出上次的成绩，我老爸非得打我不可了，我还在周老师那里补课呢！”就在张恬以为他消停下来的时候，江楠之冷不防又冒出一句，而且语气非常强烈。

星期四早晨，张恬背着一个天大的包袱上考场，因为第一科不是以往的语文而是数学。从星期三晚上一直看到星期四，他仍然觉得没有把握。月考的经验让他发现，做练习册时以为自己懂了，可是真正拿到试卷仍有那么多题目做不来。坐在轻轨车厢里，一本数学参考书在他手上颠来颠去，仿佛随时都会掉到地上，可在紧要关头又收回去了（惹得对面座位的小男生皱起眉看了半天）。他的状态很不好，遇到江楠之还强打精神点了点头，江楠之看上去也不怎么样，一副没睡醒的样子。

“我感觉会比月考考得差，状态糟透了。”扶着车厢里的柱子，江楠之出神地望着窗外飞快倒退的景物，“我实在不知道该怎么办……”

张恬想不出是怎么度过数学考试的（只记得草稿纸上密密麻麻的

线条，各色数字图形，还有脑子走神儿时的信手涂鸦)，觉得并不怎么差，至少可以及格。不过他又不太相信自己的感觉，因为它们常常是错误的。江楠之脸上的表情不佳，看来考得不咋样，他掏出手机给张恬看了高兴星发来的短信。

“我给他发了填选题的答案，他又要我发大题的答案，”江楠之说，他俩混在人群里向高兴星的考室挤去，“还不要说会不会被发现，就算不会，手机上也根本不可能打出来!”

“你就不怕被抓？这次是半期考试，跟月考可不一样，要是被抓住了要给校级处分的。”张恬很是惊讶。

“没办法!”江楠之看着正向他们走来的高兴星，“正因为这次是半期考试，我们才要相互发答案，我本来给你也发了一份，结果你关机了。”听了江楠之的话，张恬摸摸裤兜里坠着的手机，不免觉得有点恼火。

张恬舔了舔嘴唇：“你事先又没告诉我，我怎么可能开机？至少应该先说一声，就这么悄没声息的……”江楠之只是不怎么在意地摊了摊手，脑袋转向一边。

“我数学真的考得不好，后面难点的题都不大有把握，所以只发了填选题也没错。”

下午的物理考试，就在张恬妄想一个神志昏聩的监考老师时，那个满头红发的老太婆——二十三班班主任现身了。她的监考极其严厉，这一点张恬从一开始就洞悉了：在对考室里的人进行了一番口头威胁后，李天荷以她炯炯的目光对考室作来回扫视。不过随着时间推移，她也手托脑袋晃晃悠悠坐在椅子上了，下午时光总能引起人的困倦感。

当然，即使李天荷没有打瞌睡，对张恬来说也没有半点用处，因为物理考试没有任何人能向他施以援手。江楠之、高兴星也是这样，半猜半蒙地完成选择题，挑几道会做的填空题，最后还能做出最简单的第一道大题，大抵都是如此。他发现前排有两个家伙鬼鬼祟祟，通过之间的一张椅子传递信息，而监考老师的眼睛却落到了另外的方向，那些所谓的摄像头更是不知道拍摄什么鬼东西去了。

张恬对监控录像的效能保留了一份疑惑，但他第二天早晨在教学楼看到张贴出来的告示，××班某某因为传纸条被监考老师抓获，××班某某和某某用手机短信发送答案，被监控录像发现，全部处以校级警告处分，该科目计为零分并通知家长。

张恬站在告示前看了一会儿，对高兴星说："我有点怀疑上面的是不是真有其人。"

"这个很好验证，学校不可能会乱讲，大概是管不过来吧。"高兴星若有所思地回答。

江楠之附和："我看也是，监考老师也不怎么负责，我看到作弊的人不下五个啦。"

高兴星一听又接口说："别指望他们那么负责，要不然今天上午的英语考试我没法给你们发答案了，老子算是最辛苦的了，要给你们发那么多选择题的答案。"

英语考试时，李天荷昨日的风采没有了，在很快叮嘱了一些注意事项，打了两个哈欠之后，她就在椅子上眯起了眼睛。下面很多学生也在反盯她，不过这些目光的主人都将它们小心翼翼地掩藏起来了。李天荷只听得见铅笔涂写的沙沙声，这无疑有一种催眠效果，因为她感觉眼皮有点不听使唤，就跟两扇机关没做好的门似的，频繁地一开一合。

考试结束还有半个小时，张恬收到了高兴星的短信，上面密匝匝地写满了选择题答案，他还很有耐心地标上了题目标号，这一点让张恬非常满意。

“幸亏你标了标号，不然我肯定要在上面数半天。”张恬事后跟高兴星说。

高兴星说：“我事先输标号都输了好大一阵，我总怀疑这样做出来的成绩要比平时差。”

江楠之也说：“我也有这种怀疑，这样做有点别扭，沉浸不到做题的气氛里面去，好像比平时要差了一截，脑袋里乱想些东西。”

“下午语文考完就轻松了，”高兴星说，“哈哈，这次除了物理我全都有把握。”

张恬点点头，他也自认为这次会比月考有进步，不过心里老是有种压抑的感觉，就像月考时出现的那样，一直潜伏在内心的深处。到了下午考试的进场时间，人们实在有点打不起精神了，想到语气还要写作文，教室里整个显露出病恹恹的状态。换了一位监考老师，张恬猜想是因为李天荷实在受不了那种让人想倒头睡觉的沉闷气氛。

一位戴瓶底眼镜的文弱青年，半睁着好像永远没法完全睁开的眼，细声柔语地说了所有监考老师该说的话，其后端正地坐在讲台上，眼皮耷拉下来。由于放弃了其他科目，语文复习得相当充分，选择题一路势如破竹地做下来，完全没有遇到障碍。等到做完了阅读题，方才想起高江二位还在心急火燎地等答案。他瞄了一眼讲台上的书生，他正漫不经心地闭着眼，弱不禁风的身体似在摇晃。张恬掏出手机，录入编辑好需要的答案，发觉自己完全能背出选过的所有选项，甚至能背出刚做过的选择题题目。

英文字母们端正地出现在屏幕上，看上去那样令人烦躁，雪亮的日光灯下，手机的彩屏显得有点模糊不清。避开摇摆不定的光影，手机上终于出现“信息已发送成功”字样，张恬松了一口气，随即又警惕起来。他发觉不只是灯光带来颈背的干燥感，而是有一个阴影在空气中挪动，或者在头顶自上而下俯瞰着自己。

“干什么?”张恬呢喃了一句，诧异地抬起头。他首先看到的是偏转到各个方向睁大眼睛查看的脑袋，每一张脸或多或少都是惊异的表情。接着是空无一人的讲台，那讲台此时在他眼中好像一直都是空的，持续了几千年，太阳就一直这样照着，大大小小的星系在宇宙中缓慢地转动。一个慢动作，正如现在张恬转头的动作，好像脑海中的那颗庞大的赤色星球的转动，他的脑袋一瞬间成为了太阳。太阳。

出现了一张微笑的脸。脸上有一双半睁的眼睛，漆黑地吸收着周围的光线，哪怕是发自太阳的光线。张恬想，它就像黑洞，不但吸收光线，还要吸进整个太阳。那张脸仍旧文弱地笑着，一只手伸出来，轻轻拿走了手中的手机。张恬不动，也不说话，但脸上的表情除了诧异便什么都没有了，因为那点时间还来不及让人反应，只够让人的嘴巴张合一下。

“干什么?”张恬不解地重复了一次，方才意识到——他的作弊被发现了。

老师语调挺温和：“我什么都没有说，同学，你这个动作太过分了，不抓你都不行。学校明确规定，半期考试发现舞弊必须严肃处理。不过这种事不归我管，其他的都不用说了，你把卷子留在这里不动，一会儿我带你去监考组长那里报到。嗯……已发送成功?”他看着手机窃笑，“哼，看来还有人陪你一起去报到。”

“不错，这两个手机号码都是十二班学生的，”薛珍对照之后对年级主任说，根本不看旁边的三个人一眼，“徐主任，我真的很抱歉，居然出了这样的事。”

被称为徐主任的老大妈说："出这样的事不奇怪，惩罚也不是目的，主要是怎样让这些不守校规的同学明白做人的道理。小薛你看，"徐主任展开一张表格，"作弊者已经达到十几人，以前好像没有过这种情况。且不说还有没被发现的。学校将花大力气整治考试违纪，这批学生要立即通知他们的家长。"

"好。"薛珍干脆地说，她翻着电话簿大步向室外走去。

办公室里一片寂静，隐约能听到楼下的嗡嘤——考试结束的铃声还没有拉响，这是那些已经做完试题，提前走出考室的同学发出的声音。徐主任苍老的脸上看不出表情，不过完全能感觉到她正在生气，一股对面前三人不满意的气。他们不知道自己会受到怎样的处罚，除了校级警告处分……

"徐主任，难得到这里来呀！"一个熟悉又有点陌生的声音响起，接着门框那里先出现一个腆出来的肚子，上覆蓝色西装，然后一个中年男人走了进来。

徐主任的目光亮了一亮："是刘老师？唉，你不知道，这次半期考试年级一共抓到十六个作弊的，我们年级的人不是最多，作弊的人却最多，你说这怎么办好？"

刘老师的目光落到站定的三个人身上，虽然心中惊讶，却没有过多地流露出来，只是淡淡地说："原来是十二班的，他们我都认识，其他我不清楚，但至少在体育上比很多同学发展得好。徐主任，其实这帮小孩也没有想象的那么差，应该是在学习、成长方面有困扰，某些东西还没有醒悟，如果罚得太重，反而不利于他们的改进。"

徐主任笑了笑："刘老师说得很对，我其实从来是尽量往好的方面想，毕竟还是孩子嘛，谁能不犯错？但通知学生家长，校级处分……是学校的硬性规定，这就不是我一个人可以决定的了，至于其他的嘛，可以另说。”

江楠之想：校级处分必须给，家长也已经通知了，其余的再说？妈的这只老狐狸，这有啥不一样？想到这里冷笑一声：“徐主任，你没必要说的比唱的还好听，既然计了零分，又通知家长，又校级处分，除了退学没有比这个重的了吧？”一旁的高兴星则像临刑的烈士一般，拧着眉毛一句话也不说。

“这些嘛，首先是为了让你们明白道理，我说过，惩罚是手段，不是目的。”徐主任说。

“上幼儿园老师就说过了。”张恬忽然转过头说。

徐主任咳嗽了两记，干巴巴地应道：“是啊，这当然是句老话，不过大家既然这么频繁地使用，说明这个……还是有一定道理的嘛。犯了错不给予一定的处罚，恐怕是难以留下深刻教训的……”话没说完，薛珍捏着她的手机进来了，在门外就可以听出她脚上高跟鞋特别的咔咔声。

“江楠之，你爸爸听了这个消息情绪不是太好，”薛珍说，“我现在跟他不大能沟通，你最好先考虑一下怎么跟他解释，好好认错，他不会不原谅你的。”

薛珍的话在江楠之脑袋里搅起一片噪音，就像一大群蜜蜂在耳道里聒噪，随之眼前出现了父亲生气的种种场景：如一脚踢翻茶几，摔瓶扔罐，扇耳光，破口大骂等等……他眼睛慢慢瞪圆，咬着下唇一动不动地盯着薛珍，最后吐出俩字：“或许……”

薛珍并没有继续在意江楠之的反应，她转过脸对张恬和高兴星说：“你俩也不是第一次违反纪律了，不过这次联手作弊还是让我非常意外。逃课的事，我刚才跟你们家长通了电话，回家后该怎么面对，你们要好好想想，”薛珍拿起手包，大步离开办公室，“徐主任还想跟你们谈谈，我先走一步。只是要提醒一句，考试作弊的性质是很严重的，不要总是拿事不当回事。”

江楠之似乎没有觉察到薛珍的离去，他呆立在原地，眼睛很突出地瞪着，脸色红彤彤的，一副魂不守舍的样儿。高兴星撅着的嘴中念念有词，一双眼四处瞟来瞟去，唯独撇开面前的徐主任，就像她所在的那块空间给镂空了，使他没法往那儿看似的。反倒是张恬一脸无所谓，看上去不像是作弊被抓的正主，而只是出于好心陪着别人一起罚站。

徐主任停下来，观察着面前的几个人：他们看她的眼神儿跟看某只斜倚的时钟差不多，有时无规律地眨巴一下。她发现开初跟个导游似的不停地说的那些话，基本上没有引起仨人的重视。

“看来，你们并没有把今天的违纪当回事——”徐主任清了清嗓子，重新开口，“毫不夸张地讲，这种事非常严重，作为一个年级主任，我也没法对这个完全负责，你们务必对此有深刻的反省。具体的做法嘛，回去以后每人写两千字以上的书面检讨，好好谈一下对作弊行为性质的认识，下周一交给你们的班主任。听明白我的意思了吗？”她又向三个小人儿分别质询了一遍。

江楠之碰了碰张恬的胳膊，小声说：“这个鬼天气，又快黑了，看样子他妈的要下大雨。我浑身冒汗，背上都湿透了。”

张恬哼了一声：“季节已经入秋了，天黑得早一点很正常。大雨嘛，一般都不会持续太久的。”

“不是下不下雨的事，我不知道为啥这么烦，”看得出江楠之的纠结，“不信你看窗外，天上，那是什么？”

张恬望一眼天空，虽然没有雷声，但他能察知云团沉重的颤动，隐藏在远方的庞然大物的低吟。忽然间起风了，一股青黑色的怪异气流蔓延开来。窗外树枝像纤细手臂左右摇摆，发出咝咝啦啦的声响，窗户随之抖动起来。室内的温度此刻急速下降，他的长发随着空气的交换尽数飘拂。

“妈呀，大雨就要来了，老子一会儿还回家吗?!”江楠之失态地大叫起来。

窗户飘进一些零碎的水滴，身体的裸露部分最先感到了飕飕凉意。

徐主任也意识到变天了，她挥了挥手：“好好好，你们先回家！其他的事到下周再说!”

“下周再说，说个屁!”走到教学大楼出口，江楠之总算发泄了一下。这时狂风大作，不知什么地方传来玻璃破碎的声响，周围有形的一切都好像被风拉长、模糊了。回看蹲伏在树丛里的教学楼，黑黢黢已没有了一丝灯光。

“走吧!”江楠之缩短脖子，抹一把脸上的雨水。几个人噼里啪啦一阵疯跑。

第十五章
“魔兽”之夜

高兴星靠住护栏，望着底下水波沉沉的江面。灯红酒绿的对岸啥都看不清，只有一片模糊的雨幕和江上扭曲的波光，他只觉得自己离世界很远，起码有几千公里的距离。轻轨站下面除了一大片东流的、活生生的江水，别的什么也没有。

江楠之愁苦地看着手机的未接来电：“完了，我根本不敢接电话了，还怎么回家啊?”时间已经接近八点，天色完全黑下来，那些从天而降的硕大雨点，在气流里胡乱地循着不同的方向，时不时砸到他们身上。

张恬坐在车站的绿色条凳上，情绪低沉地说：“语文得了零分，其他的想必只要考得好点，他们都会认为老子在作弊。”说完又垂下头，任由面前的这班车开走了。

江楠之没听懂张恬要表达的意思，他换了个姿势站着，不时地呼出一口长气。

“哎，哥们儿，都等了三班车了，我们到底走不走?”高兴星摸着湿乎乎的衣服，又摸了摸他的头发。张恬听而不闻，他一手托着下巴，一手叉腰，保持着姿势不动。

“冷死了。”江楠之的身体轻颤了一下。他突然对挂在头顶的纸灯笼发生了很大兴趣，开始从不同角度对之进行观察，没有理会高兴星的问题。

“我们不可能一直坐在这里!”失去了耐心的高兴星舞动着他的右手，“你们在想什么，我觉得，我们现在的处境都差不多！不是吗?”

江楠之停止观察，很快地吐出一个“对”字。

“上次我一个人被体育老师扇了一耳光，你们跟着我跑出来，没有什么理由，”高兴星口里夹着风声，“而我们现在的处境呢？回家基本上是不可能了，难道就这样干坐着?”

“我现在特想换衣服，不过我就是不想回家，”江楠之声音压制喉咙里，手掌压着膝盖，“但那样做，只会把事情弄得更严重。要是我走了，恐怕我爸再也不会让我进家门了。”

“反正都差不多，就算我们现在回家，等下一样会被赶出来。”高兴星说。

“我不知道我回去以后会怎么样，但觉得我会比你们还要难过十倍，”张恬突然闷声闷气地说，他想起了一张阴郁难看的脸，“我们家的气氛是最令人难受的。”

“不会吧，我觉得我爸已经是最让人受不了的了。”江楠之有点不服气。

“哦，他们可能属于不同的类型，”张恬沉着脸说，“你爸相比之下还好些。”

一列轻轨在急雨中沉稳地开进站台，浑身是水的样子像一只活物。

它呼哧呼哧地喘息了几口，里面蹦出来几个疲惫的乘客，又开始徐徐启动，然后速度加快，最后带着呼啸的气流在视野里消失。有个工作人员奇怪地瞟了他们一眼，几个小孩在种这里磨蹭了大半个小时，还一点没有要离开的意思。

江楠之怔怔地望着轻轨车离开，口中喃喃地说："那是一种什么样的气氛啊……"

"要不然我们去对面坐车吧。"高兴星转过头说。

张恬不置可否地侧了一下头，江楠之看着高兴星说："准备去花椰椰街吗?"

"今晚上先去那边看看吧，雨太大了，明天再做打算。"高兴星回答道。

张恬皱起眉头问高兴星："我们真这么仓促地就走了？还有，你有钱?"

"我有银行卡。"高兴星说，语势稍微强了些，并不回答第一个问题。

花椰椰街离学校只有两个站，张恬又一次在高兴星带领下来到了这里。想起明天是周六，所有时间都可以自由支配，张恬的心情好了一点。他手机没有关，自从刚被张闻学在电话里教训了一顿，一直没有人给他打电话，也没有短信。高兴星心头比较烦乱，他也被高乐天连呵斥带威胁地骂了一通，虽然他被举报的罪状只有作弊，但这一条已足够严重了。以他妈妈的性格也该打电话来骂人，于是他关掉了手机。最为落魄的是江楠之，他头发最近长长了很多，在雨中支棱八翘的，没有伞打，时不时用手抹掉镜片上的水珠。他的手机也开在振动模式，每当机身哆嗦，脑子里就会闪现江武发怒的样子，这让他犹如背负着一个大包袱，始终定不下心来。

不过又有谁能够安心呢？张恬耷拉着头，耳道里一派车辆和风雨的杂音，让人难以集中注意力。不过花花绿绿的人群和街景还是慢慢分散了心思，让他们暂时离开了困扰与烦闷。江楠之发现超市进口打折的广告，便建议去里面躲雨，再顺便买点吃的。

提议很快被采纳，他们乘下行电梯进入了超市。花椰椰街这一带由于人流量大，混迹其中不仅享受不到雨天的凉爽，反而让人觉得十分湿热。超市里开着空调，空气比外面干燥凉爽，不过人还是很多，包括一些进来避雨、漫不经心地在里面瞎逛的人。高兴星小心翼翼，尽量不跟那些身体湿热的人发生接触；江楠之一路磕磕碰碰，选了几样包装花哨的零食拿在手里；张恬没怎么看吃的用的，反而注意起超市里的人来，好像期待着里面能发现什么熟面孔似的。

“你这样东张西望，搞得我也心神不宁，一会儿你走丢了咋办？”江楠之很没耐性地对张恬说，“老是看那些人干嘛呀，人家又不认识你，看美女吧？”

张恬毫不在意：“走丢？说得好笑，啥走丢不走丢的，我们都有电话吧？乱逛一会儿有什么关系，再不然——咦？江楠之，你看那个是不是我们班的同学？”他忽然指向一个觉得很熟悉的背影。

江楠之也停脚朝张恬手指的方向看过去，而后上前拍了那人一掌，笑着说：“嘿，你小子怎么也在这里！”

那位被拍的人吓了一大跳，手提的一大筐东西差点掉到地上。他抬头见是一个正在傻笑的眼镜男孩，才松了一口气：“我靠，江楠之，你他妈要吓死我啊！老子篮子里有鸡蛋，一会儿打碎了你赔啊！”这是个穿一身耐克运动装、个子不高、头发梳理得很整齐的男孩，奇怪的是他的脸色似乎透出几分营养不良。

“对不起，吓着你了。”江楠之笑嘻嘻地道歉，“想不到躲雨碰见你，太巧了！”

“外面的雨很大吗？我进来时好像还是毛毛雨噢，”彭荔森好奇地问，“哎，这不是张恬吗，你们这时候还出来玩啊？就你们两个？”

张恬说：“那边还有一个高兴星，而且我们不是出来玩儿那么简单。你一个人？”

“嗯，一般都是我一个人，”彭荔森回答，神色多少有点尴尬，张恬也记起了点什么，不免怪自己说话没经过大脑，“你们不止是出来玩那么简单？那是在外面干什么啊，这么晚还不回家？”为掩饰尴尬，彭荔森岔开了话题。

“不敢回去啊，我们语文考试发手机短信被抓到了。”江楠之小声说。

高兴星还蹲在一排专售巧克力的货架前面，神色十分专注。

彭荔森挠了挠脑袋，慢吞吞地说：“那是——有点严重，据说被抓的要受校级警告处分，并且通知家长。你们就算回去，估计也会被揍一顿，如果再被赶出来，还不如不回去，少一顿打。你们这是准备上哪儿去？”

“不知道，”江楠之耸一耸肩，回头看下高兴星，“反正先在里面躲雨，再说。”

高兴星看了半天，一盒巧克力也没有选出来，接着他终于注意到了交谈的三个人。他不管巧克力了，径直向他们走过来，跟彭荔森打了个招呼。彭荔森跟他们本来不大熟，说起话来也稍显腼腆，寒暄几句后就觉得没话题了，于是几个人向他道别。

“既然这样，你们干脆上我家去吧，我那里没有其他人。”彭荔森好像是很随意地建议。

高兴星连忙摇头：“这不大好吧，这么多人去，搞得你家里一团糟，要是你爸妈不高兴，那不是连累你了，算了。”说完他想看看时间，结果忘记手机关机了。

彭荔森神色又有点尴尬：“没事啊，我那儿平时就我一个人住，我爸妈基本上都不在。他们知道了也不会说什么，我那里电脑电视都有，要不你们跟父母和解前先在我那儿住几天。我平时吃喝都是自己做，要不你们去试试……”

彭荔森一再真心邀请，他们也就没有再推托。几个人又在超市里逛了一阵，接近关门时，才每人提了一大袋吃的付款走出来，在街边招了一辆出租车。看上去貌似开心了，不过若实若虚的压力和悬空感一直萦绕不去，因为这远没有父母同意前提下的行为来得踏实，就像被一根细线牵连着的气球，不论飘得再高再远，也不可能有真正自由自在的感觉。

“我住得要远点，”彭荔森在出租车后排说，“每天上学都要坐四五十分钟的公交车。”

张恬很想问问彭荔森父母的情况，因为这件事压在这儿总让人感觉说话打不开，但他又害怕一不小心让彼此尴尬，只好暂时在心头憋着。彭荔森家住知名小区“兰湖天花园”，进入小区时雨势已小了很多，由开初的暴雨降格到大雨。小区里全是四五层的花园洋房，路灯光很微弱，一路上只听见雨声淅沥，很少行人，偶尔有披着黑色雨衣巡视的保安。

走进彭荔森的家门，江楠之很快“哇”了一声，接着很惊奇地问：“彭荔森，你一个人住一百多平米的错层不嫌大了？”

彭荔森正在跟高兴星说话，还没有来得及搭理他：“有空调啊，中央空调，我给你打开。啥？我们这栋楼的人平摊钱买的。”

走进客厅，张恬不踏实的感觉又比刚才好了很多：房间的墙壁涂成淡蓝色，感觉不冷也不热；脚下铺着实木地板，他们全体脱了鞋子走过去，留下一串湿乎乎的脚印。彭荔森一个人钻进厨房去了，高兴星打开电视看重播的新闻，江楠之兴致勃勃从这个房间窜进那个房间，不时伸手摸摸墙上的装饰画之类的。

张恬跟进厨房，见彭荔森正在烧水，很多蔬菜和肉类胡乱地摆在橱柜上。

“我还没一次做过这么多菜呢，这肯定跟平时有点差距，”彭荔森抹去额头上的汗珠，“有一次家里来了十几个小学同学，我只好让他们包饺子吃，结果他妈的给老子弄得一团糟，只好请清洁工来打扫。后来遇上人多我再也不在家里搞了，都到外面去吃。不过今天我已经买了这么多菜，还是试一试。”

张恬打量了一会儿原料，高兴地说：“哦，还有猪肝，我最喜欢吃了，你准备咋做?”

“什么，猪肝?”彭荔森很是吃惊，随后脸色变得跟猪肝十分相近，“妈的，老子还以为买的是腰子呢！我靠!”

张恬的表情更加吃惊，想笑又笑不出来：“你连猪肝猪腰都分不清楚呀?”

“脑子不知想啥去了，老子根本就不会弄这玩意儿。”彭荔森说着，愤愤地把那盒猪肝摔到地上。

“要不我来帮你做吧，我在家里煮过猪肝汤，”张恬轻松地说，“我原来很喜欢吃这个，过生日时我妈负责给我买原料，买回家就由我来做。”

“你愿意做当然好，”彭荔森拿起一坨白菜放在菜板上，“我本来对做菜挺感兴趣的，不过现在天天自己做，搞得太多就烦了。烦了就跑外面去吃，只是觉得外面的东西还是没有自己做的好吃……要知道，我妈他们——”

“哦?”张恬急忙转移话题，他正在水槽里仔细清洗那片猪肝，“这么说你做的菜很好吃啦?”

“还行吧，至少我自己觉得不错。”彭荔森谦虚地说，手中的白菜切得嚓嚓作响。这时汤锅里的水已经开了，彭荔森急忙放下手中的活儿，向锅里放进两个事先剥好了皮的西红柿，又放了若干肉片在里面。张恬架起一口干净的铁锅，倒了些色拉油在里面烧着。

“张恬……你做的这个薯条——不错啊，”江楠之一边吃，一边口齿不清地夸奖，眼睛直勾勾盯着电视屏幕，“这个……这个白菜是谁炒的，味道——也挺好的。”

彭荔森此刻也盯着电视机，没有在意江楠之的话。高兴星吃饭之际东张西望，看几眼电视，忽然又走到阳台上，只是始终没说一句话。电视里播放着一个愚蠢的娱乐节目，主持人比三流肥皂剧里的演员还差劲，张恬实在看不下去，只好半眯着眼，看那些衣着光鲜的小人儿在屏幕上蹦来跳去。

客厅里充满插科打诨和欢快的背景音乐。高兴星又走进阳台逛了一圈，嘴里念念叨叨：“哎哟，外面的雨还没停呢，不过仍旧热烘烘的，这天气真他妈作怪。”

“主要是吃饭的原因吧，”彭荔森盯着电视说，“其实温度已经降下来了。”

“也可能，反正这会儿觉得热，”高兴星放下手中的饭碗，“我吃饱了，今天的菜真不错，比我爸做的好吃多了。哎，彭荔森，你的电脑在哪儿，我去上会儿QQ。”

张恬突然转过头：“你要上QQ?你就挂在那里嘛，我一会儿想去玩魔兽。你聊QQ用手机也可以聊嘛。”

“你要玩魔兽，老子还不是要玩，老子不过打得比较菜罢了。”高兴星不满地说。

“没关系，我有两台电脑，”彭荔森摆摆手，也放下了手里的饭碗，“有一台上面有魔兽，有一台没有。一会儿我洗了碗再来看，听说张恬玩《魔兽争霸》很厉害吧?”

“嗬嗬，还行吧，比我厉害的人多的是呢。”张恬笑着说。

“他是高手!”一旁的江楠之叫，嘴里还吃着炸薯条，“我和高兴星都是他的弟子，我们两个一起打他一个可能都打不赢。”

“没他们说的那么夸张，我也就算个中等偏上吧。”张恬老实地说。

“我最喜欢这个游戏了，一直没有机会近距离跟高手玩，过会儿一定要打一场，”彭荔森兴奋地站起来，直奔向里面的书房，“我把魔兽复制到另一台电脑上去，然后对战一场，上网去2v2!”他好像嘟囔着什么“人多就是好”，拖鞋在地板上发出噼里啪啦的声响。

“我干嘛总是心烦呢，”一直盯牢电视不放的江楠之突然说，用食指按摩自己的太阳穴，“根本静不下来，心脏怦怦跳，你们两位咋样?”

“还用问吗，都不知道他们给老子打了多少个电话了，真他妈的郁闷。”高兴星快人快语。

张恬没开口，他听到小区里有人家在播放流行音乐，听不清歌词，只感觉那旋律实在不怎么样。

“来来来，张恬，我们先打一场，我要看你的实力到底如何。”彭荔森的脑袋在书房门那儿一晃。

听到彭荔森要和张恬对战，这极大地提起了江楠之和高兴星的兴趣。电视立刻成了弃儿，几个人急吼吼走进书房。房间大约有二三十平方米，书架上空空荡荡，只零散放着几十册书，还有些开本大小不一的杂志。两台黑色的台式电脑面对着面，电脑桌面都是一样的，好像一对双胞胎。

“牌子都是一样，Dell的。”高兴星打量着电脑说。

这时张恬和彭荔森坐到了各自的位置上，高兴星、江楠之都盯着张恬的屏幕，张恬轻松地打开了《魔兽争霸》，趁程序还没有运行完之前活动了一下手指关节。彭荔森看上去有点紧张，拿起杯子喝了一口水，刚把杯子放下，又拿起来喝了一口。进入游戏以后，彭荔森熟练地选择了一张比赛中常见的地图，张恬随后也进入了房间。

“我是玩不死族的，”彭荔森边说边调换到不死族，“你玩得最好的是什么族?”

“我没有玩得特别好的种族，”张恬说着，活动了一下脖子。这时高兴星江楠之像两个采访大师竞技的记者一样，又跑到彭荔森那边去了，“我什么种族都可以玩，专门针对别人，”说着张恬选择了人族，“我先用人族看看你的技术是不是到家了，开始吧。”

“秒杀啊！好爽，刚刚才召唤出来的巫妖技能都还没来得及放一个，哈哈。”江楠之大叫。高兴星看到这一幕也像是自己打赢了一样，满脸得意的表情，嘴一直大张着。

“我靠，一见面就死了，这让老子怎么搞!”彭荔森皱着眉头喊。他基地中那个刚从英雄祭坛里飘出来的巫妖就像出来时一般快，又被张恬的秒杀三人组打回祭坛去了。

“这就是专门针对你来的，”张恬飞快地在键盘上操作，他的士兵已经围住了彭荔森的基地，并调整着队形向对方逼近，“你造再多的防御塔，你的英雄只要出不来，就永远杀不了我的士兵。不信你看，一会儿你的建筑全都要被我拆空。”彭荔森不信邪，他盯着自己的防御塔，并不断增派农民制造。不料常常是还没有造好就被张恬的迫击炮小队砸坏了。江楠之脸上的表情显示出他早就知道张恬会赢，他惋惜地拍拍彭荔森的肩膀，又走到张恬那边去了。高兴星从开始去对面看过一次后，就一直站在张恬这边，伏下身看张恬如何编队，如何操作——他认为在那边除了获得错误的经验外作用不大，索性不过去看了。

彭荔森的防御塔已经造得铺天盖地，不下二十座，差不多占满了整个屏幕，可张恬的士兵就像活的一样，个个都在眼见快死时就乖乖逃掉了。彭荔森观察着战场上对方的士兵，忽然注意到一个还有四十点生命的步兵，于是他操纵死亡骑士高举起霜之哀伤，一团浓重的暗绿色阴影飞向那个步兵，眼看着魔法即将碰到那位倒霉的家伙，可他身上忽然冒出一束辉耀的金光，步兵的生命即刻恢复。

可以想象彭荔森的愤怒，他怒不可遏地在键盘上乱敲，一边抱怨圣骑士魔法的飞行轨迹，一边开始数落不死族的缺点。

“根本打不赢，你的圣骑士加血一瞬间就满了，”彭荔森对对面的张恬抱怨，几乎已经放弃操作了，“妈的，为什么死亡骑士的魔法有飞行轨迹？要不然那个步兵肯定死了。”

“即使他死了，对整个局面仍然起不到转折作用，”张恬沉着有序地操纵着他的队伍，目前他的部队尚无人死亡，“彭荔森，你玩的还是不错，操作也说得过去，问题在于你的经验和相关意识太浅，你玩了多久了？”

彭荔森挠着脑袋说：“这两台电脑买了一年左右吧，我刚玩两个月，所以打得还不怎么样，多玩一阵就好了。”大概意思是说，张恬肯定是已经玩了很久的老鸟，要是他多玩几天，肯定超过张恬。

“两个月？哦，我玩的时间是你的两倍，也不算很长。”张恬很平淡地回答。

“哎呀，张恬，让让让，让我来操作一下，”说着江楠之把张恬挤下来，坐到电脑跟前，“来来来，彭荔森，我算是菜鸟，才玩一个月，我们两个来比。多亏了张恬教我玩，嘿嘿，我也算他的半个徒弟吧，试试我能不能打赢你玩了两个月的。”

彭荔森不说话，但是江楠之的话明显过于挑衅，他不轻不重地“嗯”了一声。张恬走到彭荔森的电脑跟前，托着下巴说：“江楠之想要打赢你，估计够呛，你就用不死族吧，江楠之是用兽族的，从来都是首发剑圣，技术还不大到家，可能会被你前期打掉。”

江楠之不满地叫：“张恬你他妈的！把我的军事机密全泄露了，老子一会儿打个屁呀！”

不出所料，江楠之听了张恬的话，改为首发先知，召唤出两头幽灵狼跑到彭荔森基地里骚扰。可由于技术不到家，精灵狼被彭荔森的死亡骑士和食尸鬼杀掉四条，送出打量经验，江楠之的先知骚扰了半天才一级，而彭荔森的英雄都三级了。最后彭荔森卖掉了他的回城卷轴，造出两个兵营生产出大量的食尸鬼，江楠之的建筑眼睁睁地被一座一座拆掉，在一直被压制的情况下输掉了比赛。

“靠！要是我首发剑圣的话，肯定不会被骚扰得这样困难，都是张恬暴露了我的机密，”江楠之嚷嚷道，“现在让你看看老子首发剑圣有多厉害，再来一局！”

“再来个屁！”高兴星一把撩开江楠之，大大咧咧地坐上椅子，“你水平本来就很矬，一般跟我打都要输，哎呀，我跟你来一局试试。”

高兴星技术果然要好些，加上经过一番车轮战，彭荔森的操作和反应也有所下降。玩到最后，高兴星的暗夜精灵族造出的大量熊德和彭荔森的屠夫相持不下，几轮战斗都是双方大规模受损，各自回到基地休养。这场比赛持续了半个小时，江楠之在旁边都看得不耐烦了，两个人才退出了游戏，记分板上显示彭荔森得分较高，于是江楠之说彭荔森赢了。

“扯淡！”高兴星叫道，“根本就没有打完，这个得分跟胜负没关系，老子还说老子输了的得分比赢了的高呢！你说的这个不算！”本来高兴星想凭借一个月的魔兽水平战胜两个月的魔兽水平，赢得一点自信心，但是和江楠之争论了半天后，胜负没有分出，心情也被搞得不大好，一句话不说地回客厅看电视去了。

张恬和彭荔森在书房里继续开打。他俩到网上找人对战，张恬强一些，彭荔森较弱，合起来跟对手实力刚好差不多。好几局都几乎快输掉，全凭张恬在关键时刻的操作挽回了劣势。江楠之在一旁观摩，对张恬的技术十分佩服，因为他看到对方也非常厉害，至少他自己打不过。看了一阵的他不胜唏嘘，方才想起自己夹了泡小便，一直忘了去厕所。跑到厕所一看时间，已经是零点过后，回到客厅，高兴星已在电视的喧闹中沉沉睡去，只听见鼾声大作。

第十六章

玉麒麟茶楼

“又赢了。”江楠之揉着眼说，耳道里全是游戏的音乐。他懒得看显示器，因为这种胜利时才响起的音效他已经听了一晚上了。张恬操作得很费劲，觉得比任何时候都打得累，主要是带着彭荔森，难度陡然增大了许多，加上今天碰到了比自己更高的高手。不过这场比赛毕竟是2v2，他俩可以就近商量，提供给彭荔森许多没想到的攻略，这又使比赛好打了很多。

“今晚上就输了一次，那两个人太厉害了！”彭荔森疲惫地伸了个懒腰，“其中有一个比张恬还厉害，另外那个跟张恬可能不相上下。我老是被那个厉害的骚扰，根本就废了。”江楠之也在一旁附和，对比赛指指点点。

张恬说：“那一场我们肯定赢不了，要是赢了就怪了，除非他们拉肚子去了……几点啦？”

“哎呀，已经快三点了，再过一会儿天就要亮了。”彭荔森看着表说。

“睡觉睡觉，哎呀，今天赢了这么多局，不知加了多少分。”江楠之不知不觉当了五六个小时的看客，这时才感觉自己太累了，于是猛打哈欠，晃晃悠悠朝客厅走去。高兴星瘫睡很久了，涎水都流了一片，电视声音开得在过道上都能听见。江楠之用力拍了下高兴星的肩膀，第一下他没反应，接着又猛地拍一下，高兴星浑身一激灵，迷迷瞪瞪从沙发上蹦起来。他四下环顾，才注意到站在旁边的江楠之。

“真要命，我他妈现在是在哪里?”高兴星看着江楠之问，江楠之没有回答他，盯着他不动，“我脑子里昏蒙蒙的，刚刚还以为我在自己家里呢，什么时候啦?”

“三点过了，”江楠之回答说，向阳台那个方向看了一眼，外面的天空呈现出一片酽黑色，“是两点吧?”说着他又看了看自己的手机，“去洗澡?”

高兴星摩挲着自己的肩臂：“冷死了……什么？三点了？怎么可能!”他好像碰到了什么无法接受的事情一样，摸出手机打开后看了看，然后回到沙发上，看上去疲惫了很多，“我不洗了，一点力气都没有了，太阳穴好像有点疼……”

“洗个澡就好了，就在里面。”彭荔森的声音传出来，接着他的人也出现了。

“不……不去了……”高兴星嘟囔着，像是在跟自己说话，而不是同别人说话。他倒在沙发上，抓起一个垫子捂住脑袋。一会儿工夫他感觉陷到了沙坑里，身上覆满压力，但那只是一种松软易逝的东西。他又一次沉入了漆黑状态，没有梦，而且仿佛只是过了一瞬间，光明就再一次来临，笼罩住了他整个人。

“快中午了。”耳朵里响起一个声音，高兴星半睁开眼，发现彭荔森和张恬在吃东西，张恬手拿牛奶和面包，彭荔森则咀嚼着一包薯片，都是睡眼惺忪的模样。

看来江楠之是起得最早的人，他若有所思地站立在阳台上，没有在意客厅落地玻璃门里几个东张西望的同伙。雨早已停了，太阳光闪烁在小区的房舍树木上，昨晚遍地小溪似的水流景象已经没有了，但有的地方积水仍在，一位绿衣清洁工正在吃力地清扫。

此前张恬醒来的时候，夜里压得他大腿发麻的江楠之早就不见了，只有脱下来的湿衣服还堆在地板上。墙壁上的挂钟指向十点四十分。这个时间让他有点惊讶，他不记得自己曾有在星期六这么晚起床的记录。没有触碰熟睡的彭荔森，张恬悄悄溜进了书房，果然不出所料，江楠之正在跟几位网游战士激战。不过从战斗的现场看，他已经输得一塌糊涂。看到他基地里的悲惨景象，张恬不由轻轻叹了口气，没想到江楠之几乎是立即就讶异地转过头来。

“哎呀！你咋不声不响偷看我的隐私？”江楠之急忙退出游戏，连分都没来得及看。

“这算什么隐私？”张恬觉得十分好笑，“你怎么不看看你的得分，你不是说赢家的分都比较高吗？万一你的分比他高，那他岂不是很丢脸？”

“去你的！”江楠之涨红脸做出驱逐的手势，另一只手尴尬地挠着头皮，“你不过玩的时间比我长罢了，得意个什么劲儿啊，过两天……”一说到过两天，江楠之忽然停住，本来有点嬉皮的表情骤然消失了。看到他神色的变化，张恬自己也立马意识到目下的处境，暂时潜藏的烦乱一下子又升起来——不知道往下是应该选择回家，还是选择继续在兰湖天待下去。

江楠之扶正歪到一边的眼镜，咳嗽一声：“我刚刚开机，发现有三十多个未接电话，还有我妈发的短信，问我是不是被绑架了，我还没有回她，”说着他露出一脸困惑，望了望张恬，“你说，我妈她不会真的打110报警吧?”

“你还是回一条短信吧，”张恬说，“你妈大概是要你回短信才这么说的。”

“那我们还真的不回去不成了?”江楠之从阳台返回客厅这样发问的时候，已经是中午十一点半了，此时高兴星正从沙发上迷迷糊糊地醒来，“我们终究还要回学校上学，还要上高中吧?”

“这不是废话么，那你现在为什么不回去啊?”张恬答道，“不就是因为你怕你老爸生气吗？难道你是为了不回家才待在这里的?”这意思表达得有点绕，江楠之的脑袋一时还没能反应过来。他倒是注意到了刚睁开眼的高兴星，这位睡得最早、醒得最晚的人。

“回……哪里去啊?”高兴星忽然抬起头，问他眼前站着的两个人。

“去哪里?”彭荔森以为他们商量好了什么计划，奇怪地看了张恬一眼，好像他也是计划的发起人之一，“你们不在这里住几天，又要到什么地方去？星期一很快就到了……要不我跟你们一起去？你们打算到哪里去住几天，还是什么……”

兰湖天小区出口不远处有一个长途汽车站，每天从这里中转的客货流量不小，即使不是节假日期间，远远地望去也有无数的人密密匝匝地堆叠在一起。

江楠之斜挎着他的书包，在车站入口前晃了一晃，又很快地缩回身子。不知是什么原因，他觉得全身裸露的皮肤突然暴出一片鸡皮疙瘩——或者是打了个寒战——脸上也紧绷绷的。身边那几个同样背着书包的人：悠悠晃晃的张恬貌似无所谓，实则无时无刻不在察看周围各种人形貌、穿着和举止；彭荔森和江楠之一样斜背着挎包，有点兴奋地抬起一只手（不知是不是期望遮住强烈的阳光），目力却集中在一个发短信的妹妹身上；高兴星显得有几分心神不定，他不时地看一看手机上的时钟，这当儿上面清晰地显示出是“1:13”。

“我说几位像农民一样，在车站旁转悠来转悠去，到底是打算干什么？”江楠之冲口而出冒了几句，又朝那摩肩接踵聚集了大量人口的所在瞄了一眼，“我突然觉得吧，我们跑那么远干什么啊，待在城里不是一样吗？反正怎么都差不多，还不如回头，去网吧玩儿几天。至于晚上嘛，就去彭荔森那儿暂住……”

“然后呢？然后到你不得不回去的时候，灰溜溜回到你那个窝里去，被你老爸老妈臭骂或猛揍一顿再赶出来？”高兴星咬牙切齿地发出质问，两手紧紧抓着书包的背带，“你不会傻到不明白现在的处境？我们既然出来了，在没有得到什么可靠的说法之前，回去的结局只会更糟，而绝不会比原来好。唯一的办法是躲过这几天风头，我建议离开主城，到县上我奶奶那里去住几天，再不济到时候她也能帮我们说说情，总比现在回去自投罗网要好得多！”

“关键是我们不是三胞胎！懂吗！”江楠之不满地叫道，他很恼火一边的张恬像个傻子似的东瞄西看，也不帮他扎下场子，“你奶奶帮你说情，因为你爸爸是她儿子……但是我爸爸不是她儿子，张恬的爸爸也不是她儿子，你说她到底怎么帮我们说情啊？说她是老一辈，经验比较丰富？”

“不是我奶奶说，”高兴星不知怎么解释，脸憋得通红，“我是说，只要我奶奶把爸爸说通了，我爸爸就可以跟你们家长说啊……”他也意识到自己的主意不大行得通，干脆住嘴不说了。

江楠之指点着高兴星：“看啊看啊，你自己都觉得狗屁不通，那我们不是去给你当跟班是啥？现在去什么县上缓解这事的可能性很小吧？去干什么嘛！”

“那就回家，”张恬突然说，飘转不定的目光稳定下来，“现在没有一个可行的计划，甚至没有一个方向，最后只会把局面弄得更糟。要不然高兴星你自己去，我和江楠之先回家探探路。”

“不好不好，”江楠之连忙摇手，“那还不如昨天就回去多好啊，现在我更不敢回去了。要不然我们就去高兴星奶奶家，说不定也有机会，他奶奶只要把他爸爸说通了就好办了……”说着眼神迷茫地看向高兴星，高兴星的脸色却显得捉摸不定了。

一头卷发焗成褐色的陈美璐坐在客厅沙发上，脸色乍看没什么特别，经过昨晚的焦灼与思虑，她已经镇定下来。手机屏幕上亮着江楠之刚发来的短信，这条短信被她读了许多遍，不过还没有拿定怎么回复。江武就坐在旁边，头发看上去长长了很多，乱七八糟地蓬松着，不知是早上起床没有梳头，还是昨天晚上没有睡觉。客厅里非常安静，没有平时的电视节目的喧嚣，江武捏着手机胡乱摁了一阵按键，终于耐不住情绪，大着嗓门咳嗽了两声。

“过两天，他自己肯定要回来，”江武口气肯定，目光灼灼地看着老婆。不过陈美璐抬手轻轻揉着太阳穴，看上去并不认同，也没怎么理会江武的话。“要是他敢回来，看老子不打死他！居然敢在老师眼皮底下作弊，并且离家出走！”江武说着用力拍了一下茶几，但眼珠子一直追随陈美璐转来转去，看到她仍然没有反应，只好垂下头嘘了一口气。

“正是你平时太凶了，他现在才不敢回家，”陈美璐忽然抬起头来，“我们家对孩子的管理也有问题，我对他关心太少，平时就只有你一个人跟他周旋，”陈美璐说着，握手机的手有点拿捏不稳似的，这一点被江武清楚地收进眼底，“现在我害怕的不是他离家出走，怕的是如果被绑匪绑架了咋办？这孩子终究还是听话的……”江武听得脸上的肌肉抽搐了一下，似乎要笑出来，不过这很快被他用力忍住了，仅仅是挤着眉头瞪向陈美璐。

“你怎么会有这样的想法？”江武努起嘴唇，“这种可能性差不多为零，你跟另外两位家长也通过电话了，这仨家伙分明是作弊后害怕被惩罚才跑的，咋个可能扯到绑架上去？”

陈美璐对江武这种大大咧咧的态度非常不满，她抬起泪汪汪的眼瞪着他说：“怎么不可能！现在的社会还不够乱？谁知道几个小孩出走会发生什么！你是江楠之他爸爸，对自己的儿子一点不心疼，整天只知道凶，动不动就用暴力解决问题……现在好了，他犯了错家都不敢回了！你说说，往下怎么办！”

江武被陈美璐的这堆莫名其妙的推论搅得一头雾水，但自己又缺乏理清对方思路的能力，要反驳自然也就无从说起，于是只能挠挠脑袋说：“这种可能性十分十分小，要是真的有事，江楠之他同学的爸爸不是警察吗，他的判断比我们准确吧？如果有必要报警，肯定用不着我们在这里瞎操心……”

“要是今天晚上他还没有消息，我就报警！我不管这些！”陈美璐把手机一下拍到茶几上，像个小孩一样失态。

江武的手机被他捏得越来越紧，汗水从额上淌下来——电话快被捏爆了。他镇静了片刻，放低声音说：“没事的，这个你就不要过分敏感了，我们应该找那两个同学的父母商量下对策，毕竟是三个不同的孩子，父母管教的经验也不一样。好了，我马上去打电话。你不要着急，人一急脑袋就会发昏。”江武觉得自己这番见解很不错，不禁帮旁边端坐未动的陈美璐点了点头，随即大步流星地冲出阳台打电话去了。

“乌攸镇……长途汽车票五十元，”江楠之念着电子屏幕上的价格表，一只手捏着眼镜的脚架，“我咋觉得原来去乌攸镇的票还要贵些，当时坐了四个多小时的车，颠来倒去的，我都快要呕出来了。”

张恬独自打量着跟长途汽车站相对的远处的码头，也就是江对岸著名的昊天港。那边大桥横跨，车来船往，沿河趸船边停靠着各色吨位大小不同的船只。在当今高速公路急剧扩张、火车飞机成为交通主打的年代，原先繁盛百年的轮船客运几乎是一夜之间就式微了，只有货运作为现代物流不可或缺的一个环节，仍然继续繁盛着。不过张恬印象里的昊天码头，跟小时候的记忆基本上没有多少变化，不过是一个通往老旧城区的水码头，依旧充满了斑斑锈蚀的古旧气息，虽然这个城市在中国已经有些分量了。

“感觉累死了，昨晚上一夜没睡好，我好想在大客车上睡一觉。”彭荔森抠着眼角的几粒眼屎说，“去个乌攸镇竟然都这么挤？今天应该不是什么节假日吧?”

“唔，彭荔森，你真的要去?”高兴星嘟囔着问。然后他盯着窗口里状态慵懒的售票员：“喂，喂，还卖不卖票了？我要四张到乌攸镇的长途汽车票。”

那位女售票员的神色像变脸一样快，她没好气地看着高兴星：“你看清楚没有，我这里卖的是去乌攸乡的票！要买乌攸镇的，自己到隔壁窗口去看!”

高兴星视力一直不大好，不过为了保持自己的帅哥形象，他一直没有配眼镜。这下子他被卖票的说了个大红脸，嘴里很不舒服地念叨：“嘿，你这几个农民，看到老子走错了地方也他妈不哼一声，故意让老子出丑啊?"话说这时候，几个穿着土鳖的成年男子立马瞪了几眼过来，高兴星知道不小心说错了话，连忙闭嘴转过头去。

此时彭荔森已经加入到隔壁窗口的队伍里去了，江楠之则像个白痴样佝着背，无所事事地端详着电子屏幕。唯一不见踪影的是张恬，因为他有意混迹于售票大厅的人群，继续沉湎在他的若有所思中，因此并没有留意刚才高兴星尴尬的一幕。

"人民广场旁边的玉麒麟茶楼，好的好的，我们准时到。好，好，再见。"许莉挂上了电话，扭头看到张闻学，见他面对一台打开的笔记本电脑，跷起的脚悠闲地晃来晃去，几乎看不出有什么焦虑的表现。过了一会儿，张闻学把电脑一下子合上，放到旁边的小圆茶几上，脸上显现出一副深思加忧虑的神情，貌似就是常被称为忧患意识的那种玩意儿。

"刚才是高兴星家长打来的电话，让我们去一个茶楼见面，还有江楠之的家长也要来，"许莉边说边变戏法似的摆出了一套化妆品，先给脸面上粉底，然后用笔描眉画眼，表情非常微妙，"我还没见过江楠之的妈妈，听张恬说是个有趣的人，哎，现在不该说这些闲话，你赶紧收拾一下，我们马上出发……"

玉麒麟茶楼位处一栋古色古香建筑的三楼，楼内一个小包间里的桌子四周坐了三对男女：其中一对夫妇看上去儒雅文气，男的若不戴眼镜，模样有几分像鲁迅，一看就是做学问的；旁边的那位女士打扮时尚，外貌靓丽，蓄披肩直发，她的先生戴一副老式墨镜，满脸彪悍的络腮胡，腿上摆一只黑色公文包；靠窗位置坐了个穿米黄色衬衫的小平头，他一身饱绽的肌肉，将衣服撑得鼓鼓囊囊的，他妻子一头褐色长发，此时正心不在焉地用小勺子戳着一客冰激凌。

不必说，米黄色衬衫男就是江武，一只小巧的茶杯藏在他的大手里，眼下正在郑重其事地发言："……我觉得这一次，绝不可以再轻饶这几个小子，为什么他们敢于一而再再而三地跟家长对着干？这一次甚至无视被处分的风险在考场上作弊？就是因为我们平时太宠他们，放弃原则，管得太松了。刚开学那次他们三个离家不归，事后没有受到应有的追究，结果呢？短短两个月就连续干出两件这么离谱的事，让我简直都不敢相信！对此你们是怎么看怎么想的，特别是接下来会怎么做，我不得而知，也不好说三道四。但就个人而言，我觉得有必要采取一点铁血手段，总之是不能再这样继续下去了……"这一次陈美璐没有表示态度，只是把戳的动作换作搅拌，从她散乱的目光看，显然有些心不在焉。

张闻天抿一口茶，清了清喉咙说："你说的这些事实当然都是存在的，只是根源呢，我的看法，恐怕不是这样简单。换个角度看吧，你说出了背后的一部分原因，但是另一部分原因呢？很可能正是来自学校、社会、家庭太高的期望值，隐形和显在的压力太大，甚至可以说正是我们在某些方面要求太严厉，才导致了今天的结果——为了舒缓短期的焦虑和紧张，他们不惜铤而走险，试图通过某种投机行为来改变自己的公众印象，满足方方面面的期待，以缓解家长和校方有意无意加在他们身上的压力。显而易见的是，他们不可能不明白自己冒的什么风险，既然敢豁出去这样做，是不是从反面说明，孩子们承载压力的强度已经足够大了呢？当然，这个问题的深层原因就更复杂了，要从根本上解决，不要说家长，就是学校也无能为力。就目前的具体情形而言，我们能够做的也只能是避免居高临下，粗暴行事，耐心跟他们沟通，了解他们内心真实的所思所想，然后采取相应的对策。不过现在的孩子咧，感觉生理与心理发育不平衡，沟通起来并不容易，而且有些想法确实让人一头雾水。”

江武撑着椅子扶手，身体微微前倾：“不愧是大教授，理论水平就是高深，说起话来一套一套的。不过我认为，这几个孩子的主要问题，还是因为懒惰贪玩而导致厌学，他们不愿意在学习上花费力气，最后不得不依靠投机取巧来维持现状——”他的语速很快，应该是早就在脑子里拟好的说辞，“他们没把学习当做正经事，可是又害怕假相被戳破。像我家的江楠之，他一天乱七八糟的想法不少，可就是不肯把心用到正道上。”

高乐天将跷着的二郎腿换了个方向，一只手托着下巴说：“我感觉几个小子这次出走，并不是一时的心血来潮，而是早就有了什么计划，也就是说蓄谋已久。”

许莉接过话头：“完全有可能，特别是像张恬这孩子，平时他不出声不吭气的，很多东西都埋在肚子里。表面上看什么事儿也没有，实际上人小鬼大，尤其喜欢弄那种匪夷所思的怪点子。说实在话，我们对孩子的了解都太不够了，尤其是他们在学校、在上学放学路上的情况，几乎是一无所知或者说只有一些成见。唉，我还真没预料到他会犯这样的错，而且……还跑了。”

往下冷了一会儿场，随着一种很轻的声音的消失，陈美璐捋了一下头发，仰起头平视着对面的许莉：“我说点我的意见，这毕竟是几个才上初二的孩子，江楠之要到十二月份才满十五岁，对他们还是应该以宽容为主。问题要解决，错误要指出，但肯定不能采用简单粗暴的处置方式，因为那样做只会是适得其反。还有我发现，我们今天已经说了这么多话，却忘了更重要更紧迫的事，那就是跟孩子们联系上，劝他们赶紧回家，因为谁也保不定接下来会出现什么新的麻烦，尤其是安全问题。”

“同意，这个才是我们坐到一起来的主要目的吧，先要把小孩找回来，然后才有可能说下一步的事情。”高乐天的表达言简意赅。

“这一点没有异议呀，只是在他们回来以后，重点要放在沟通了解、解决思想认识上面。”张闻天说着话，右手食指习惯性地敲着茶几，“要想矫正孩子们的某些行为习惯，思想工作需要做到前头。”

贾丽瞳表示赞同：“没错，我也赞成改进跟孩子的沟通方式，要善于倾听，让孩子信任你，愿意敞开内心讲真话。拉长脸，以教训人的口气说话，经验告诉我们，这样做收不到什么好的效果。但这并不意味着纵容和完全的无为，一定的压力还是必要的……另外，我还有一个建议，那就是孩子们回来以后，要有意让他们疏远一下，别整天黏在一起，小孩子太容易相互影响了。”

对于这个提议，几位家长都表示赞许。

“嗯，我收回我的铁血手段，服从大家的决议，对作弊的事儿暂且压住，慢慢来从长计议。”江武很爽快地说，“我也赞成要保持一定的压力，否则没过两天就又出娄子了……”话音落下，家长们正式发言的环节似乎结束了，接着相互交头接耳起来，包间里升起一片嘈杂的嗡嘤。

长途客车上，张恬和江楠之坐在一排，前面的高兴星鼾声如雷，弄得旁边的彭荔森很是苦恼，本来有的一点快意也闹得消失了。窗外的景色让张恬想起不久前的秋游，不同的是前排的帅浩换成了彭荔森而已，这让他生出莫名的失落感，就好像彭荔森没有帅浩有价值似的。不过他很快摆脱了这个怪异的困扰，拉上蓝色的纱状窗帘，倦怠马上袭来，就像人在阳光下穿行的影子，两者之间若即若离，这种感觉尤其强烈。

“我本来不想去的，我觉得这样搞会越弄越糟糕，”江楠之仰着脑袋说，“可我实在不想回家啊，实在不想……”说完嘴巴微微张着，呆望着车厢的顶部，把它想成房间的天花板。

张恬眼睛看着窗外，轻声回答说：“没有办法的事，我也知道这对我们俩起不了多大作用，不过呢，走一步看一步吧，总会有个结果出来的。”

“几点了？”江楠之岔开话题。张恬摇摇头，手伸进裤兜，摸索着按住手机的开机键。微弱的光线透过窗帘的缝隙，给江楠之的耳朵镀上一个边，耳朵后留下了一块看上去很薄的阴影。

屁股下面的起伏开始大起来，高兴星被这种颠摇弄醒了，瞄瞄窗外，客车已驶出市区，加速行驶在高速公路上。玻璃后面有村庄和农田的影子飞快掠过，偶尔能看到劳作的农民也像根柱子一样一闪即逝。彭荔森独自在吃他的东西——肯德基的套餐，里面的鸡腿和汉堡飘出一股腻香，搞得高兴星听到了自己肚子里的叽咕。

“一点四十了。”张恬将窗帘拉开，手机还没有放回兜里，那个矩形的东西就振动起来，他知道是家中的电话，没有看就直接挂掉了。不过他很快发现那振动频率的异样，电话变成了一条短信，这几天他也是第一次收到短信，而且信息源是一个陌生号码。

江楠之也忍不住开了机，于是也收到一条陌生短信，扭头看张恬，张恬一把抓过他的电话，看见是一个熟悉的号码。

“这是我妈的手机号，”张恬奇怪地喃喃，又看了一眼自己的手机，“她给你发短信干啥……不会是家长们串联起来实施什么计划吧？你看看我的——”说完把电话凑到江楠之鼻子底下。江楠之摇摇头，说这个号码他不熟，然后推测说可能是高兴星家长的电话。这勾起了他们的好奇心，尽管不大情愿看家长的短信，但张恬还是硬着头皮打开了那条江楠之手机上的信息。江楠之只敢看张恬的表情，见他神色不断地发生变化，从眉头紧锁，一脸的紧张焦虑，到表情渐渐舒展，同时更多地显露出疑惑，最终直接把手机递给江楠之。

江楠之下意识地收缩了一下身体，打起精神面对手机屏幕，这时张恬低低地说："他们换手机发短信，显然是因为前一段，我们不接电话甚至不看发来的信息。估计你手机上的内容，也跟发给我的差不多，不知他们是怎么商量和考虑的。当然说对我们的行为暂不追究，要我们先回去上学，相信这点承诺还是不可能作假，不过以后究竟会怎么样，那就说不清了。"听罢，江楠之也打开短信，看完后表情平静，想必跟张恬推测的差不多。前排的高兴星这会儿不知怎么回事，不仅伸手把窗帘拉来拉去，嘴里还不住哼哼唧唧地唱着什么，似乎心情颇为轻松。

"会不会是下钓饵？把人勾回去，然后再狠狠收拾我们?!"江楠之不知是兴奋还是慌乱，嗓门儿一下子特别大，张恬差点扑哧一声笑出来。

"不可能呀，既然在这么做，表明他们早就冷静下来了，打人骂人是生气时的冲动行为，"张恬眨着眼说，"家长们应该是一起商讨过，不然咋会换手机发短信？至于这个嘛，"他望着显示在屏幕上的字符，"就是他们讨论的结果，当然'暂不追究'也挺不容易的，要换在以前，我妈的内容绝对是回来再说。"

"说不定不是他们本人发的，或者手机也换了……"江楠之继续表达莫名的猜疑，模样看上去跟江武真有点神似。

彭荔森突然转过头，对着后排的人说："我觉得这样做，反倒可以保持一种压力。"不知道江楠之有否听清楚，他又变得有点心不在焉。张恬再一次拉上窗帘，光线被挡在外面，剩下他独自在阴影中发呆。

“靠！这他妈的完全是发神经，我们不能每次都这样打退堂鼓吧!”高兴星的脑袋从座位间的夹缝里冒出来，乍一看有点搞笑，只不过后排的人一眨不眨地看着他，眼珠在不定地晃动，“上次江楠之已经搞过一次了，这次又是？关键是我们已经到了，马上又坐车回去？这也太无聊了吧，当老子坐车上瘾呢?”说着他有意无意地瞄了下彭荔森，彭一派淡然。

“别忘了我们的目的，我们为了什么来?”张恬说，此刻四个人正站在小镇车站的站台上，眼前是阳光照耀的峡谷和河流，头顶是高远的天穹，“你不会这么快就忘了吧？我们不是来探亲，不是来旅游，既然他们已经给了我们台阶下，我们干嘛不回去，你不大可能真的不再回家吧?”高兴星手揣在裤兜里，一时找不到什么说辞，他咽了口唾液，突然飞起右脚踢向一粒小石子。

那一脚的力度和角度似乎恰到好处，菱形的小石子呼啸着飞出去，细小的身形很快就在绿化带后面隐没了。几位准备搭下一班车的男女说笑着走过他们身后，候车室的广播适时地响起来，一切如常，仿佛从来就没有一粒石头飞起来过一样。

第十七章
“首长”莅临之前

半期考试过后，学校在时间的安排上显得紧凑了许多，虽然老师喜欢强调初中课程并不深奥，但是同学们还是感到了学习难度的增大。少部分课程结束了，一些班级的同学提前进入了复习，他们整天把脑袋藏在课本后面，或者奋力做学校推销的练习册，大堆的草稿纸见证着他们艰辛的努力。

张恬发现自己整个上午都没说一句话，喉头仿佛聚集了什么黏糊糊的玩意儿，可是当他一有吞咽的意图，食道里又飞快地畅通了，这是否表明喉咙里其实什么都没有？江楠之头发长得快过眉毛了，却没有按以往的习惯把它剪掉，现在他盯着练习册，张着嘴巴的神态给人以颓废的错觉。

“怎么作辅助线?”江楠之自言自语，张恬不高兴地朝他侧了一下。

“这儿……这儿作一条延长线……这儿补充一个全等图形……”一边嘀咕，江楠之一边露出更加迷惑的表情，过一会儿，他抄起练习册走向来秦大诗的座位。

“喂，大诗，你说说这道题的辅助线是咋画的？要不要作辅助线？”江楠之指着翻开的练习册问，正做英语的秦大诗心头有点烦，没有马上吱声，“我记得这道题高——郭老师好像讲过，但是我这么做出来好像不大对，你看看……”

秦大诗抬起头，半睁眼朝江楠之示意的目标看了看，咕嘟着嘴巴，过了几秒钟才软塌塌地发声：“不是你想的这样简单，感觉吧，你上课根本没有用心，我都懒得说了。郭老师强调过好几次，这种是特殊情况，不能作全等图形，需要这么补一根辅助线，”说着秦大诗伸出笔在练习册上画了一根歪歪斜斜的线，“你自己看吧，要是你再做不出来就干脆别做了。”说完又伏身做他的英语，好像一直没有抬过头一样。

那根线让江楠之像见了啥宝贝一样，捧着书在原地站了半天。

张恬看到江楠之那样子，心中有些气闷，他垂下头只顾背自己的语文课文，懒得四下打望了。认真做作业和背书的时候，时间过得非常快，好像没过几分钟，下课铃便响了。室内响起一阵桌子移位、椅子挪位的摩擦声，令人全身激灵暴鸡皮疙瘩，张恬尤其害怕这种声音，却又从未幸免过。

坐在讲台上的薛珍走下来，离开了教室，学生们立即开始活跃。大家三三两两结伙离开，不一会儿人就走得差不多了，教室里剩下一片桌椅的褐黄。张恬继续坐在座位上，四周只有三五个玩游戏机的人，窗外可以看见校园里一片青灰灰的颜色。

“张恬，你发什么呆啊？”是彭荔森的声音，他手里拎着个PSP，隔着两排桌椅跟他说话，“大家都去吃饭了，你还坐在这儿干嘛？”

张恬叹了口气：“咳，马上就去了，只是肚子不太饿，也许是早上吃多了。”

“走吧，后校门有家砂锅米线很好吃，”彭荔森摸着鼻子说，“很久没去校外吃饭了，不晓得那馆子还在不在。”

下午的天色依旧阴恻恻的，空气貌似很干净，但好像又若有若无地飘浮着灰色。江楠之开始还怀疑是眼镜片脏了，于是取下来用盒子里的软布擦拭，刚戴上时仿佛好多了，不过一会儿又出现了挥之不去的阴影。张恬正犹豫是否要问他点什么，薛珍袅袅婷婷走进了教室，她捏着通常带的小皮包，站上去立即开讲——

“同学们最近可能都在关心学校的艺术节，这里给大家通报一下新情况……”薛珍神情严肃地说，“学校刚接到市教委通知，说是来自首都的大首长将在艺术节期间莅临视察，这是对全校师生的莫大关怀。因此除了艺术节继续进行准备外，学校决定还要演练一个大型节目，主要内容是展示我们的阳光体育活动，我们整个年级都要参加，具体任务是大型广播体操表演……”

这下子教室里突然骚动起来，有人大着嗓门儿不满地嚷嚷：“这样搞，恐怕要花费很多时间吧？现在不是已经开始备战期末啦，我们哪来那么多空闲啊？”

“做广播体操？学校的点子真他妈好噢，我觉得最好是表演裸奔吧？”

薛珍敲了敲桌子：“安静点，不要冲我发什么牢骚，这可是别人想都想不到的殊荣喔。你们不知道？全市这次总共只有两所学校接受视察，中学就是我们学校，还有一所是树人小学。”

“我们到底停的是课，还是艺术节？”张飞翔有意拍着桌子发问，不过这时秩序已相当混乱，所以他的搞怪并没有被薛珍注意到。

“所有这些，都是学校的安排和决定，大家也不用起哄了。说白了我们都一样，除了听从执行以外，根本就没有别的选择，要是你不服也行，自己去找校长提意见。”薛珍对下面的反应并不太在意，“你们现在可以发泄一下，过一会儿到操场上，主持训练的老师怎么要求，你们就怎么做，一定要好好配合。”

第二天一早起床，张恬发觉全身的骨节都有点酸痛，显然是近段时间运动太少的原因。昨天下午在大操场练习广播操，三人组里那位中年阿姨（也不知是不是体育组的）要求特别苛刻，先是用半导体喇叭唠叨了一大通废话，然后让大家一个一个动作练习、重复、矫正，一丝不苟，不厌其烦，折腾了将近三个小时，搞得初二年级集体狂晕。这样整下来，早晨教室里就只能看到一片无精打采、落花流水了。除了个别人如彭荔森，还在不懈地玩游戏机外，张恬欣慰地发现，连平时艰苦学习的少数神人也蔫巴了，他们不再抱着练习册做个没完，而是瘫坐在那儿，养的养神，看的看闲书，甚至跟别人猜纸牌。

彭荔森向张恬招了下手：“张恬，你这个纪录是怎么破的啊？我回去打了一个晚上都没有破掉，现在右手一点力气都没有了。”

“嗯，我忘了给你说，有个地方有一条隐蔽的捷径，”张恬的注意力被他手里的PSP吸引住了，“我打给你看看吧，起码可以提前二十秒，不过光靠这个捷径也还不行，你观摩一下我怎么操作。”

“我就说嘛，怎么随便咋搞，都被你超过那么多呢。”彭荔森恍然大悟中又有点心理不平衡，“你实在太厉害了，包括魔兽也一样，这个捷径我这么久都没有察觉，为啥昨天你玩儿一天就发现了咧?”

张恬本想谦虚几句，但此时一个熟悉的身影晃进了教室，那是拿着一本英语书的江楠之。他边走边念念有词，看到教室里东倒西歪的人群，皱了下眉头就坐到自己座位上去了。片刻之后，他又探过头去向秦大诗讨教，正跟人玩儿牌的秦同学很不耐烦，两句话就把他打发了。看到江楠之一脸恼火，张恬觉得十分好笑，等到他埋头专心打完了彭荔森要求示范的纪录，再次抬起头来时，发现江楠之座位上竖起了一册《哈利·波特与火焰杯》，他的脸被书封挡住了，只剩一簇矗立的黑发从书脊位置支棱出来。

“同学们请注意了，下面将进行一次正式的彩排，今天莅临现场视察指导的，有来自市教委的领导，以及学校的大部分领导、部分老师。在刚刚过去的一周里，大家牺牲自己的学习和休息时间，付出了艰苦的劳动与滚烫的汗水，今天的集体表演，既是展现你们青春风采和活力的绝好机会，也是检验团队精神与协作意识的试金石！希望同学们珍惜，努力，相信大家接下来会以实际行动证明——”主席台上一位身穿运动服、留马尾发的年轻美女说话字正腔圆，滔滔不绝，丝毫不理会台下的喧嚷，“这是了不起的荣誉噢，毫不夸张地说，几十年一遇吧，因为我们展示的不是一所学校，而是全市中学的最高水平，所以要力争让领导看到最好的表演！”

“几十年一遇，我他妈都成大福星啰！”人群中，高兴星不耐烦地骂骂咧咧，“学校的马屁算是拍成精了，老子的练习册看来只有到晚上熬夜解决……哎呀……真的要开始啰——”初中几个年级的同学全数集中在大操场，市里来的领导和本校的校长书记坐在主席台的遮阳篷下面，兴致勃勃地准备看好戏。操场周围还有稀稀拉拉看热闹的人群，其中有的人显而易见在评头论足。一周多来，张恬天天巴望龙王爷下雨，可是就是不能如愿——今天天气更是少有的干燥，虽然看不见太阳，但天顶又高又亮，目力所及的范围内，高高低低的树木建筑都显得很清晰。

“现在休息五分钟，然后再来一遍，同学们的表演比我想象的还好，比起刚开始训练的时候，简直不可同日而语。”不知疲倦的马尾美女口气轻松，看来她很善于照顾大家的情绪。接着她示意工作人员关掉录音，口气一变，“不过要是标准更严格一点呢，做得还不是特别精彩，还需要继续努力。关键在于，除了每个人的动作、节奏、音乐感要准确到位、自然和谐而外，我们几千人的队伍要有一个完美的配合，要有集体感，有如一个人，每个人就是团队里的一分子，就像机器上的千万颗螺丝钉一样。你们早已得到通知，下周北京的大首长就要来了，丑媳妇很快就要见公婆，所以我们别无选择，只有练习，练习，抓紧时间练习。唯有这样做，才能以最优的效果、最高的水平给领导留下最好的印象……”

“噢噢噢大美女，您的意思是不是说，我们还得被折磨三四天？”

“妈的！这些屁话说起来倒是轻松，你咋不下来跟老子一起做几遍看看？”

五分钟一转眼就过去了，台上的美女教师已经不见踪影。只剩下台侧两个管扩音设备的工作人员。不过大家很快就知道是换人了，新上来一位穿玫红运动服的中年女教师，个头跟刚刚那位差不多，但身板看起来更壮实。中年女挥了挥手说：“同学们，刚才的练习我都看到了，感觉要挑毛病很容易啊。这么说吧，你们离理想的水平还相差甚远，还需要进行大量艰苦的练习！”

话音未落，队列里顿时一阵骚动，有不满的学生发出低低的抱怨，同时也吸引了操场边看热闹的人的目光。中年女凭借现代科技的优势，毫不吃力地盖过了下面的声音，“耐心一点，我们再做两遍，初二年级就可以休息了。接着呢，高一的准备上！我跟你们一起做。”此后操场上嘤嘤嗡嗡的声音慢慢小下去，音乐声响起，台下的学生们开始追随老师，做出各种生硬别扭的动作，远看很像一群惊悚片里的僵尸。

不知是怎么回事，江楠之总觉得置身在无数人的围观中，他自感压力很大，好像周围随时有人在对自己指指点点，这就不免分心。气温本来偏凉，但额头上有黏糊糊的汗滑下来，目标直奔左眼。他心中慌乱，不管三七二十一，腾出手在上面抹了一把，节奏自然就乱套了。

“大家注意了，请好好听音乐，跟上大部队节奏，不要自行其是!”中年女在台上不停地吆喝，江楠之浑身一颤，自忖是拖了整个年级的后腿，动作节拍更是完全错位了。耳边仿佛传来细细的窃笑，弄得江楠之脸热耳烫，心烦意乱，浑身像有无数毛毛虫在攀爬。无计可施的他最后停下来等了一会儿，终于再次跟上了大多数人的速度。

“下面由高二年级表演，初二年级的同学先休息片刻!”中年女挥着手继续发号施令，可惜的是看不清她的表情，“但切不可松懈涣散，因为你们不仅协同不好，个人的动作也做得并不标准。”说着她伸手举过头顶，几秒钟以后放下，“手脚伸展得一定要自然挺拔，柔韧有力，这个意识在做操的过程中不允许丢失，你们要随时记住这些……记住了没有?”台下的回应是一阵模糊低沉的噪音，根本听不清是什么意思。

当初二年级的队伍已经开始自行解散之际，一个穿着素色的大妈出现在台上，她擎起电喇叭大声武气地说：“等一下等一下，初二的同学别着急，我们还有任务安排。请各班班主任组织一下!”这时候，操场上的人群显得更乱了，不少学生随便挤作一起，根本没有重新站队的意愿。幸好有班主任的弹压，再加上班干部的帮忙，混乱场面持续的时间不太长，初二年级又恢复了原先的整齐队形。

“就一点，表演完毕以后，大家马上去第三小操场继续活动，以彰显阳光体育的宗旨!”张恬到这一刻才看清楚那大妈原来是徐主任，一件样式比较过时的灰色夹袄，让徐主任看上去很像一位农村妇女干部，“至于具体怎么做，体育老师会有指导安排，各班的班主任也会一直在场配合工作。”

“我靠，还嫌折腾得不够？”旁边的王志彬一脸怨愤，蒸腾的白气从他嘴巴里缭绕出来，混合着空气，半天才飘散开去。

“今天他妈的脑子进水了，穿这么多来做操，”江楠之拎起自己的衣摆，让冷空气侵进热烘烘的内衣里去——操场里这种热气腾腾的场面，全是那些正说话的人弄出来的。

“不知道啥时候才下雪，”彭荔森望了望渐渐浮满云翳的天空，叉着腰说，“要是去年的话……嗯……去年是啥时开始下雪的？好像下得很晚？一月份吧？”

张恬正要应答，散乱的队列旁走来一位穿运动装、脖子上挂着口哨、皮肤黝黑的中年人，一看就是体育课老师。

他径直走到薛珍面前，用生硬的普通话问：“你是十二班班主任？”

薛珍微微皱起眉毛说：“没错。”

“你们班的男生应该在那块地方活动，”他布满青筋的手指向操场右边偏僻的角落，“暂定为自由活动，不过以后肯定要改。十二班的女生到上面的小操场去，那里有秋千架、单双杠和其他活动器械，”接着他换一个站姿，“下周领导来的时候，你们就在那一块活动，如果场地不够，剩下的人就假装玩玩那些器械。”很多人听到“假装”一词哈哈地笑了出来，体育老师愣了一下（估计没搞懂他们在笑什么），薛珍冷着脸一言不发。

“记住，不是说你们要等高一年级之后才去活动，”体育老师不苟言笑地说，普通话一时间变好了些，“过一会儿将合起来排练一遍，做完操以后，大家就有序地向安排给你们活动的地方跑步过去，接着是高一年级上场做另一套操……”

“烦死人了，妈那个×的！”又有人隐在队伍后面骂，这时整个初二年级的同学已经被折腾出一肚子火气，难免发生压抑之下的骚动。

“我再说一遍，男生就在那边指定的区域活动！不要给我搞错了！”体育老师指着那个角落大声吼叫，他其实也听到了人群里骂人的脏话，一脑子无名火，“女生就在小操场活动，往后我不会再重复了，那些器械你们都会用吧？搞清楚没有？”没有人回答问题，他也懒得再次盘问，交代完毕径自埋着头离开，步履很是嚣张。

“很好！高一年级这套熟悉得差不多了，短短几天时间练成这个样子也不容易——”台上又换了老师（初二年级的各班散乱地站着，大都在看动作整齐划一的高一年级），“不过问题还是不少，主要的呢，跟开始的初二年级相似，那就是身体没有充分展开，”身着天蓝运动服的女老师做了个示范动作，跟那位红衣老师极其相似，“记住动作一定要做到位，怎么才能做到位？唯一的途径是多多练习，熟能生巧，让整套动作成为你的潜意识，到那个时候，举手投足甚至不需要你思考，动脑。”一番话说到这里，天蓝运动装很是得意，她抬起手看了看表，双手合拍：“好了，现在是十一点半，两个年级的同学们连起来做一遍，就可以解散了！”

听到解散的话，操场上的男女们总算有了一点动力：高一年级有序地散去，初二学生很快聚集到一起。又是一阵老土的音乐，这种调调儿和节奏让张恬的每一根头发都竖起来了，不过好在还能够跟上大部队的动作——这套操他老是记不住，不盯着别人模仿怎么也做不出来。过了不知多久，终于熬到了结束的一刻，几百个同学用一种有规律的方式散开，巨大的音箱里改放出新的音乐。十二班的男生移到操场的右上角，这是校园东面最边远的位置，围墙根下是一条只有一脚宽的林荫小道，向下的斜坡和后门那里有一口长满水葫芦的池塘，翻越围墙就到校外了。由于没有任何事情可做，一群人只好傻站在那里，看高一年级做那套比自个儿做的时尚许多的体操。

看着那些练得很卖力的同学，高兴星越发来气：“干嘛要老子做这么傻×的操，为什么不能跟他们一样？”

“这表明初二年级十分纯真，还是他妈的乖乖学生。”高兴星右边的张飞翔接茬道。

“这表明学校的智商很不够用。”吴胖子看上去一脸是汗。

“到时候还不知道要我们干些啥，”高兴星朝小操场望去，班上的女生好像很愉快地在玩各种器械，和这里百无聊赖的情景形成鲜明对比，“我们这一大坨人站在这里太显眼了，啥事都没的干，总不可能打斗一场吧？”

彭荔森盯着欢乐的场面，愤愤不平地说：“那个啥首长没事跑来掺和个屁，而且真他妈的会挑时间，早不来晚不来，偏偏艺术节一开始，他就来了。”一群人站在音乐里傻看操场上的活跃，不时有各种各样的风钻进来，将他们的发型吹得稻草般乱七八糟，好似一堆跟社会无关的闲杂分子。远处阶梯座位上的人也注意到了他们，江楠之眼尖地发现有人一边看他们一边说话，当然肯定不是什么好话。

最后音乐终于熄火，高一年级整齐地停在原地不动了。

“好！上午的训练到此为止，”天蓝运动衣字正腔圆地说，“现在刚开始训练，两个年级的配合还不够好，但是作为第一次尝试，已经很不错了，这里表扬一下。解散！”说完密匝匝的一操场人散作一团，台阶上被分派看了一上午热闹的同学也准备离去，没想到“高二年级稍微等一下！高二年级马上到操场集合！我们操场上的布局还有问题，队列两端可能需要进行填补，高二年级各班的班主任请组织一下！”指令却响起来。散乱的脚步声里，张恬仿佛听到了很多微弱的叹息。这一个上午操，几乎跟此生做操次数的总和加起来差不多了。

早晨的天空一抹墨蓝，寒风像若干条大小不等的蛇，在地上吱溜溜地逡行。外套毛衣穿得厚厚的张恬走在通往教学楼的路上，比绿豆还小的雨夹雪在眼前慢慢下沉。周围人们的脸色都不大好看，不少人戴着帽子，同时把脸埋进绕着脖子的围巾里——他们无非是即将中考和高考的学生，或是被排练和别的玩意儿折腾得脸青面黑的其他年级学生。

"情况很不错！从点名的结果看，各年级同学都到得很整齐！"又是那位年轻美女站在主席台上，她的马尾发被寒风刮得有点凌乱，身后的背景空空的，仍然健在的那块艺术节宣传标牌上的字已换成了"阳光体育行"。

"大家可以看到，尽管今天天气很冷，但是我们在阳光体育精神的鼓舞下，发扬……"此时台下轰响起一片杂乱的哄闹声，"……经过了三天的强化训练，参加表演的所有年级将在今天一起出场，来一次真正的集体演练，通过演练观察整体效果，然后作一些必要的调整纠偏。注意啊，学校摄制组的老师将拍摄大家表演的全过程，希望每个同学都尽最大努力，争取留下自己的美好形象。"

"搞些啥鬼名堂哦，老子觉都还没睡醒！"帅浩叉腰望了望天，他的一半脸都埋在围巾里。天色确实还早，少数学生仍在半梦半醒间徘徊，坐在看台上的初一学生里，有不少人像小鸡点头一样打着瞌睡。

一套机器人动作结束以后，初二年级的同学如释重负，各自跑步到达相关位置。十二班的男生发现自己待的小角落里站了个黝黑皮肤的男子，走近了看才知道是昨天那位体育老师，他身边搁了一口大大的帆布箱子。

“这是提供你们的器材，自己根据爱好挑选使用吧。”黑皮男说着摸出一只呼啦圈，小指上还钩着一个鸡毛毽子，“大家熟悉一下，先玩一玩，到正式表演的那天，尤其是大首长在场的时候，一定要装出玩得很娴熟的架势……”听体育老师口中冒出“装出”和“架势”，一帮少男全都哄笑起来，黑皮男脸上又露出跟昨天极相似的疑惑，在风中挠着头匆匆走开了。

高一年级的时尚体育操正在进行中，除了操场中央集体表演的人，操场左端也簇拥了几十个小个子的初一新生，他们由一个体育老师率领，“架势”夸张地舞着木剑；而离他们约十米的所在，聚集了一群高一同学，动作僵硬地比划着一套陈式太极拳。

张恬这边艰难地动手玩呼啦圈。不过大家很快便体会到，穿着太厚实的一堆衣服玩这玩意儿，就像体态发福的中年人，做起来吃力又笨拙。于是开始有人把它们抛来抛去，更有甚者扔掉呼啦圈换为踢毽子，最后把它们全都踢出到了界外。

“妈×的鬼学校！”江楠之一声骂出了心中满盛的愤懑。他用大脚踢飞一只毽子，那毽子的飞行轨迹和前一时刻的某粒石子出奇地相似，在黯淡天光的映衬下，最终没能越过那道矮矮的围墙。

第十八章

“浪子”回头?

“同学们，请大家集中注意力，今天是最后的一次集体练习，明天首长就要莅临我们学校视察了，所以说，这是一个非常非常的重要日子——”大操场的主席台上，几位运动美女身穿粉红阿迪达斯，领夹微型数字无线麦克风，三围性感，神采焕发，“集体操强化训练进入第四天，目前几支队伍的状况都相当不错，除了个别瑕疵还需要作些小小的调整外，我们初高中各年级的辛苦就要告一段落了!”

塑胶操场上的学生一动不动地伫立在寒风里，不知是纪律严明呢还是没有反应，整个队形看上去就像凝固了一般。看台上水泥阶梯座位的温度估计相当考验人，安排助兴的男女看客多数只能直端端地站着。

“好啦，高二年级的表演到此结束，大家为自己优秀的表现鼓掌吧!”跟随着运动美女的煽情，台上台下的人都呱唧呱唧地拍了几下，零落的掌声总算是搅动一下凝滞的空气。

穿越含糊其辞的背景音乐，可以看见隐蔽在小操场角落里的十二班男生，表情或夸张或阴沉，人手一个硕大的呼啦圈，也有人踢球一样踢着羽毛毽子——根据张恬不完整的计数，这几天飞出围墙的毽子已不下三十个。江楠之面无表情地遥望大操场，那一堆高一学生的“蹦蹦操”（这是他们自己取的名儿）正进入高潮阶段，很多人的身形因蹦跳显出特别的笨重，所以也有人给它一个别名“笨笨操”。

高一年级退场以后，又有两队装束各异的学生出现，此时的音乐节奏奔放了许多，其中还夹杂着“哈哈哈”的吼声，不知为何听起来让人觉得特别尴尬。

大操场的外围，一些为数不多的学生套了件运动服，噼里啪啦地拍打着篮球。有点奇怪的是，他们拍打的那些球都显得蔫耷耷的，好像没有什么弹性。踢足球的那帮家伙就更好玩儿了，他们把白色的皮球在脚下倒腾来倒腾去，挺随便挺无聊的，不由你不想起小人书里蹴鞠的古人。此外，若干练跆拳道的小孩也花插着混在里面，时不时做几个前踢、抡踢、下踢、侧踢、挂踢、反抡踢之类的入门动作。

回过头看，抓着呼啦圈乱转的十二班男生们其实只是在摆POSS而已，当然用它做恶作剧的也不止一两个。关键是没有谁真正会玩儿，光拽着它就摇摇晃晃的，要套在腰间旋它个滴溜溜转，难度的确够大的。不过张恬倒觉得，除了打羽毛球那块场地，这儿比别的地方差不多都要好了。放眼扫瞄一遍，通教学楼方向的操场左侧尽是跑步的人，也有的伏在单双杠上磨洋工，一胖子脑袋一摇一摆，貌似已经会见周公了。

下午五点，所有排练终于全部OK，这时天上有细细的雪粒掉下来。张恬满心希望晚上的雪再下大些，这样或许明天领导就不会来视察了。整个白天的颜色一直是阴沉沉的，不想在这暮色降临的时候，飘飞的雪粒使天穹透出少许光亮。

从教学楼的最高层远眺大江，江水色泽灰暗，离岸不远的礁石东一坨西一块，瘦骨嶙峋的，好似露出水面的牛背脊。

半夜里雪停了，但第二天气温继续下降，没有风，室外干冷干冷。

“下午三点，‘大首长’准时光临我们学校视察，还有市里面陪同的党政领导。学校领导对活动极其重视，我们的表演只许成功，不能搞砸。这里面的利害关系，就无需我多费唇舌了吧？大家一定要好好表现，别给十二班丢脸，”早自习时薛珍在暖烘烘的教室里严肃地强调，“这是学校多年一遇的大事，也是每个同学的荣誉和幸福，我市的报纸电视网络媒体，肯定会跟进详尽报道——记住不该说的话不说，不能做的事不做……”

这番话对十二班的影响到底有多大，张恬不得而知——从表面上看，大家仍旧按部就班地做着自己该做的事，但教室里确实出现了少见的怪异宁静。

下午很快来临，两点一刻左右，打头阵的初二年级在大操场上已站了将近半个小时。高兴星怀疑要是自己没戴耳套，耳朵说不定就会没影儿了。运动场观礼台上站着三位身材惹火的体育美女，她们脸上都挂着不成功便成仁的标签，表情深不可测。又过了十来分钟，排列得很整齐的队伍开始有点重心不稳，东歪西倒的了，可台上什么信息也没有发出。人群中升起嘤嘤嗡嗡的躁动，情绪似乎有些捉摸不定，好多人都站不住了，扭着身子东张西望。

“同学们，注意保持队形，‘大首长’马上就要到了，”体育老师的声音通过无线麦克风放大以后，感觉空洞而粗糙，不过作为指令倒是很有效，操场上的队伍立刻恢复到原来紧巴巴的样子，其他位置的人群则探头探脑朝校园大道的方向望去。

“一会儿大家要发挥出最好的水平，给首长留下最深刻的印象，我相信你们肯定能做到，因为你们有这个实力！”美女的煽动导致队列里几个小傻蛋肾上腺素活跃，心跳加速，他们用力拍了几记巴掌，这个动作传染病一样引发了其他一小部分人的类似举动，最后大多数学生都跟着鼓噪起来。

突然，眼尖的人发现几辆警车不知什么时候停在了操场的入口处，两辆08款高配十二座的丰田COASTER顺林荫道缓缓驶入操场。跟着屁股后面的，是两辆本校同学都非常眼熟的沃尔沃S80L。高处的美女体育老师做了个手势，音响里老得掉牙的音乐响起来：“第×套中学生广播体操，放飞××现在开始……”

张恬随大流伸着胳膊腿，同时分神张望，想见识一下那个北京来的“大首长”到底长什么样儿。他看见前面那辆中巴车里钻出五六个衣着厚实、腆着肚子的中老年人，其中有三四个人漫步往前，偶尔扬起手指指戳戳，场面并没有他想象的那么神秘。接着本校的几位老大也快步追上来，他们哈着腰侧着耳朵，一边聆听一边回答问题。此时后一辆COASTER上的五六名精壮男女正四散分布开来，他们身手敏捷，眼神锐利，不停地扫视周围，试图嗅出什么可疑的蛛丝马迹。几位中老年人并未如张恬所想象的那样，登上主席台挥手检阅一番，而是沿着操场边缘走了一小段，其间也曾停下来，神情讶然地望了望跳跳蹦蹦的少男少女们。

初二年级的表演告一段落，张恬觉得自己的脑袋扭得已有点酸软。回到小操场的那个角落，没料到这里大异于往日：围墙之外站了不少看热闹的人，他们伸长脖子，鼓突着眼球，其中有来自工地的民工，也有慕名而来的附近的居民……真不知道消息是咋个泄露出去的。这种情况当然不会让十二班的同学难为情，大家都是该做什么做什么，人手抓一只大呼啦圈，就跟提一袋废旧物品似的，把它们抛来抛去，特别像在玩杂耍。墙外的人眼神疑惑地盯着他们，貌似看出这群人跟操场上的表演一点也不合拍，他们只是在自顾自地胡乱晃悠，基本上就是应付了事，自然也谈不上什么吸引力，看客们于是很快便将这些莫名其妙的家伙忽略了。

“咦?”高兴星忽然停下了自己的动作，他拍了拍李鉴仁的肩，“妈的，还在搞什么搞？音乐都没声儿了，大操场上的表演停下了吧？北京来的首长呢？市里陪同的领导呢？刚刚不是还在跑道边上视察嘛？靠，怎么一会儿全都不见啦?”

“噢噢噢，难道这就走了，我还没有看清楚首长长什么样儿呢!”王顺子朝主席台方向瞭望了一阵子，然后一下扔掉了鸡毛毽子，“很好很好，事情总算了结了，老子都快累死咯。”

李鉴仁也一屁股坐在石条凳上，满脸无奈地说：“大家先休息一会儿，不过暂时还不能散，等到薛珍老师通知以后才能走人。”

一部分同学仍在继续折腾，不知道他们是反应迟钝呢还是缘于惯性作用，不过欣赏表演的显然只剩下本校师生和墙外看热闹的屁民了。张恬此际蓦然发现罩在衣服下的皮肉痒乎乎的，仿佛有无数细小活物在爬来爬去，这让他感到十分地不舒服。

下午四点半光景，大家获得了返回教室的大赦。薛珍并没有露面作什么总结之类，仅仅由刘小静宣布可以放学回家了。

这场大型表演花费了不少时间，此后的学习氛围又紧张起来。临近期末，窒息的感觉开始显现，比如坐在张恬后面的李鉴仁，几乎整天埋在书里一言不发，好像立志跟这个世界不发生一点关系。张恬这一段也再没有去过网吧，甚至同江楠之高兴星之间也变得有那么点疏远。

江楠之的话痨比平日少了几倍，对游戏的激情也在不断地淡下去，除了反复看课本，偶尔翻几页漫画，就不再有什么别的兴趣。高兴星呢，能够做的就是随时翻开一册英语，不阅读也不书写，一直就那样静静地盯着。

进入到最寒冷的季节，每天早晨起床都会考验人的意志力，而后顶着刮骨风直奔轻轨站，慢慢摇晃到学校，天色还是深蓝一片，熄灭的路灯下人头攒动。

“秦大诗，这道题你帮我看看咋个解?”张恬经常听到江楠之的这句话，接下来就是秦大诗不那么耐烦的回应。到对方实在不予理睬时，他又会转向李鉴仁求助，不过也不能保证得到回答。

“说实话，我妈并没有给我定什么标准，”有一次江楠之突然说（同时目不斜视地看他的数学书），“她说只要我考进一千名以内，寒假就带我出去玩。出去玩我倒不怎么感兴趣，主要是想寒假过得不那么难受，要满足这个我估计也就是考进年级一千名。我觉得吧，再好好努力一把，应该没有太大问题。”说完看了看张恬。

张恬点下头：“应该能成吧！你最近还是挺努力的嘛，否则老天爷都不忍心的。”

江楠之扁了下嘴：“实际上不止这些的，天天回家被我妈逼着读英语，要是不按她说的做，她脸色就特难看，真让人有点受不了。”他说话的当儿，外面的风大起来，窗外的老树摇撼着呼啦啦发出声响。天色晦暗得很变态，不过上午十一点钟，但看上去却跟傍晚六七点钟的时候差不多。没有聊几句，江楠之又把脑袋侧到书本上去了，搞得张恬心里不大高兴，想说话把他当倾诉热线，没心情时就一言不发，这是什么意思啊?

高兴星的状态跟江楠之相近，不过他有问题不是找秦大诗讨教，而是拿着书和离他不远的帅浩套近乎，不知他是否认为帅浩更好接近。可张恬看出帅浩的态度也并不怎么欢迎——有时候他在座位上倒腾东西，高兴星拿着英语书笑呵呵地走过去，开口说几句，帅浩暂时停下，乜斜着眼说个答案，又自顾自做事去了。高兴星站着看了一阵，问："为什么要选这个答案啊?"

"一会儿，要不然你去问别人吧，现在不是很有空……"帅浩头也不抬地说，但一会儿之后他仍然没去解答高兴星的疑难。高兴星则坚持不懈，又拿着书走过去，帅浩表情很冷淡地抬起头说了几句，前者恍然大悟地点头，然后便回座位上去了。

下午放学，三人不像原来那样一起走了。张恬每天反而跟彭荔森走一段，谈论一会儿游戏，有时涉及到专业点的问题，心里又有几分痒痒，很想去网吧试试。可是想起半期考试的糗事，最终还是打消了上述念头。偶尔在车站碰到江楠之和高兴星，聊天时都会小心翼翼，刻意不向游戏一类话题靠拢。张恬心知彼此心里在想些什么，只是不愿意点破那层窗户纸，常常是下车后才后悔为什么不嘲弄一下对方，难道学习上真有那么多所谓的问题，需要跟别人装模作样扯来扯去吗?

张恬认为他们是有意寻求一种方式管束住自己，那就是混进成绩好的同学的圈子，为此甚至不惜跟老朋友疏远。不过他们不明白的是，一种印象不是在一个短暂时间里形成的，同理，要消除或改变这种印象也不可能立竿见影。而且他们试图靠近的也不是那类公认的"好学生"，比如秦大诗和帅浩虽说学习成绩还算过得去，但性格和品行却不能得到普遍的认可；而李鉴仁一类真正的"好学生"，尽管面子上不至于对他们不理睬，可内心里却难有真正的诚意。不过张恬虽然想到了这一层，却完全不以为意，更没有产生什么怨怼之类，因为他相信这种状况不可能长久维持，他们自己也很快就会厌倦的。接下来情形果然有了改观：不只秦大诗对江楠之无休无止的问题感到厌烦，江楠之也开始对自己举动发生怀疑，终至一步步回到常态，多数时候都趴在自己桌上复习，偶或跟张恬扯两句淡。

星期三中午，张恬拾掇了下书桌里的杂物，然后坐望窗外几乎没有一丝暖意的太阳。江楠之又拉上秦大诗去吃饭了，高兴星本来也想笼络一下帅浩，可是对方不好意思地说他要回家去一趟，高兴星只好独自闷闷不乐地走了。张恬不清楚他走之前，是否向他坐的地方瞄过一眼。

“去吃饭吗？”彭荔森轻盈地走过来，脸色在严寒里显出几分红润，“‘多乐快餐’味道不是一般的烂，我发誓这辈子再也不去那里了，干脆到后校门吃砂锅米线。个人认为，学校周围最好吃的就那家了。”

“随便吧。”张恬答，脑子还有点反应不过来。此时的他很想去网吧，因为下午第一节是体育课，第二节物理实验课也可以不上；一周里最适合逃课的一天。有好长时间没这样做，薛珍几次抽查都未发现问题，警惕性就渐渐降低了。

“昨天你说的那个战术听起来很不错，不过我觉得改一下，用在2v2里更加合适。”走在路上，张恬打消了吃饭的念头，毕竟快二十天没有碰过电脑了，于是说着和游戏相关的事，希望引起彭荔森的兴趣，“估计一般人都没有听说过，要是第一次碰上，很可能一时都想不出什么解决的办法。”

彭荔森转了下脑子，点点头：“确实也是啊……我说张恬——”

“干啥？”张恬侧过头问，走在前面的他，心知彭荔森也想去了。

“反正下午是体育课，不如去试试那个什么战术吧？”彭荔森试探着问，他知道张恬有一段时间没有去网吧了，害怕惹得他不高兴。张恬放慢步子，好像犹疑了一会儿，彭荔森差不多打算否定这个提议了，没想到他很快同意了，于是俩人走到了那条熟悉的路上。就在这当儿，一个宽大厚实的身影映入眼帘，那家伙走得慢吞吞的，好像还有点踌躇不定。

“高兴星——”张恬小声喊。

穿着防寒外套的背影痉挛了一下，高兴星转过阴沉的脸，大鼻子被寒冷的天气冻得红彤彤的，一只手擤了一把鼻涕。

“咦？咋一个人？帅浩呢？”彭荔森显然是有意讥嘲，“你现在去哪儿？跟我们一起玩不？我和张恬可是去上网。”

高兴星停住脚，眼睛眨巴眨巴，口里支吾着不知所云。

“走吧走吧，你知道今天下午是体育课，上不上都无所谓，”彭荔森眯缝着眼，头发在风中飘来飘去，“第二节又是实验课，上不上都没关系，去不去嘛？”

高兴星仍旧垂着眼一声不吭，两只手揣在上衣兜里。

“那我们先走了，你一会儿要来就自己来吧。”彭荔森不耐烦了，拉起张恬继续往前走，剩下高兴星独自站在那里，走也不是，不走也不是。直到离开有了一段距离，张恬转回头看，发现他不知什么时候不见了，不知是不是返回了学校。

一直玩到下午四点过后，高兴星都没有出现，他俩赶回教室还没有上课。彭荔森心情十分轻松，因为两人几乎赢了一下午，除了其中两盘有虐菜嫌疑，其余和他们2v2对战的都是水平较高的玩家。张恬心情也不错，不过多少夹杂一点担忧的成分，主要是害怕自己又陷入对网游的迷恋（尽管这种迷恋从来都没有真正消失过），其中的原因之一是，高兴星和江楠之至少从表面上看，他们都在努力学习，用“好学生”的标准要求自己。今天高兴星放弃去网吧的行为，可以说特别地刺激了张恬。

所以打这次放任过后，张恬又开始刻意约束自己的行为了，彭荔森好几次提出建议，都被张恬拒绝了。当然彭荔森也无所谓，因为他每天放学回家都可以上网，而且想玩多久玩多久，只不过一个人玩对战输得比较惨，不像张恬想玩的时间比真玩的时候还多。现在张恬也不得不承认，这种僵持的局面大概要持续到这学期结束了——他每天在学校都能看到那两个哥们怎么委曲求全跟别人打交道。这样一来，张恬发现自己上课也专注多了，加上偶尔向右边的赵一山或后面的李鉴仁问点什么，他们并未表现出预想的反感。他甚至觉得自己的方式更优越更轻松，尽管他也很能体谅他们的难处与苦恼。

江楠之正尝试解一道很难的题，秦大诗给了几点提示，又在他练习册上画了根潦草的辅助线。但江楠之并没有按提示的思路往下想，他朦胧地意识到自己可以另辟蹊径，创造一种绝妙的解法，根本不需要什么辅助线。对江楠之而言，这个成就几乎等同于哥伦布发现新大陆，等同于发现月球不只是坑坑洼洼的死寂荒凉，而是有着外星人生命遗迹的神奇。

趁着那种打鸡血似的兴奋尚未消散，江楠之捧着练习册走近秦大诗：“喂，我刚发现了一种新解法，不用作辅助线也可以……”

秦大诗正为一道高难奥赛题焦头烂额，哪来的心思搭理江楠之的新发现，口气自然不善：“胡说，咋可能不作辅助线？郭老师就是这样做的，难道你比他还厉害？”

“这不完全是郭老师做的那道题，”江楠之最近多少有点牛×，“不只是数据改了，这个图形的细节也有改动，你看嘛……这样倒过来看，不用辅助线，只要证明全等就OK了……正面反而看不出来……”

此时的秦大诗心情烦乱，江楠之却没完没了地质疑，于是气冲冲扯过练习册，胡乱看了看，立即大加指斥：“不作辅助线解个屁呀！这张图就算倒过来，也不可能证明全等。你给我说说，这图形一对边相等，一对角相等，都可以看出来，可还有一对角是咋看出来的？难道是你量出来的?”

江楠之又看了一遍题，心知自己错了，讷讷地说：“哦，刚才没看清楚……我还以为题中已经写明这对角全等了……结果看错了，不过这确实跟郭老师出的那道题不一样，图形有修改。”

“有修改是不错，不过你这样稀里糊涂做个屁啊，修改后无非是作辅助线的位置变了，咋可能不作辅助线呢!”秦大诗恼火地回答，觉得这完全是在浪费他的时间。江楠之没想到对方本来就陷在烂泥坑里，可脑子仍然清醒，但新发现这么快被否定掉，还是让他非常气馁甚至气愤，因为不管怎么说秦大诗的口气太咄咄逼人了。

“你说你平时是咋个在审题，怪不得成绩老是上不去——”秦大诗的口气好像家长在教训小孩，“老师怎么说就怎么做，不要动不动标新立异。这句话很难听进去？你想想，真正有能力标新立异，尤其是标新立异成功的有多少人？你没自认是什么天才吧，既然如此，那就按照老师的要求一步步做，总能解出来。”

“我从来都是这么做的。”江楠之大声回答，显然对秦大诗很不满。

“那就有点奇怪了，你从来都是这么做的，还要做错，我就不理解了，”秦大诗埋头数落道，“我觉得只要认真听课，做好笔记，搞定练习册上不会的题目，考上一百三是很轻松的事……要我说，你根本就没有尽全力，本来你的数学思维很不错的……”说完他不再管站在一边的江楠之，兀自做起练习题来。

江楠之即便有反驳的意愿，听了秦大诗的话也不知道说啥好了。他一动不动地把自己的练习册盯了一阵，面子上虽然很受伤，但却明白秦大诗说得没错。不过呢，要是按照他的话去做，天天马不停蹄地做练习册，然后英语考一百三，数学考一百四，人活着会多么的无聊啊。同一时间，高兴星也正挠着头，无可奈何地站在帅浩旁边，后者则愁眉苦脸满不高兴，希望他能自觉走开。但高兴星感觉就是有那么迟钝，或者说他的忍耐力就是有那么强韧，过一会儿又把练习册伸到帅浩鼻子底下来了。

“我还是觉得这里不能加ed，我记得薛珍讲过的啊，前面有了——”

高兴星话未说完，帅浩就伸手戳向他的书：“肯定要加，肯定要加，我唾沫都解释干了，可你还是这么冥顽不化。要不然你去问薛珍吧，我只知道这道题的选项，其他的什么都不明白，行了吧？拜托了，我自己还有这么多事堆着哩，要是你一直这样，那我咋办呢？”说完短促地嘘了一口气，摇着头开始背文言文。高兴星也意识到自己太固执了点，他不曾记得是否有过这种情况，而旁边的张媛美则用一种看珍稀动物的眼神注视着他。高兴星鬼火直冒，一边朝她狠狠瞪过去，一边嘀咕着走回自己的座位。

有意无意之中，张恬上课的状态专心了很多，只有很少情况下开点小差，自我感觉考进年级前八百名已没有问题。问题在于物理让他很受打击，不记得已经拉下了多少课程，他痛苦地发现自己几乎完全不明白老师在讲些什么。稍微令他感到安心的是，江楠之也不比他好多少，有时江甚至会问问他语文方面的内容，却从来没见他做过物理练习题。高兴星更是如此，半期考试以后，物理课一直是他蓄养精神的时间。

而物理老师自家长会后无时无刻不忘奚落他们，老是在上课时把十二班的成绩拿来说事。最开始这还能引发某种骚乱，但日复一日刺激的结果是刀枪不入了。

“简直不可思议，上周的单元考试竟然只有五个人上七十分，”罗伯特眯着小眼，厚镜片在日光灯下烁烁闪光，关得严严实实的窗户外冷风呼号，“中考物理占八十分，我很怀疑你们能否赶上。但这不在我的关心范围，因为下学期我不再教你们物理了，”这个不幸的消息大家都已经烂熟于心，只有均匀的呼吸声为他伴奏，“期末考试还有两周时间，到了初三，希望你们有个心理准备，是不是准备用七科来迎接中考。”这话倒是引起了下面的一点窃笑，因为罗伯特很少有这样的幽默。

薛珍也多次在不同场合提醒期末考试将临，奉劝“某些同学”把“注意力从其他方面转移回来”，如果“希望过一个轻松的寒假，春节时收几只红包，现在抱佛脚还来得及。不要等成绩出来以后才叫苦，后悔平时没有努力”。张恬想不出来这话是针对谁的，难道自己上次去网吧被记录在案了，想一想这实在不大可能，类似的话恐怕只是她的习惯吧？不说这些她又说什么呢？

这样一来，整个态势运行得越发稳定了，或者说生活成了一种循环：吃饭，上课（观察江楠之和高兴星），吃饭，上课，吃饭，睡觉——这是张恬归纳出来的他目前的作息序列，而且最终无奈地承认期末前再无改变的可能。

第十九章
三　人　行

高兴星手持一册英语辅导，走到正垂头看书的帅浩跟前，俯下身问：“帅浩，我刚发现这上面有一种句型我没见过，你看看，这里……”

帅浩对高兴星的话好像充耳不闻，嘴里顾自念念有词，不知道是在念书还是在咒人。高兴星的姿势持续了很长时间，直到表情都凝固了，帅浩才抬起头，表情深不可测地说：“高兴星，你说句实话，你干嘛要折腾出这么多稀奇古怪的问题来？况且有的问题实在是太低智，你是有意来娱乐我还是……”然后一脸平淡，好像什么话都没说过一样。

“我问你的问题，自然是我不懂的，咋可能……像你说的那样？”高兴星脸色微红，很勉强地笑了笑，“帅浩，我天天叫你一起吃饭，你都说要回家去吃，不想跟我一起去，我怎么就让你这么烦呢？”帅浩低头不语，一会儿他抬起头来，嘴角好像挂了一丝笑意。不过他究竟笑的什么，高兴星并没弄明白。

“自个儿好好准备考试吧，这样没啥意思，”帅浩拍了拍高兴星的肩膀，一点没理会他的诧异，“中午谁跟谁吃饭又有多大差别?”说完帅浩看着他，高兴星听完又愣了一下，好像被谁看透似的。几秒钟后，高兴星仿佛有所醒悟，在张媛美的注视下离开了。

“哎哎，你不要每时每刻都缠着我好不好？我的时间难道不是时间?”秦大诗像赶蚊子样挥了挥手，江楠之有点尴尬地缩了缩手，把自己的数学练习册抽回去，“没看到那边的高兴星？连他都知道老缠着别人不好意思，你的智商总不至于……”

江楠之脸色突地一阴，心里如同打翻了五味瓶，他将课本砸在桌子上，一下子发了飙：“别他妈这样阴阳怪气的，老子再也不会来找你个孙子玩儿了!”想不到那本书像只飞身而去的老虎，猛撞上了右上角的墨水瓶，瓶子先是拦截了一下，然后被推着向前滑行。尽管摩擦力总算在练习册飞离桌面之前阻住了它，可是墨水瓶却响亮地飞起来，毫无保留地扣在瞪大眼的秦大诗身上。

江楠之只来得及做一个伸手拦截的动作，一切已然发生。直到秦大诗开始叫骂，微张着嘴的他还未反应过来，以至完全没听清对方吐出的什么字眼儿。他只察觉有不少人围观，一个女生的尖嗓子飞快地说话，虽然潜意识明白这并非什么大事，但仍然沉默着好一会儿没有开口。

“江楠之，你把别人的墨水打翻了，至少也该拿拖把拖一下吧?”终于，他听清了第一句话，也不知道是谁的声音。

“哈哈，秦大诗拿这事告老师去了，”江楠之回到座位上时，张恬这样说（他语气平静，江的心情也跟着安定下来），“那家伙有点搞笑，这种事也值得说，我怀疑薛珍听了会不会理他——不过也说不定啊。”

“以后老子，再不问这些狗屁问题了，”江楠之心虚地瞄了瞄后排，李鉴仁正专心致志地做作业，“反正我只考到年级前一千名就OK了，何必去自讨没趣，我他妈是为啥呀？”江楠之情绪又有点激动了，好像不是在跟张恬说话，“我这么拼老命学了几周，却换不来别人一个好脸色——”

“不要太在意秦大诗的脸色，他一向都是这样。”

“我能不在意吗，他凭啥那样牛皮哄哄，”江楠之两眼盯着教室门口，似乎秦大诗随时都可能从那儿走进来，“除了成绩好，还有什么了不起的？”

“我说你真有点扯，他就是成绩好啊，你要咋地？谁请你去东问西问？他又不是你的家教，有义务回答你么？”张恬毫不在意江楠之的委屈。

“哎，你咋老是和我作对啊？”江楠之觉得莫名其妙，“你平时没看见他那劲头，多会摆谱啊，中午请他一起吃饭，他却故意在教室里吃面包，最近几天都是这样……”

“你干嘛要跟他一起吃饭？别人又不缺饭吃。”彭荔森笑嘻嘻地走过来，“我现在中午的饭友是张恬，跟没趣的人坐在一起有啥意思？一边吃一边交流学习心得？好像快两周没见你们和张恬在一起了吧？不知道你们是咋搞的。”

江楠之的脸更红了，他挠了下脑袋：“这也是给逼的，毕竟期末到了，我妈又要求我必须考个像样点的成绩，我爸你没见过，他那脾气……不过我现在也烦了，懒得理他们，跟你们一块儿轻松多了。”说着很疲乏地打了个哈欠。

彭荔森本来想再奚落两句，没想到对方提起父母这个话头，脸色突地黯淡下来，沉默着回自己座位上去了。

“我要看高兴星那个傻×又去帅浩那里碰头，”江楠之盯着高的背影说，“老子太清楚这帮人是咋回事了，成天都在为自己打算，他妈的……”张恬心中失笑，包括你江楠之在内，谁不是在为自己打算呢？不过他暂时不想扫他的兴，所以没有吱声。

不过巴望了一节课，江楠之也没能如愿以偿，于是满心疑惑，“难道他也……”

第四节课下课以后，江楠之以为终于要看到高兴星请帅浩吃饭的一幕了，不料世事的发展完全出乎他的意料。帅浩利索地收拾好书包，站起身直接离开了；高兴星不仅没有跟随他，反而朝张恬这边走来。今天张恬心情一直比较明朗，他开始以为是天气方面的原因，后来才意识到竟然是持续快两个月的无聊局面结束了——为此他惊异于自己的预感，甚至怀疑这会否是某些书上所写的那种特异功能。

“中午一起去吃饭，”高兴星干脆地对张恬说，接着向趴在桌上的江楠之笑了笑，“前门的那家新装修的店已经开业了吧？已经十几天了……”

“咋不去找帅浩吃？”江楠之终于逮到了机会。

“我靠，”高兴星一眼瞪过去，“老子还要问你为啥不跟在那个秦农民的屁股后头呢。”

江楠之给堵得够呛，只好气鼓鼓地“切”了一声，以不屑来给自己挽回一点面子。

这天是个太阳天，张恬的心情也像天气一样，阳光而轻松，或者说此时三个人的状态都差不多，心中沉重的压力似乎一下子化解了。只有彭荔森不知在想什么，一路都没有怎么讲话，神色很平淡，多数时候听到的都是江楠之的声音。

“你这么话痨，咋不见在秦大诗面前滔滔不绝？”高兴星跟江楠之还在相互数落，张恬则在一旁围观。“上次你不是给人家跑腿买面包来着，换了老子才不会这样干呢，嘿嘿。”

“放屁放屁，你没去只不过是帅浩不吃面包而已，”江楠之反唇相讥，但他脸上还是有点挂不住，“至少我和秦大诗还在教室吃过面包，你怕是从没跟帅浩去吃过饭吧？人家都回家去吃的。”

“那有啥想不通的？”高兴星答道，“我又不以跟他吃饭为荣，老子现在一点都不稀罕，哪像你，和秦大诗一起啃过一块面包……哈哈哈，”高兴星开始捧腹大笑，而且弄得上气不接下气，“哈哈哈哈，和秦大诗在教室啃了一块面包都要拿出来炫耀！笑死我了！”他俩的互掐没完没了，一直到走进饭馆里还没有打住。

“哎呀，你们两个，还有没有完啊，真要决出谁比谁脸皮更厚才爽么？”彭荔森挥了挥手，“要我来做裁判的话，你俩脸皮的厚度有得一比，可以并列冠军，反正比我强……”那两人吃了一惊，不过还没来得及联手数落彭荔森，就又开始内讧了，一边看热闹的张恬只觉得好笑。磨磨蹭蹭吃完一顿饭，回到教室后只见一派安静，除了趴在桌子上昏睡的，就只有那些苦着脸赶作业的人了。江楠之看了看秦大诗的座位，座位上空空如也，这引发来他不好的联想，秦同学会不会因为墨水的事跳楼去了啊？

“好累啊，”彭荔森打了个哈欠，“我睡觉去了。”

江楠之也觉得心一下子放到了肚子里，于是回座位上趴着了。

放学的时候，张恬身边除了彭荔森，又多了两个人，这使得冷清的冬天热火了许多。走拢车站，高兴星莫名其妙不自在了，他一眼就看到了不远处斜倚的“小心地滑”牌子。张恬自从见过一块牌子逃脱劫难后，还是不大希望它们再被摔坏，可是谁叫今天的日子特殊呢？于是他没说话，微微叹了口气。

高兴星正掂量着牌子的重量，忽然又停住手，摸了摸头发说：“暂时还是留着吧，等有了兴致再说。”

张恬感到好气又好笑，这还成了庆祝的道具了，“我书包里还有半瓶饮料——”话刚刚说完，电动扶梯上下来两个乘客。江楠之见状眼睛一亮，摸出裤兜里的手机，装模作样地打起电话来：“啥事啊，去希尔顿吃饭？我们正在轻轨站……”他大声武气地嚷嚷，两个路人投来怀疑的目光，“咳咳，把你的宝马开过来得了，好嘛好嘛！我们一会儿打的过来，记住啊，不要把我订的蛋糕忘了……”江楠之打电话期间，张恬悄悄观察着路人，直到他俩快消失时，一个人还转身投来好奇的一瞥。

“你还不如说开辆劳斯莱斯。”高兴星拿着个可乐瓶子，专注地俯瞰着脚下的车流。

“好冷啊，妈的，打个电话手都冻僵了，”江楠之搓着手，然后缩回到衣服兜里，“明天带双手套来——劳斯莱斯，老子还开法拉利跑车呢！一会儿来个强盗把你绑架了。”

“开毛跑车，”高兴星一边回敬，一边果断地扔出半瓶可乐，“跑车他妈的只能坐两个人，你他妈的给老子坐三个人看看……”话音未落，街上响起“啪”的一声闷响，扶着栏杆往下看，一辆旧普桑被瓶子击中了车顶。车主大概以为遭遇了什么严重打击，赶紧减速，随后将车摇摇晃晃停在路边。四人背了书包往楼梯上飞跑，恰好一列轻轨缓缓驶来，时间正好。张恬还想瞄一眼街面的情况，不过这时方向已经不对了，看到的只是白茫茫的江面。

时间进入一月份，过年的气氛越来越浓，学校旁边的小店铺开始向学生兜售摔炮，五楼的凉台上由此多了几分生气。常看到有人将摔炮扔下楼，然后飞快地蹲下身，接着地面就会传来爆炸的回音和恐怖的尖叫。不过这种活动并未持续太久，后来由于遭到频繁的投诉，保安和班主任都找上门来，有的人差点被处分。

“哎呀，老子早就该去试一下，比扔塑料瓶什么的带劲多了，”江楠之听着薛珍的训斥说，“只不过现在不能扔了。”眼神里带着惋惜，好像放跑了什么便宜似的。

“这有什么关系，我们可以到轻轨站去玩儿，”高兴星双手揣在裤兜里，“比在这里扔更酷，弄不好路上的车会以为发生爆炸了。”

“哇，说得很对嘛，”江楠之恍然大悟，猛挠一脑袋乱糟糟的头发，“不过我觉得这边好躲些，那边乘车的人太多，不知道会不会被抓现行?”

“中午去打魔兽，好久没有玩了，不知道退步没有?”高兴星的手不自觉动了动。

“要得要得，我先跟你打一盘，现在你不一定能打赢我哦。”江楠之跃跃欲试。

“下周要考试了，”张恬懒懒地翻看着一本课外书，“复习得咋样噢?”

“马马虎虎就行了，最近不是一直都在熬么?”高兴星双手枕在脑后，可以看到他戴了一双灰色的毛线手套，“老子快给憋坏了，我觉得千名前的目标没什么问题，四个星期没有碰电脑咯，他妈的……”边说边盯江楠之。

“老子还不是一样，几个星期没耍过游戏了。”江楠之说着坐了下来，“一回家就是读英语，读完英语做作业，然后差不多就该睡觉了。星期六星期天无非是补课做作业，偶尔有时间看看电视，上电脑的事提都不能提。”

“反正还有一周时间就考试了，忍一忍得了，”张恬皱着眉头说，“成绩考得像样点，一个寒假就轻松好过喽。何况今天下午第一节课又是语文课，不如明天去吧，明天下午有体育课。”

“也对啊，今天中午去不划算，最多就玩儿两小时。”江楠之的手还放在脑袋上。

“这有啥关系，今天明天都去不就行了么！我们好久没犯过事了，难道会被薛珍发现不成?”高兴星用力地眨着眼，这时上课铃响了，他很不耐烦地朝座位走去，“你老是担心成绩被上网搞下来，辛苦了这么久，去放松下也是应该的。”高兴星口气非常肯定，江楠之也觉得他说得没错，只不过对方没看见他的点头。

“今天明天都去，受不受得了哦。”张恬一边插嘴道，一边自己为自己的话感到无聊。

“什么受得了受不了的，”江楠之翻着乱七八糟的抽屉，想找历史书，可是偏偏啥也找不到，“又不是未到期末早早就去了，而是在考试前放松一下，我立马参加考试都可以考进前一千名。”张恬没有回应，他口头反对，实际赞成，可潜意识里更隐藏了一层拒斥的心思，这让他自己都琢磨不透，搞不清楚自己想的到底是什么。

放学走出校门，街上车来人往一如平时。高兴星和江楠之在一家小店买了一盒摔炮，两人忍着一脸的兴奋，酷似两个策划爆破案的恐怖分子。走进轻轨站，下到走廊边停下，高兴星叉着腰，帝王样检阅着下面行驶的车辆。

“太他妈的妙了，这马路又硬又干净，”江楠之说着朝人行道扔下一颗摔炮。张恬瞪大眼睛，期待着巨大的声响，却没收到任何反馈，大概是一个哑弹。前者立即又扔了一颗在马路上，恰好遇上一辆急吼吼的三轮，那司机竟然对爆炸声无视，一轰油门直冲了过去。

“我靠，这人居然无动于衷，你说是威力太小，还是老子丢得太少?”江楠之惊诧地问。

“嘘，那边有人过来了，”张恬小声说，“高兴星，今天该你的了。”

这次过来的是站上的工作人员，他手提一只大喇叭，狐疑地盯着三个站在站台底层走廊上的学生。此时高兴星掏出了他的手机。

“喂，妈呀，什么？我们刚到轻轨站。”高兴星说着话，一只眼瞟着那个提喇叭的，“又去扬子江？算了吧，这两天都吃腻了，海鲜我不想吃，西餐也不想吃，”提喇叭的目光闪烁，心想这是哪家富豪的大少爷，“我们今天——哎，对，就去吃火锅，有个啥大肥鸭自助火锅，哎，对，对——”

“你家的奥迪就不要过来了，那个车我坐着不舒服，”江楠之故意大声插嘴（提喇叭的正从身边走过，看不出正在想什么），“或者我让我妈派车来，我还是习惯坐自家的车。”他的话说完，上楼的工作人员也没影儿了。

“老子正准备说叫我妈开辆悍马H3过来呢，你还抢我的话。”高兴星说着脖子又伸到栏杆外去了，江楠之耸了耸肩，交替抛着一颗摔炮没说话。

“别瞎搞了，一会儿爆了，怕你哭都哭不出来。”张恬瞪了一眼江楠之，后者则嬉皮笑脸毫不在意，“有新闻讲，某人也是像你这样折腾，结果火炮爆炸搞掉了他五根手指、半个下巴。”这下子江楠之才有所忌惮，把摔炮收回到荷包里。

“搁荷包里也不安全，网上说，有个人在家里玩火——”张恬正准备继续唠叨，突然一记震耳欲聋的爆炸响起，冲得他头皮发麻，紧随着下面一阵尖叫和乱骂。一直抓住栏杆往下看的高兴星大叫一声“我操，快跑!”起身就往楼上乱窜。

张恬和江楠之还没有反应过来，赶紧将脖子探出栏杆窥视，结果看到七八个打扮器张的少年，正横眉竖眼往站台上面张望。其中有两三个挽衣捞袖，龇牙咧嘴的，估计是遭遇摔炮袭击的当事者。两人心知高兴星闯了祸，只瞟了一眼便缩回头来，可即使这样，他们还是被发现了。

“狗日的小兔崽子！赶快给老子滚下来，不然上来打得你叫爷爷！”一个狠巴巴的声音飞起来，江楠之和张恬隐在一根柱子后面不敢露面，“老子三十三中混的你也敢惹！给老子等着，上来搞不死你们！”接着其他人也附和了几句，没听清说些啥。他俩已慢慢向楼梯方向挪去。张恬小心地瞄了瞄下面，见那几个人正气势汹汹寻找上来的路。

“轻轨站的入口在哪里？老子上去收拾他妈的。”张恬听见有人这样讲，心中隐隐有点不安。爬上楼梯，高兴星正坐着盯悬挂的液晶屏上的图文——距离下一班车到来还有：两分十九秒——似乎一点没注意到他俩已经上来了。

“叫你们赶快跑的，那些人呢？”高兴星总是出人意料，都以为他在发呆呢。

“他们说立马要上来，还说是混三十三中什么的，”江楠之惊魂未定，自然显得有那么些点夸张，“我还没有听说过三十三中，不知道是所什么学校。哎，高兴星，这个下面，到底有没有车站的入口啊？”

“什么鸡毛胆哦，那些人看都没看清楚，”张恬强作镇定地说，“而且你以为他们真的要上来？”

“不清楚啊，预防万一嘛，万一他们真上来了呢。”江楠之现在放松多了。

“万一个屁，”高兴星说，“下面不一定有入口吧？即使有，一时半会也上不来。不过是些烂校里的小混混，估计是高中的，又不是啥黑社会，哪会这么好事呢?”

“哎哟，星儿哥，你真有脑噢，居然分析得头头是道，只是……只是刚才咋跑得那么快咧?把兄弟都扔下不管了，这有点不够义气吧?”江楠之哑着嗓子，声音就像个唐老鸭，听得张恬也抿嘴失笑。

“我本来准备扔一辆帕萨特的，结果突然他妈的刮风了，”高兴星中食指交替掏着鼻孔，给人的感觉是刀枪不入，“结果几颗摔炮就飞到那帮人身上去了。我又不晓得是啥人，当然只好叫你们跑喽。既然你们听几个这么说话，那就真是傻×咯!”他摇了摇大头，好像这事儿令他很失望似的。

“当然，我们星儿哥是市重点的嘛，三十三中这种烂校咋敢出来现世?”江楠之继续损他的，“比成绩，比家境，比长相，哪一样比得过我们星儿哥。”张恬笑而不语，高兴星则不知道怎么反驳，眯起眼很烦地对江楠之摆手，貌似要把他赶开。

江楠之继续没完没了：“糟了，星儿哥生气了，一会儿喊一百个马仔来把我打了——”

“车来了。”张恬向左努努嘴，江楠之和高兴星这才停止了齣架，小狗儿似的乖乖转过头。一列方方正正的轻轨车驶过来，车头明亮的灯光穿透黯淡的天色，无穷多的细小水滴舞蹈在虚空中——蒙蒙的冷雨夹在风中下起来了。很快，轻轨车携带着迷离的雾气，略显踉跄地停在他们面前。

“喂，你们说，要是那几个家伙，明天在站台上等我们咋办?”江楠之跨进车厢前还顿了一下，发出不甘心的唠叨。

“等你妹!快快上车!”高兴星猛拍一掌江楠之的屁股，他头发在风中掠往一个方向。走在最末的是张恬，等门自动轻轻闭合，那个冷淡的熟稔女声便响起在耳畔。

第二十章
“玩玩马戏团”

“恬恬，怎么又在看小说，你的英语什么的不需要复习吗?”

张恬正被那本《没有个性的人》弄得头疼，许莉的声音吓了他一大跳。张恬恼火地回过头，见妈妈神色温和地看着自己，“你算算，期末考试只有五六天时间了，你的英语没去补课，是否要读下单词，把笔记好好看一下呢?”

“我刚补了两小时课，坐车又花了快一小时，回来坐下不过三四十分钟吧？连翻下小说也有问题了？我可是连电视都没看哦?”张恬明显很不满。

许莉脸色黯下来：“恬恬，不是妈妈不体谅你，半期考试你就是因为自我放任，复习准备不充分才犯了事嘛。现在是特殊时期，课外书就不能先放一放吗？成绩考上去了，寒假大家也好过些。”

张恬气冲冲地放下书，盯着妈妈说：“那你到底要我怎么学？疲劳轰炸？这样搞有效果吗？我才做了一个多小时数学卷子，你又催我去读英语，你说我能背进去多少？”

根据经验，张恬预料很快就会听到妈妈的回答：“背得进去多少背多少。”没想到从客厅传来张闻学的声音：“我说许莉，你是否也该省着点，张恬毕竟是活人，不是机器，何况他还是个小孩子。看小说也不是什么坏事，总比整天看电视好吧？”

许莉对丈夫的话似乎没什么反应，她不言不语地看着儿子，张恬只觉得肚子里一阵不舒服。他含混地嘀咕了两声，放下手中的书，起身走进了客厅。

张闻学斜靠住沙发，正在笔记本电脑上写东西。张恬坐下来，开口就说：“穆齐尔的书写得真枯燥，我试过不止一次，还是不大看得进去……”

张闻学疑惑地朝张恬房间方向探了探头，睁大眼睛问：“你妈呢？还在里面干什么？”

张恬浑身不舒服地回答：“在里面给我脸色看呢，我都不好意思在里面待了。”

“那样的文本，晦涩、精神性太强的东西，肯定还不是现在的你能接受的。吸引你的，可能只是某种未知，或者是某种神秘性吧？”张闻学的口气不像是在跟儿子说话，而是在讲台上讲课，“你妈妈也是，整天就在念叨你的学习，我劝她不要过度操心，可她呢，就是放不下。”

“张恬，你给我进来！”房间里传出许莉具威慑性的声音，张恬向父亲投去无助的目光，可后者的眼镜闪闪反光，却好像什么都没有看到。

“张恬，你脸色不大对劲啊，怎么回事？感冒啦？”背景是语文老师讲课的声音，江楠之问，张恬耷拉着脑袋发呆。

“感觉……心累。”张恬摇头叹息，不知道为什么这么说，似乎主要是突然想起有这么一个词。

江楠之没有听清张恬说的什么，只是可有可无地追问：“啥？你说的啥？”

张恬此时真感到有点心累，他无力地抬起手晃了两下，江楠之自觉地闭嘴了。

“这是本学期最后一周了，希望同学们珍惜时间，认真应考。”暖气使薛珍平时冷冰冰的神情有了一丝血色，“现在关于分班的谣传不少，我可以明确地告诉大家，十二班绝不会分班。学校通知的意思是，平均分年级排名最后的班级将被分班，我相信我们班绝不会是年级最后一名！”薛珍今天总算说了点带鼓舞性的话，有几个先知先觉者鼓起掌来，随后带动了一大片人（除了极个别死人样躺着没动的而外）用力拍起他们的巴掌，这在很大程度上其实带有借题发泄的意味。

“‘被分班’，说得好听，”江楠之用绒布擦拭着眼镜上的水雾，“不过是最后一名的惩罚而已，比如叫‘被拆散’更符合事实。”他声音很小，只有旁边的人才听得见。

“不管怎么叫，我们班肯定不会被拆，毕竟那是吊在年级尾巴上的事，”李鉴仁摇着头说，“不过你们几个，再不能搞上次那种事了，不然结果真很难说。”

张恬的表情一下子变得很夸张，他觉得教室里的温度突然上升了几倍，或者可能是隔壁什么地方失火了。“这次要是我再进不了……老子就……”江楠之边说边想了一会儿，也没有想出个所以然来。

李鉴仁继续厚着脸皮，重重咳嗽两声，让他们听课。

这天分班的事成了班上的热点话题，塞着耳朵都能猜到别人在说什么。

“薛珍说一个班上处分得多了就麻烦，幸好我们的处分都撤销了。”张恬说。

“本来就应该撤销的，这点屁事，还给老子校级警告处分，”高兴星用手敲着桌子，还在为此耿耿于怀，“他妈的，学校广播站还把我们的名字念出来，老子真想给出这个主意的人两巴掌……”说着他比划了下手势，差点舞到张恬脸上。

“两巴掌太轻了，老子么，捅他两刀，”江楠之掀了掀书桌，皱眉瞅眼地说，“要是给老子在晚上碰到，俺穿一身夜行服，只露出两只眼睛，二话不说就冲上去……”

“你就做梦吧，无聊的家伙，”张恬打了个哈欠，“这种事，过去就过去了，拿出来说有意思么……”

“嗯，毕竟处分取消了，只要不在档案上留下什么就行——”高兴星点点头。

“取消处分又咋样？”江楠之手舞足蹈，像是又来劲了，“心恨难消(这让张恬想起他上语文课时说的“心累”)，你们不知道，我表哥是学跆拳道的，今年刚上大一，要是换作他，单手就可以把一个人撩飞……”

张恬不理解江楠之的思路是咋个转换的，当他从江表哥如何把人撩飞的想象中返回时，不知怎么回事，那两个人又兴致勃勃地扯到毫不相干的另一个话题上去了。

“上次我的BM一丝血，跟一个红血的恶魔猎手打，”高兴星聊得眉飞色舞，“结果连续三个暴击秒了它，我当时完全认为自己就要挂掉了……”

“放屁！恶魔猎手一个B就把你秒了！”江楠之不以为然地说。

高兴星满脸惶急地嚷起来：“我没魔了！而且我身上还有天灾骨钟！”张恬趴在课桌上听着，觉得四周包围的空气暖烘烘的，好像真看到那个剑圣正跳来跳去，最后他睡着了。

“哎哟，一会儿回家又要背他妈的英语单词，老子都快烦死咯。”走在回家的路上，江楠之继续话痨，“最近貌似又有好看的大片上映，我在网上看见花椰椰街的电影院正在预订，这几天应该开始了，好像叫‘闲牛散马’什么的，我记不太清楚了。”

“哪有这样的说法?”张恬有点忧心地问，“应该是休牛散马吧?”

“开头肯定是闲，应该就是这个名字，老子记忆力没那么烂。”江楠之嘟着嘴，显然回家后可能遭遇的预期让他心里很不爽。

“哎，好久都没出去过了，要不我们去看场电影吧?”高兴星一下子心血来潮——尽管天色已经很晚了，一看就叫人想快点回家。

“还是算了，不好找理由，要是说我们三个出去玩儿的话，那不被骂死才怪——”江楠之摆着手，表情很不甘心，“都保证了不要裹得太紧的。”

“是啊，马上就要考试，这样搞犯规犯大喽，等这几天熬过去就好了。”张恬其实也很想去看电影，但是他很清楚妈妈会有什么样的激烈反应，所以这个念头在脑子里徘徊了五秒钟就被否决了，“还是用心复习吧，到了考完那天，我们随便怎么玩都行。”

“我一想到我爸坐在沙发上的脸色，心里就烦。”江楠之的脸皱如一粒核桃，“最好是提前考试，早考早了——都他妈折腾了一个多月了，再这么下去都快疯了。”仨人重新迈步向轻轨站走去，小风一路跟屁虫样在身后扰攘不休。

经过那些烂熟的地方，来到空荡荡的走廊上，猜想会有几个小混混儿等候的江楠之大失所望，不同的是“小心地滑”的牌子又站在那里了。高兴星此刻心明眼亮，他最先发现“小心地滑”旁边竖了块更大的、亮闪闪的招牌，走过去顺手一摸，发现那玩意儿硬邦邦沉甸甸，竟然是镶金属框的。

“哎呀，这东西不得了，不知道是谁放到这里来的……”高兴星对两个伙计招招手，先在牌子上敲打了两下，“边上还刻有一排小字，‘玩玩马戏团’，‘小心危险’。操，一块破牌子能有啥危险？是定时炸弹还是生物武器？不过要是把这个给扔下去，比‘小心地滑’恐怕猛一百倍。”

“扔呗，扔下去他妈的砸死一个最好！”江楠之骤然兴奋起来，他真的伸出手抓住它掂量了一下，最后还是放下了，“我靠，这个大概有上百斤重，一个人根本撬不动的。”说完他转动脑袋四处察看了一番，好像发现了什么秘密宝藏怕被人共享似的。

“这个扔到谁谁的脑袋上，轻而易举就可以把他砸死，”张恬比量着栏杆间的缝隙，“什么破马戏团，这东西是谁弄来放在这儿的？要是不小心从当中漏下去就吓人了。”

“管这么多干嘛呀？”高兴星这时手持“小心地滑”，观察着下面来来往往的车辆，“哈哈，注意从江南来的那辆翻斗车，看看高哥的手艺，咋个把它扔进车厢里。”江楠之鼓大了眼睛，准备欣赏这精彩的一幕；张恬则根本不相信高兴星有这个实力，只是不言不语地看着。高兴星自以为掐准了时机，正准备出手，腰腿同时发力，不曾想脚下一失控踢在了“玩玩马戏团”上。他痛得“哎哟”一声，不仅“小心地滑”脱手，自己更是一跤摔倒在地上。看到高兴星的丑态，江楠之乐得哈哈大笑，以至捧着肚子连腰都伸不直了。

“奇怪呀，这牌子后面是啥东西？”张恬自言自语地说，“可惜里面太暗，江楠之，你来看看，是好像有一个盒子？”江楠之止住笑，一下子凑过来，他的脑袋差点塞到那道缝隙里去了。

“哦，貌似是个什么纸箱吧，”江楠之说，“来来来，我们把牌子挪开视察下。”

高兴星也揉着痛处站起来，接着用另一只脚将牌子踢了两记：“要得，这个狗日的破烂货，居然敢碰老子的脚，不晓得是哪个孙子搁这里的！嫌老子今天不够烦，妈的给他龟儿扔了算了。”

“别搞屎，”张恬说，“这个可能是有人寄放在这里，要是被发现，当你是小偷就麻烦了。”

“靠，这个也能算偷东西？”江楠之一脸不屑，此时他已开始跟高兴星合力搬那块牌子，“嗯……他放堆破烂在这里……又……不写个说明……不能动……还怕被偷？张恬，你来帮下忙啊……好重……他妈的……”张恬挽了挽袖子，几个人贴着墙根小心地抬起那块牌子。大家心里很紧张，生怕手上不稳，把这将近两米高的东西掉下去。高兴星好奇地一边用力，一边伸长了脖子往里窥看。

“我操，你他妈的干嘛呀！”张恬本来就给压得脚下不稳，忽然觉得牌子前后乱晃；后面的高兴星不知怎么突然撒手，膝盖一软跪下去，脑袋猛撞向栏杆；江楠之莫名其妙左转了一圈，他的眼光接触到了盒子里的东西，身体猛烈地颤抖了一下，连张了几次嘴，却没有说出话来。

令张恬诧异的是，他手上的重量兀地变轻了：那块重心失衡、一部分伸出走廊的东西仿佛有生命似的跳起来，横移着掠过胸前……脑袋瞬间一片空白，同时又还保有一点清醒，他的左手想揪住牌子，不料坚硬的金属棱角风快地划过掌心，血一下子从创口温热地涌出来。就这样，他看着牌子越过栏杆，像一张飞天的魔毯，瞬间消失在视线里。

一时间，张恬耳边只有呼呼的风声，他唯有祈祷，祈祷这一刻，下面暂时没有车辆行人。

“是蛇……”高兴星本来已张口喊出来，可当他看见飙下去的牌子时，声音竟奇异地收回来，嗓子也突然哑了。

江楠之自己撞飞了自己的眼镜，视线即刻变得模糊，他并没有看到那块物体是怎么坠落的，但是他猜到了。不知道过了多久，其实就是一刹那，站台下面发出一声闷响，只不知是金属的相互碰撞，还是骨骼的碎裂声。张恬忘记了自己的手还在流血，他在倾听、等待，等待什么地方传来撕肝裂胆的鬼哭狼嚎，可是时间仿佛已过去了一个世纪，却好像什么也没有发生。

“江楠之——”张恬试着把分开的眉毛拉拢来，可是它们就像两片同性的磁铁相互排斥。

江楠之扶着栏杆站起来，又一屁股坐回地上，口中喃喃道：“老子眼镜不见了，妈的，老子看不清楚……高兴星，你他妈的在干啥呀！”他没头没脑地骂了一句。

高兴星弯着身子，姿势不变地瞅着那个纸箱，纸箱里有一只圆桶状玻璃缸，一条火腿肠样的蛇盘在里面，它不时用力昂起三角形的头并吐出信子。楼梯方向则是空空荡荡，好像不见有什么人路过，而张恬的手现在才开始剜心地疼起来——他摊开手心，发现血并没有完全凝住，也搞不清伤口有多深，只能暂时用一张餐巾纸捂住，然后拳起手，努力站稳身体，扶着栏杆朝下望去。

他祈求下面啥人也没有，只有一片空旷的白地——果真他看见那块牌子独自躺在那儿，别的什么也没见到。

什么都没有？张恬无法不怀疑自己的视力，他抬眼望了下天空，天空阴沉沉的，夕阳躲藏在云彩后面，空当处泄漏下一缕暗红的光焰。收回眼光，半个触目的黑色物件显现在人行道上，另外一半被牌子遮没了，它的底下渗出一些颜色可疑的液体。有几个行人在围观，而街上车辆依旧来来往往，穿梭个不停，仿佛什么也没有发生。

江楠之浑然不觉，他四处摸索了半天，好不容易找到摔坏了一片的眼镜，很欣慰地呼出一口气：“他妈的，哪个猪头把蛇搁在这里，吓老子一大跳……真该去投诉这破马戏团……哎哎，张恬，你干嘛呀？不会有什么事吧？”

又是一段窒闷的沉默，阴影中张恬终于开口了：“赶快打120，快点！”

“打120?！”高兴星瞪大眼重复了一遍，忽然拖着右脚从地上蹦起来，“咋个搞的？难不成牌子砸到下面的人啦？”他喉咙里嘀嘀咕咕，抓住栏杆往下看，一下就发现了那半个不知是男是女是老是少横躺着的倒霉鬼。

“喂喂？请问是120吗？”江楠之慌慌张张拨通了手机，“什么……对对对，就是这边OW轻轨站下面，花椰椰街方向。有……有人被砸伤了，严重？不清楚，可能，有点严，严重。麻烦你们快一点，要不然，那人会……好好好。”他心烦意乱地挂掉电话，看上去像是给冻伤了似的，身上时常会不自觉地哆嗦一下。

“这这下子，完蛋喽，我们把人人给，砸……砸死了……”江楠之露出了一个天生结巴的本色。这一带的人行道照样行人不多，只有各类车辆呜呜地穿梭来去，不过就是没有一辆停下来。

“喂，你们几个还赖着干嘛？这会儿都放学多久啦？”一个陌生的声音让张恬差点跌倒在地，扭回头看，原来是那位他们看到过的手持喇叭的工作人员。

“嘀嘀，你他妈管得太宽了吧？我们在这儿赖多久干你啥事！”高兴星心头烦躁，开口就对拿喇叭的人大喊大叫，似乎只有如此才可能推卸部分责任，“我倒要问问，你们咋允许人随便在车站放蛇？而且是有毒蛇？”拿喇叭的人先是大为恼怒，因为一个小孩竟敢指着他叫骂，但接下来有关蛇的质问让他乱了阵脚。他目光落在张恬身上，并且注意到了他手上的伤口。

“你被蛇咬了？”那人明显变得紧张起来，他很快发现了玻璃缸里吐着信子的蛇，赶紧从腰间取出一只对讲机。

“没事，”张恬惶急地连连摆手，面对陌生人他本能地发憷，“是我刚才不小心，一会儿就好了……”

“不要再去碰那条蛇，你们一块儿跟我走，”拿喇叭的人觉得张恬脸色苍白，他上前拉住张恬，“我们马上去医院，事情的来龙去脉到底是怎么样的，过一会儿再说。”张恬被那人用力拉着上楼梯，江楠之和高兴星在后面默默跟随，三个人心头都乱糟糟的。

江楠之一边走，一边冒出种种不祥的念头，幻视里，那个被砸到的倒霉鬼的尸体老是不停地飘来飘去……不，不是尸体，可是他为什么这么害怕这件事呢？不管怎么说，这事迟早会被发现的，他揣想着，混乱的脑子里塞满预期的景象，他仿佛看到了几盏微弱的灯光，冷飕飕排列着铁架子床的房间，白煞煞的大口罩……随着脚底路径的延伸，江楠之的脸色更加难看了，但不知不觉，他莫名其妙地又想到了期末考试，他不知道自己还能不能参加即将到来的考试。

牌子？（眼镜）蛇？三个蠢蛋？高度？引力？轻轨站？那位路过的人？高兴星的意识尽管昏昏然，却也没有放弃弄清各方责任的努力，不同的角度、想法、图像走马灯似的在他脑海里转着圈儿。

“我们赶快出站，然后打的去医院，这事一点都耽搁不起。”拿喇叭的人越走越快。

“我这个真的不是很严重，不是被蛇咬的……”张恬小声嘟囔着，拿喇叭的人四处张望，根本没在意他说的什么。爬上乘车站台那层楼道，迎面匆匆走来一位脸色不大好看的制服，仓促地和拿喇叭的人点了点头。

“蛇在一楼走廊角落的玻璃缸里，”那人干脆地说，“我要马上把被咬伤的小孩送医院。”

“你赶快去处理吧？不过听说下面的街上出大事了，我得赶紧下去看看。”不知是好奇还是疑惑，脸色不大好看的人朝张恬打量了一眼，“你们看没看见人行道上躺着个人？要是真是那样得赶快打120。”

“噢，没，没看见，我不清楚……”张恬吞吞吐吐地说，“我们刚才不是这个方向，我们是从那个方向下来的。”

“走吧走吧，你的手再也不能耽误了！”那人突然恍然大悟地叫起来，他迈开快步，斜挎的喇叭随着身体摇动的节奏晃来晃去。正在这紧要关头，他兜里的电话又添乱地响起来。

“啥？确实有人给砸着了？还有血？哎哟，今天真他妈流年不利！狗屁，立马向王头儿报告啊——”拿喇叭的人一下手松开了，“等一下，你们几个，先出站去拦一辆出租车，我呢，过两分钟就上来。”说着对江楠之跟高兴星挥了挥手，示意他们先把张恬扶上去。

“我这个真的，不是被蛇、蛇咬的……”张恬还想解释，可胳膊很快被江楠之抓住了，他被拖着往上走，张恬来不及想，只得乖乖地顺从，高兴星则耷拉着头跟在后面。

“赶快走啊，猪头，一会儿他真把你送进医院就糟了，”江楠之一边说，一边拉着张恬快速冲向出站口，“如果查出你的手是划伤，街上那个人又被牌子砸死了，你咋个解释？”

“胡说八道！”张恬恼怒地挣开江楠之，“你敢肯定那个人死啦？况且这毕竟是我们惹出来的事，如果现在跑掉，往后被查出真相，那性质就严重多喽!”

“我不管，反正我不会去自投罗网……”此刻的江楠之显得非常固执，说话间他们已走近了学校大门口，时辰已经不早，没有路灯的地方一片昏暗，唯有校门旁的小商店里还有三三两两的人。张恬心中不断冒出跟眼前毫不相干的念头，他知道这正是心慌意乱的表现。一个人走在前面，两个人盲目地跟随——要是有人从旁观察，江楠之就好像是三人中的领导。

“这样走下去，就快到博物馆广场了，他妈的走个啥劲儿啊——”张恬终于不再疾走，高兴星也听话地停下了，接下来是江楠之，“干嘛不跟车站的人说出真实情况？公安肯定会立案调查的，那样我们真的就完蛋咯!”

“公安”两字让江楠之感到别扭，就好像这不属于他的世界似的，他背对张恬说：“要是事情最终露馅了，不知道我们会被怎么样?”

“我看过高空坠物的新闻，”高兴星干巴巴地说，“有个住十五楼的人掉下只花钵，砸死了路上的人，后来被判刑了……只不知未成年人……”

“判刑?”江楠之睁大眼睛重复道，“那我们，我们会不会……”

“靠，那个人又没死!”张恬气急败坏地瞪着江楠之，他很不理解对方为何总认为那人死了，“何况我们……又不是故意、故意把牌子扔下去的……而且那放蛇的人也有责任……”他越说越心烦，思路也完全混乱了。

江楠之神秘地打量了下周围的情况，手放在嘴边做了一个“嘘”的口型，然后若无其事往前走。

“高兴星，你老爸不就是刑警吗?”张恬试探地问，“这件事或许他能够——”

“说到工作，我老爸纯属一根筋。”高兴星的回答面无表情，语气也平板乏味，“春节期间有个亲戚开车违规，托他在交警支队找点关系，想减少点罚款，结果他不仅一口回绝，还说了一通不能徇私什么的大道理。说到我们的事，我不好猜测他知道了会怎么样，也许比不知道还要严重吧?”

“再不回家，他们肯定要打电话来了，”张恬已经看到了博物馆广场的标志性建筑，“这咋办啊，估计轻轨站很快就会查清情况，接着先通知家长，再通知学校……”

“活该啊，扔他妈的，那个放蛇的杂种——”江楠之似乎在自言自语地念叨。

“后来那亲戚被查实酒后驾车，”高兴星眼神迷茫地低头想了一会儿，“结果是罚款、赔偿，拘留十五天，好像还扣驾照三个月。”

“我们又不是罪犯……”张恬看了看手心的伤口，现在手指一动就牵扯得生疼。

“妈×的，到底是哪个杂种放的蛇?!”江楠之突然一声怒骂，惹得街上行人侧目而视，他却毫不在意地鼓起两眼，一脚踢向一只被碾扁的易拉罐。

第二十一章 大峡谷之旅

高兴星万分小心地把钥匙插入锁孔，缓慢而轻巧地扭动一下，清脆的咯嗒声就像在心头响起。钥匙转动了一圈还可以继续，说明门锁上了，家里没人。他转身对站在楼道不远处的两个人招了招手，张和江蹑手蹑脚走过来。高兴星将钥匙迅速转动几圈，推开门，屋子里弥散开一股淡淡的花香，幽暗的微光里可以看到客厅里家具的轮廓。

“老子咋觉得每次都是星期五?”江楠之开口说话，可是没有谁理会。

“进来吧，家里确实没人，”高兴星摸索着打开电灯开关，客厅里突然亮堂起来，“这种情况下，他们八点钟前一般不会回来，我们抓紧时间，搞快点。”

“不知道那个被砸的家伙咋样了，我妈他们肯定也在担心。”张恬语气有些优柔，江楠之不满地向他扫了一眼。

“最重要的是找到我的卡，应该在我爸电脑桌的抽屉里，”高兴星一闪身进了书房，消失在张恬和江楠之的视线里，“冰箱里有饮料和零食，你们赶快拿出来吃喝吧。”

张恬手持一罐“红牛”，一屁股坐到沙发上，柔软的感觉似乎减轻了不少内心的压力。不过他总觉得自己的意识深处，一直潜藏着一种对目前行为的否定，那种感觉从一开始就隐隐约约地存在着。

“我给我妈发了条短信，说有事要在同学家留宿，”江楠之对张恬说，“你觉得怎么样？不过我认为终究抹不过去的，只有看运气了。最好是风头很快过去，我们下周再回来。”

“事情没有你说的那么严重，”张恬说，但随即又为自己的话后悔了，“我总觉得，我们不应该选择逃避，这样做不是嫌疑更大么?”

“我们现在的选择，并不是为了摆脱嫌疑，”江楠之难得地表现出明智，他的眼光望了望书房方向，高兴星在里头搞出很大的动静，“我也不明白为什么要这样做，只是我真的不敢回去了，这比上次严重多了吧？感觉就像、就像那种……关在笼子里的肉鸡一样，随时都可能被抓出去宰掉。”说着他呼出一口气，拿下眼镜擦了擦片子，然后有点发抖地重新戴上。

“那就别说了，暂时也想不了那么多。”寒冷让张恬的声音不免有点变异。

“找到了，里面大概还有五六千块，全是这几年的压岁钱。”高兴星喜滋滋地走出书房，看神情好像一块石头落地似的，只是当他看到两个阴沉人儿时，才又记起了自己置身的真实处境。

“想一想，还有没有什么需要带的东西，这次不知道……不知道会走多久。”江楠之望着高兴星说，高兴星移开目光看看张恬，张恬却一言不发，大概是他不知道说什么好。

“走吧，七点半了，一会儿家里人回来就麻烦咯。”高兴星的话让江楠之利索地站起身，而张恬似乎是有意在沙发上磨蹭了几秒钟，“今天有点晚了，我们不一定马上去码头，先找个地方住一晚再说吧。”说完向门口走去。

“没有身份证，连旅馆也不能住，”江楠之边说边跟上去，张恬则闷声不响地尾随着江楠之，“不如直接去坐船还好些，船上也可以睡觉嘛，要不然，哎，要不然去网吧……”

“得了吧你，”高兴星一声叹息，“还在想去网吧，老子现在哪有什么心情上网噢。”江楠之也清楚自己的话没有可行性，便乖乖闭上了嘴。

入夜的街道显得冷清，主要是因为天气实在太冷，夏天的你还可以汗流浃背地走来走去，而冬天的人们基本上是能待在家里就待在家里了。冬天的夜晚，张恬没事一般也很少出门，这时的他虽然穿得厚厚的，但两条腿仍旧会偶尔打一下闪，有点踉踉跄跄微醉的感觉。江楠之个头不高，走在路上一贯昂首挺胸，不过你要是仔细端详，仍可以发现他眼神中闪动的忧戚，只是粗心一点就可能忽略罢了。

几个人进入轻轨站，一直坐到终点下车，这里离码头只有不到一站的路程。“这边有一家旅馆，我们去试试，看没有身份证能不能入住。”高兴星指了指一栋大门敝旧的建筑，二楼位置悬着一块不大的霓虹灯招牌：“二铁机关招待所”。

江楠之不经意地瞟了一眼，身子突地一颤，开口就骂：“妈×，什么垃圾玩意儿，老子情愿睡大街，也不去住这样的鬼地方。”张恬一下子蒙了半分钟，接着才弄明白江楠之现在是与某些敏感词势不两立，一看到此类字眼就会大为光火。

“我看你他妈还真有病了，”高兴星不满地瞪了江楠之一眼，“不住这样的鬼地方，到时候你等着喝西北风吧！也行，哥几个过一会儿，上一艘什么破船去睡就得了。”说完便闷着头，气呼呼在街边一站，听大风吹得破广告牌叽里呱啦响。

张恬这一段没怎么说话，但他心里头总觉得忘了什么事，直到肚子发出“咕噜噜”的叫声，他才想起几个人至今还没有吃晚饭。

“肚子饿瘪了，先找点东西吃饱再说吧。”张恬用手揉了揉肚子。高兴星没好气地看了他一眼，好像什么也没有听到。

“确实是饿了，”江楠之突然积极起来，也可能是试图转移一下注意力，“我记得就是这附近，有一家老妈火锅，现在时间还早，干脆就去吃火锅吧?”

“我怎么都可以，高兴星的意思呢?”张恬表示赞成，“当然天气这么冷，吃火锅暖和暖和也好，也可以打发一些时间。”

“嗯，这个理由倒是不错，”高兴星扮出个苦笑，挠挠脑袋带头迈开步子，“反正吃饱了就找地方睡觉。不过他妈的，一会儿还不知道去哪儿呢……”他一边唠叨，一边相跟着几个人上路，声音在寒风中逐渐稀释，慢慢变得有点模糊。

时间已经是八点过，火锅馆的生意仍然很好——大冷天里，人们都觉得应该吃点辣的烫的驱驱寒。江楠之坐在桌子前，心头仍然打着鼓，浑身都不自在——他老是生出一种错觉，好像自己就是一个正在被警方追踪的逃犯，于是身体发虚，疑神疑鬼，他明知这感觉毫无道理，却又挥之不去。

高兴星在菜单上胡乱勾划了些荤素菜，张恬和江楠之也懒得看，他就直接交给服务生了。

“请问，你们要不要什么酒水饮料?”穿着雪花啤酒标识服装的美女微笑着发问。

“有什么饮料?”高兴星打开手机，心不在焉地问，他其实根本不明白自己在说什么。

“有新鲜的果汁，还有现榨的豆浆、花生浆……”美女的介绍不厌其烦。

“哦，好的……”高兴星愣怔怔看着手机的时间，思维就此停住了。

美女一直笑容可掬地站着，高兴星却半天没有回应，张恬只好自作主张对她说：“其他的都不要，就给来一个大瓶的可乐吧。”美女才得以点头离开。

“咳，要是路上病了就倒霉了，我他妈这会儿老是流鼻涕，”江楠之说话突然带上了很重的鼻音，他不停地打喷嚏，擤鼻子，很快用去了一大堆餐巾纸，“我只要天气一转凉，或者灰尘太大，鼻道就堵塞不通，然后连续打喷嚏，流鼻涕。”

“那应该是鼻炎吧，我妈妈也这样，常常突然打一个喷嚏，吓我一跳。”张恬不经意地应答。

“这地方真他妈的热，火锅下面烧火，上面冒气，大堂里还开着暖气，”高兴星咬牙切齿地叫一声，身体却矛盾地哆嗦了一下，“汗水都流出来了。哎，一会儿我们到底去哪儿啊？总不可能睡大街吧？现在又不是夏天，你要真的睡在外面，说不定第二天早上就醒不过来了。”

火锅开始咕嘟咕嘟冒泡了，张恬盯着锅中袅袅的热气，没有搭话。

“醒不来就醒不来呗，反正老子绝对不去那个‘二铁招待所。’”江楠之态度非常坚决。

“你真会瞎较劲，干嘛跟这样那样的破玩意儿过不去？我看是脑子坏掉了。”高兴星很不高兴。

“不知道那个受伤的人咋样了，希望救护车随后能很快开过来，”一些不好的念头在张恬脑子里生长出来，随即被坚决地驱赶开去，“当时看起来实在太吓人，我觉得听到了骨头碎裂的声音，要是把脊椎砸断了……”说到这里，他把话停住了。

“不至于死掉吧，毕竟血是从下面流出来的。”江楠之说。

“你当时镜片都不见了一个，看得清楚才怪，”高兴星不满地瞭了他一眼，这时服务生把菜端上来了，他急忙转移了话题，“马上就要期末考试，还是该随身带两本复习资料，现在啥都没有，到时候咋考啊?”

“去他妈的期末考试，这种时候还说这个，”江楠之语气很是不善，他拈起一片毛肚浸在热腾腾沸滚的汤锅里，“这事如果出现了最坏的结果，你就别以为是批评处分完事了，有可能会被追究法律责任什么的。”听口气不像他自己也是局内人，倒好像是在教训犯了过错的小兄弟似的。

“你说的这些全是废话，”张恬摇了摇头，盯着江楠之夹在筷子上的那片起伏颤抖的毛肚，忽然觉得食欲一下子消退了很多，几个人的遭遇和这片可怜的毛肚如此相似，“现在要担心的不是会不会被追究责任，而是会被追究什么责任，以及那个人究——究竟是不是还活着。”

“怪就怪那个放蛇的混蛋!”江楠之突然又想起了让他们倒霉的人，不免破口大骂，筷子上的毛肚一不小心滑落了，“这事不止该追究我们的责任，也应该查一下放蛇的家伙，他妈的到底是怎么躲过摄像头的。玩玩马戏团，玩他妈个屁!”最后一句话的音量大得惊人，弄得张恬不好意思地埋下脸，避开那些受到惊扰转过头来打量他们的吃客。

“不过我们不是有意伤人吧?”高兴星神色黯然地说。

“这还用说?只要是个人都会相信，老子们真的是无意伤人，他妈的!”江楠之继续发泄郁闷。

“吃东西吃东西，现在暂时别想那些糟心事，何况想也没有用，”

高兴星敲了敲碗沿，伸出筷子从锅里捞起一块肉片，“一会儿东西煮烂了就不好吃了，煮老了的肉片最难吃。”

“不煮老干嘛叫它老肉片，就是要煮老点才好吃。”江楠之抬杠不止，分明是故意跟人对着干，“没事，老子就是心头不舒服，为啥我们这么倒霉呢？期中考试他妈的作弊被人捉到，现在处分已撤销不说了。其他事也从来没顺心过，鸡毛蒜皮还不算数，妈的居然在轻轨站撞到毒蛇。然后毒蛇又跟大牌子连在一起，我操！站台下面的人行道平时行人不多啊，可是牌子一掉下去就砸到人了，你说他今天是故意上街来挨这一下的吧?”

“江楠之，你少说几句胡话行不行?”张恬喝了一口可乐，脸色很不好看。

“我还没说完呢，那家伙就是……”江楠之学着演员念白的语气，用筷子敲着碗叫道——他其实该说的说得也差不多了，再挠了挠头，没有想起什么新玩意，于是自动闭嘴了。

冬日的夜晚一点都不安静，这时候的风总是很少停息，尤其在江边，衣服外裸露的皮肤往往被吹得生疼。张恬发觉自己的面颊先是疼痛，接下去慢慢就有点麻木了。尽管江岸上高高低低的楼厦与路桥护栏都闪耀着明亮的灯火，他还是觉得心情暗淡。抬头仰望，天穹高得出奇，深沉的黑色不知从哪里开始，到哪里结束，越看越像在缓缓上升，犹如一架无形的电梯。想到电梯，一个巨大的矩形轮廓便在浮现在脑海里，张恬不禁皱起眉头，一眨眼又在空气中消失了。

“唉，要是老子是大法师，想到哪里去，自己把自己传送一下就完了，哪用得着这么啰啰嗦嗦走路!”江楠之无奈地拖着两条腿，嘴里仍旧是抱怨不休。

“传个狗屁传，大法师只能传到友军的建筑物上，咋可能想去哪里就去哪里?”高兴星马上就给他驳了回去,“应该成为守望者才对,到处闪烁,我们三个都变成她那种。”

“屁!守望者才闪那么点距离,还不如坐车快呢,”江楠之很不高兴自己的思路被高兴星否定,“我大法师有钱又有技术,到处修房子,在美国修,在日本……不在日本修,妈的小日本。在英国修,还有德国、瑞士、新西兰……到处都是老子的房子,到处传,你说是不是比守望者牛×?”

“做梦吧,你哪来那么多钱修房子,还想当大法师。”高兴星恼火地骂道,不再往下讨论这个话题。

“看下这周围,有没有什么小旅馆?”张恬加快了脚步,他很讨厌俩家伙居然还有兴致讨论游戏,“再瞎扯一阵,说不定真的要露宿大街了。”

“不至于傻到那样吧,实在不行,去网吧凑合一夜也行啊。”江楠之又有点蠢蠢欲动,他心虚地瞟了对方一眼,“我是说趴在桌子上睡觉,不想玩儿的可以不玩儿。”接着注意到高兴星表情有点动摇,于是又开始煽惑,“这其实还可以省点钱,眼下很难说在外面待多久,能省一点算一点。今天这事儿都够烦的,上网可以缓解下压力,就算睡觉也比在大街上强吧?”

“这主意也行,合适的旅馆难找,就算找到了也不一定能入住,”张恬反倒抢在高兴星之前开口,“虽说我没多大兴致,但是去上下QQ,看看能不能碰到我老爸,不然他们会担心死了。”

“不能在网吧上QQ,要上你用我的手机,”高兴星急忙阻止,脚下跟上走在前面的江楠之,“我看过一条新闻,在一家网吧……不扯那么多了,张恬,我给你说,现在网警轻而易举就能查到上QQ电脑的所在地,要是你老爸告诉我老爸,我们的行踪恐怕很快就会被发现,被盯上了。”

张恬感觉他用词有点别扭，但并没有表示，只是苦着脸点了下头。

第二天一大早，他们从网吧打出租车抵达码头。气温仍旧很低，天空灰蒙蒙的，太阳没有一点要露脸的意思，让人心情也好不起来。

两江交汇之地，旧码头不止一个，据说都是用原来的老城门命名的。不过眼下那些旧建筑连影儿也看不到了：千百年间的多次重修，尤其是近年的重建，差不多抹去了过往时间的所有痕迹，彻头彻尾变成了“现代”——高耸气派的航运大厦，宽敞的码头广场，还有来来往往的车辆与人群……江面上不时响起的汽笛声，给冷冽的冬天增添了一点热气。从广场最前端的护栏处俯瞰，浩浩汤汤的江水几乎看不到流动，若干浮桥或带缆车的水泥斜梯自脚下树脉样伸向两江，连接着形状各异、颜色五彩斑斓的趸船——吨位不一的客货轮们正是靠趸船和浮桥跟陆地发生着亲密接触。临河的路道、阶梯上散布着乘船的人、闲逛的人、找活儿干的人、乞讨的人、打算骗人的人，以及负载着沉重货物的人……眼看这幅动感的画面，耳听各种吆喝号子声，几个人心里的阴霾仿佛散去了很多。

江边售票处的卷帘门打开了，几个女人脸色苍白，头发有些凌乱地坐在里面，看上去好像没有睡醒的样子。大摇大摆的江楠之正准备迈进去，却被高兴星一把拽出来：“你真确定我们要去什么地方，一定是去乘船?”满脸疑惑的江楠之飞快地瞥了张恬一眼，看见后者也神色游移，于是用他一贯不大正经的语气说：“谁说得清到底去哪儿？坐上船随处飘呗，飘到哪儿算哪儿，难不成你们还有更好的主意?”

“你他妈倒想得出来，到处飘——”高兴星眼睛瞪得大大的，就像两只点亮的电灯泡，“你不至于是想要飘到日本去吧？我们既不是自力更生出去打工，也不是要跟父母一刀两断，更关键的是卡上就这么五千来块钱，如果漫无目的地乱晃悠，没钱了喝西北风去?”

江楠之神情稍有点尴尬，心中暗想，“五千多块也不算少了，三个人，凑合用一个月应该没问题。”不过说出来的却是：“那你说咋办?总不可能又回你奶奶那儿去吧?我敢保证，到达你奶奶家不到半小时，你老爸的警车就疾驰在来拿人的路上了，他不是对待工作像夏天一样火热吗?”

“砸人这种小事，根本不归刑警管的!”高兴星一下涨红了脸，这让他看上去有点傻乎乎的。

“但你老爸不会不管他儿子的，”张恬突然间开了口，那疲惫劲儿看上去跟售票处的人差不多，“而且这到底是多大的事，要看被砸人的伤势来定，这点你不会不知道吧?”

“当时从高处往下看，加上心头乱糟糟一团，我也说不清楚啊，”高兴星摇着头说，“只知道那人趴在那儿一动不动，或许很严重，或许是被惊吓暂时晕倒了……”看看对方的眼神，他的话说到半截又打住了。

“江楠之，你乘船的主意其实不错的，不过到底去哪儿，这个还得好好想一下，”张恬伸手敲了记额头，“总不能真的随便买一张票到处乱飘吧?”

大概是嗅到了某种可能性，江楠之的表情一变为兴致勃勃，刚才那副泄气的皮球样儿不见了，他舔了舔嘴唇说：“我的意思不是去坐那种一般的客船，而是旅行社承包的游轮，或者说，就是跟旅游团……当然了，这个主要不是坐着玩儿，而是可以走走停停，开得很慢，一方面看点风景，同时也方便我们改变主意回去。”说完看着两个正在思虑的同伴，等待他们的回答。

“你是说乘游轮，去跟团旅游？”高兴星嘴巴微微嚅动着，看上去没有拿定主意。

“差不多吧，我原来跟姑姑去过大黄湖，这个售票处就有旅行团的票卖，”江楠之有点不耐烦了，眼眸转来转去没有落定，“你们也知道，我们其实没有更多地方可以去，住旅馆没有身份证，总不可能天天泡在网吧吧？何况你们没这心情——”说到这儿，他意味深长地看了张恬一眼，张恬故意视而不见，“那里面最多混上个两天，时间再长一点……”

“你说的这个估计要多少钱？别搞得我们回不来了啊？”高兴星有点心动了。

“问问里面的售票小姐不就知道啦。”江楠之说着大咧咧地走进去。

咨询窗口坐了个迷迷糊糊的年轻女孩，江楠之上前敲了下柜台，彬彬有礼地问：“小姐，请问有没有今天出行的旅游团啊？”

“小姐”被人从昏睡状态中弄醒，脸色不免有点恼火，她瞟了江楠之一眼，顺手将几片花花绿绿的纸片塞出窗口：“自己看，上面的项目价格都有的。”此时手机突然振动起来，江楠之大吃一惊，想起刚才看时间忘记关机了。他身体不自然地激灵了一下，正想把手伸向口袋，振动又停止了——这是一条短信？一连串不吉的联想冒出来：父母会有怎样的愤怒与担心？或者是那个倒霉蛋的死讯？

江楠之磨蹭着掏出手机，点开屏幕，结果却是：

奇佛斯外国语学校，专业英语培训，更有外教加盟，让您一个月时间内英语速成……

他嘟着嘴正想骂人，手机又振动了，这次不再是广告短信。江楠之费力地眨了两下眼睛，希望自己看错了，可是里面确实是妈妈发来的短信，不过只有简单的仨字：

速回家!!

这么简单，速回家？江楠之心中默想，盯着手机屏幕发呆。柜台里的女孩露出狐疑的眼光。高兴星和张恬料到了发生的事，于是都沉着脸不说话。

这还真有点扑朔迷离，难道是想试探试探我们？江楠之离开柜台远一点，然后压低嗓门对张恬和高兴星说："我妈的短信，只有三个字：速回家。他们到底是什么意图？你们最好也打开手机，看看有没有类似的短信？"话刚落音，手机又第三次振动起来，屏幕上欢快地闪烁着"爸爸来电"，他却差点把手机掉到地上。犹豫片刻，江楠之没有接听电话（实际是他还在犹豫铃声已断了），但是给妈妈回了一条短信：平安，勿担心。

"我也收到短信了，等等，我看看，"高兴星用袖子抹了抹手机屏幕，"奇佛斯外国语学校……等等，我搞错了，这条才是：为什么-还不-回家，赶快给我-回来……这么说我妈还不知道这事吧，从她的口气看。"

"既然如此，是不是表明昨天发生的事，他们都还不清楚呢？"江楠之很响地呼出一口气，"不过也很难说，他们完全可能故意放点烟幕弹的，哈哈。"

"大峡谷神奇四日游，心动假期折扣价七百八十元一人，可享受豪华游轮，水上风光……"张恬展开手上的旅游资料，没念上几句，另外两人赶紧伸过头来，只见上面写着：

成人价：780元/人 行程天数：四天 住宿：经济型酒店

主要景点：天堂山，羽翼庙，悬棺峡，哀帝城，田钵溪等

商家联系方式 ★联系人：赤典旅游集团 ★电话：003-006610611

预订须知：★提前预约天数：7天

★预订说明：豪华游船请提前一个月预订，普通游船请提前一个星期预订，国内旅游线路请提前一个星期预订，出境旅游请提前20天预订。

推荐人群：亲子、单身、情侣、老年、全家、朋友、学生、团体

主要景观：高山大川、古迹名胜

发团周期：天天发团

线路说明：第一天行程 宿船 14:30集合上船，自由活动，16:00正式开船，于如梦如幻的都市美景中开始愉快的大峡谷之行……（下略）

费用说明：※包含景点：……※自费景点：……

“每人七百八十元，下午四点启程——高兴星，你说这个大峡谷四日游咋样？”

“不清楚，广告当然说的比唱的还好听，”高兴星显得忧心忡忡，对张恬的话似乎也不太在意，“我看去哪儿都一样，干脆就懒得想了，你们定吧，我来刷卡就是。”

“四天就两千多？”江楠之抢过话头说，“他奶奶的，旅行社宰人够狠的，只是这时间够不够？”

“四天还不够？那你说要多久？难道过了寒假才回来不成？”张恬

拧着眉头问，他觉得江楠之完全把行为的性质理解偏了，“我们不过是隔远点关注事情的发展而已。”

“你收到短信没有?”高兴星问，“我跟江楠之都收到了，你不可能没有吧?”

“没有，我就觉得奇怪哩，”张恬目光落在江楠之身上，“按常理我爸妈也该发短信了，恐怕是缠上了什么更麻烦的事情……”说着表情渐渐往下沉寂，甚至有几分苍白，好像刚从北极观光回来似的，“说老实话，我总是有一种很不好的预感……”

张恬的话语和神情让江楠之隐然打了个寒战，他推了推歪斜的眼镜，低着头说：“我只听到哐当一声，反正是牌子掉地上了，现在回想起来，起码那人的骨头是砸断了几根……”

“我刚才已经表态了，那人到底给砸得怎么样，受了多重的伤，我们都说不上来，”高兴星轻轻摇着头，就像个旁观者一样，“但他既然是被砸趴在那里了，那就肯定，肯定不会是一点轻伤。”

“算了，现在还是商量下出行的事吧，”江楠之开始专注地研究那几张旅游资料，“上船时间是下午两点半，现在还有几个钟头需要打发，先找个地方填下肚子再说。”

这时外边的天色反而暗了许多，张恬一看手机，已经快到上午十点了。十点的天空跟九点左右的天空对比很是鲜明：在早起的人眼中，这个白天只持续了不到两个小时；对睡懒觉的人来说，今天的天色和昨天一般阴沉，总之是很难见到个像样的晴天。

走在街上的江楠之一手捏着手机，一手不放那几张捏得皱巴巴的资料，眼珠转来转去不知道在想什么。耳道里一下子变得喧闹起来，仿佛某个录音机突然打开了开关似的。

嘈杂声中，能听到高兴星含混不清的嘟囔：“耶，我还没有打算把自己的钱花光呢。”

第二十二章

紫衣女和山羊胡子

“两点半登船，请务必在一点五十分左右到达码头，”江楠之翻着手上花花绿绿的资料，文字里夹有很多效果还算不错的风景图片，当然都是介绍大峡谷的，“听上去好像很准时一样，他妈的。‘乘风’号，多么没品的名字，我想那实物也好不到哪儿去——可是老子怎么连船的影子都没看见呢？”一边说，他一边抬起头向雾蒙蒙的江面张望。

“十二点五十喽，”高兴星面无表情地看了看手机，“江哥，你确定是今天下午开船？”

“除非这时间他妈的不是一月十九日，”江楠之龇牙咧嘴地回答，“票上写得清清楚楚嘛。”

“靠，你最好用显微镜仔细瞧瞧，一月前面是不是有农历两个字？”高兴星没好气地说。

“老子还需要显微镜……要是一会儿到点了还没有动静，干脆就回家算了！”江楠之说。

“行了行了，你都念叨好几遍了，要不是你催命鬼一样着急，我们咋可能十二点半就下到码头来了，”张恬蹲在沙滩上，周围散落着卵石、面巾纸、易拉罐、小食品包装，看上去挺丰富的，“人家说的是两点半登船，说不定导游两点钟才来呢，你连这些资料上的忽悠也相信？”

“糟糕，我们刚买的吃的东西呢？”高兴星忽然冲口而出，身子大幅度转动了一下。

“他妈的，你咋个没拿上？现在回去还来得及么？”江楠之挥了挥拳头。

“我怎么知道，老子记得带了的，一转眼不见了。张恬，是不是在你哪里？”高兴星低下头问蹲着的张恬，这才发现他两手空空，而且鄙视地白了他两眼，“你瞪我干嘛，没看到东西不见了吗？你到底看到没有？一会儿上船去我们吃个屁呀！”

“导游来了。”张恬忽然指着岸上说，江楠之和高兴星几乎同时扭头往来路看去。奇怪的是，就在这一刻，他们周围变魔法似的出现了几百位背着拎着大包小包的游客，其中的部分散客直接就走上长长的、带有粗劣栏杆的浮桥了。江面上响起几记短促的汽笛声，一艘看上去还算高大的、以白色为主的游轮正在趸船后面缓缓靠近，一块挺大的招牌在船体顶端闪闪发光。“乘风”两个字看上去有点脏兮兮的，但到底为啥有这样的感觉，张恬自己却说不上来，大概是阴霾气候下的某种错觉吧？船速由快到慢，尤其是接近趸船的时候，它几乎是在磨叽了。几十名散客上船以后，剩下一百多人分成了三小堆，各自围观所属旅行社的导游，七嘴八舌，咋咋呼呼，拥挤推搡，争先恐后，每个人都生怕自己被弄丢的样子。

“哎哟，手机响了，”张恬走到载沉载浮的浮桥中央，忽然停下了脚步，领头的江楠之和高兴星没有留意，仍旧一个劲儿地往前赶。“我妈发来的短信。”他边说边抬头，没想到那两人已经离他有十数米了。

“各位游客，请你们看清楚自己的编号，对照上面的舱位等级还有门牌号，找到对应的房间。”一个头发短短、戴着黄色遮阳帽的小个子女孩儿举着电喇叭，用普通话大声吆喝，她看上去二十来岁，应该是这个团的导游，“请不要搞错了房间，以免给别人带来不便；请收好自己的牌子，不要弄丢了。”

前面的高兴星和江楠之已经登上了游轮的三层，张恬忽然有几分担忧，好像是害怕自己一个人孤零零待在一处似的。他连走带跑，匆匆忙忙地超越了若干个人，穿过趸船宽敞的中部，噌噌噌爬上了游轮的楼梯。在三层的走廊里，他嗅到某间开着的舱室飘出一股熟悉的方便面味道，这时候才察觉自己的肚子有点饿了，于是决定提醒高兴星买的东西还背在他背上。不过其实呢，只要找到了舱位，吃的东西自然就会被发现的。船上似乎并没有多少工作人员，张恬顺铺着柔软米色地毯的走廊找了一圈，鼻道里充满了方便面和一些水果混杂的气味，最后终于看见一个绿色标识：旅游团客房往左转。

他依样画葫芦地按标识指示的方向左转，发现这里是游轮中部的一条过道，过道两边都是舱室的木质门。这当儿他听见身后也传来脚步声，估计是其他乘客也跟上来了，张恬毫不迟疑地加快步子往前走，很快便发现一个门向外敞开着的房间，里面传出高兴星和江楠之的说话声——

“张恬这家伙咋回事，难道走掉了不成？不至于没能上船吧？你在这儿守着，我下去看看。”高兴星的口音有点含混。接着从舱室传出窸窸窣窣的声音，拿了一顶黄色帽子戴上的高兴星探出头来，正准备迈出房间的他发现张恬正在门口冲他点头。

“哟，我还以为你被谁拐卖了呢，还好还好，省得我又下船去找你，”高兴星顿了顿说，“进出的时候记住把房间门关上，被别人看到挺不自在的。”

舱室里有六个铺位（上下床），一台不知哪个年代生产的国产电视机，一台壁挂式空调，两张单人沙发，一个上面搁了只电热水壶的茶几，有带盥洗设施和淋浴的独立卫生间。最让他们感兴趣的是有一扇观赏江景的大窗，拉开窗帘，就可以看到浩浩汤汤的江面、天空还有两岸的山景。

“船上居然还有电视，真他妈烦。”江楠之背对他俩，看上去已经倚窗眺望了许久。

“窗外还有栏杆呢，你咋不把它给拆啦？”张恬窃笑着拍了拍江楠之的肩膀，“别再像个怨妇样了，一会儿开船了江风可是有点冷呢，把空调的暖风打开吧，那样稍微舒服点。”

“不知道还有没有客人来，房间里还剩三个床位咧，”高兴星站到江楠之旁边，“如果住进六个人来，他妈的肯定就相当挤了。我看住三个人最合适，不大也不小……”

“就是这里，一零三到一零八，”高兴星话未说完，身后立刻传来一个年轻男子的声音，另加一阵骚动，然后听到什么重物触地，应该是箱子一类的行李，“你看你看，我们跟三个小屁孩住一个舱位。”

“真是无聊，人家小孩哪点惹到你了，”一个甜腻腻的女声让张恬打了个冷噤，暴出一身鸡皮疙瘩，几个人都没有回头，僵硬着脸没有吱声，“我小时候还真没跟同学出去好好玩儿过，最远就是到远郊爬爬山，游游泳。嗨，这样出来旅游一圈多有趣儿啊。”

“别想当然了，你咋知道他们是出来旅游的？这个时候，中小学还没有放假吧?”那个男声低沉地回应道。

“应该还没有啊，我们那阵哪能像他们现在，自由自在、随随便便地出门瞎逛，真是羡慕哦——”

张恬恼火地转过脸，看了看刚进门的一男一女：男的瘦高个儿，戴了顶旅游公司提供的廉价黄色遮阳帽，除了上唇边生满密密的胡髭，下巴也留着一簇不长不短的山羊胡须，体魄给人的感觉倒是挺健壮。这家伙穿了件薄薄的浅灰羽绒服(不知是什么牌子)，正打量着他们，当目光跟张恬相交接，反应很敏捷立即对他笑了笑。那女的则戴了顶乳白色绒线(纯属张恬个人判断)帽，长长的直发是未染过的纯黑色，五官看上去还算精致，鼻子尤其漂亮，美中不足的是眼睛稍小了点。她身上的羽绒服是绛紫色的，系了一条素色的羊毛围巾，正在摆弄她手上的山寨Nokia。这小妞大概也不过二十岁出头吧，居然一口一个我小时候，你比我大得了多少啊?张恬心中暗暗地这么想，脸上却不动声色。正思谋间，对方的眼神又跟他碰上了，张恬未免有点不知所措，血一下子涌到了脸上，只好慌乱地点了下头，撤身站到了高兴星的左边。

“开船还有一会儿吧，真叫人好等啊——”高兴星慢悠悠、懒洋洋地说，仰起头往窗外的高处看。

“看啥呢，天上这么有吸引力?”张恬一边打趣，一边也仰脸朝上，装出感兴趣的样子。

“天上有没有江河我不清楚，不过那么多东西也在流动嘛，”高兴星似乎答非所问，眯起眼继续在浑浊的天穹顶移动，“那片灰乎乎的大云，就是像老棉絮的那团，它速度不是一般地慢，不过也快到山的那边去了。我在想，船为什么还不开呢，他们到底在磨蹭个啥?”

“到点才开嘛，应该还有人没有上船吧?放心，总不会收了钱把你扔在这儿不管的。”张恬应道。

“我没有担心噢，不，我还是很担心……很心烦的，不过不是因为这事儿。”高兴星前言不搭后语地回答。

“对了，我妈刚才给我发短信了。”张恬突然醒悟过来，他一直觉得有啥事儿不对劲，这下蓦然惊觉是忘记了看妈妈的短信。于是掏出手机，果断地点进收件箱，结果屏幕上浮出的只有稀稀拉拉两行大字：不要过度猜疑担心，一切事宜回家商量。脑子里嗡的一声，张恬感觉到一种被大钟迎面击中的晕眩感，完全没有产生嘲笑如何读解“事宜”一词用法的想法，而是把十几个字的短信反复研读了几遍。高兴星和江楠之见其盯着手机无语，心里干着急，却又不敢开口。最后还是张恬转身睃了他俩一眼，递去手机，两个人才将脑袋凑拢到一起。

“再要找理由说他们啥都不知道，只有傻×了。”张恬表情僵硬地说。

“的确是，不然这个猜疑担心是啥意思？”高兴星嗓音沙啦啦的，听上去像受了风寒一样，“看来……”忽然他的话语中断了，心不在焉地往身后看了看，穿绛紫羽绒服的美女不在，山羊胡男子则倚着门框，他尽量压低了声音，“看来他们已经知道了点什么，而且……说不定我跟江楠之也快收到短信了。”

“他妈的，啥事都可能发生，说不定过一会儿老子们就上电视了，”江楠之抱怨道，“比如来一则社会新闻：某年某月某日，轻轨‘超强bohe’站下，人行道上一男子被高空突然坠下的牌子砸……砸伤，据初步调查，此事跟三名未成年人有关……”他惟妙惟肖地模仿了一番主持人的口气，然后从旁予以抨击：“妈×的，听他的口气好像是，几百人同时卧轨自杀了似的！噢那个栏目很讨厌的，天天报些鸡毛蒜皮的渣渣事……”

“你这张嘴巴也不得了，我看快赶上郭德纲喽。有天赋不发展挺可惜的，麻利点找机会去拜个师吧……”张恬打断了江楠之，语调很不客气——对江的一路上的贫嘴，他早就不大耐烦，还好这次他改口说被砸伤，而不是继续说已经砸死，“你他妈的别再跟我说，那家伙已经死了噢！”

江楠之“呃”了一声，把想说的话强咽回去了，在他的印象里，张恬好像很少有这样大光其火的时候。

“发个短信，试探下咋样？”高兴星缩回到床铺的位置去，一边抠鼻子一边小声嘀咕，“或许还有，百分之一的可能性？你就回：那人怎么样了？看他们咋个说。”

“这样也行，我还不想跟他们通电话。”张恬叹了口气，开始给他妈妈回短信。

房间里不见了那对年轻男女，张恬推测他们可能上顶层甲板观景去了。大部分客人都已经安定下来——走道上很少听到往返的杂沓脚步声。高兴星从背包里取出三桶方便面，打开了床边的饮水机，吧嗒了两下嘴坐在自己的床位上，无事可干地闲靠着。总归喜欢折腾的江楠之打开了自己刚咒骂过的电视，随着一阵放电似的爆破声，大屏幕上跳出许多乱糟糟的颗粒和图案，却没有任何信号。这下子曾为信息委员的身手派上了用场，他先是将电视外壳胡乱敲打一顿，信号好像能接收到一点了，屏幕上出现了模糊的图像和主持人感冒般的沙嗓门儿。

张恬的短信回复没几分钟，手机就开始振动——妈妈直接把电话打了过来，他显然不愿意用语言直接交流，于是坐着看电视不动作。电话那头的许莉也意识到儿子眼下不可能接听，拨号很快就停止了，一会儿工夫又一条短信发过来，寥寥三个字让张恬心头冰凉：

抢救中。

一刹那间，张恬忽然觉得自己几乎没法呼吸，胸口憋闷得难受。他捂了捂发烫的额头，镇静了一下，从眼角看见高兴星正捧着方便面桶凑向饮水机，坐在电视机前的江楠之则快睡过去了。

要不要告诉他们这个坏消息呢？张恬琢磨着一言未发。

大概过了五六分钟，一桶方便面从高兴星手中递到眼前，张恬点头表示感谢，接过面桶便埋头吃起来。张恬得到的是红烧牛肉，江楠之抱怨自己的泡椒牛肉太难吃，几番要跟高兴星的香菇炖鸡交换，可都遭到了拒绝，于是吃得闷闷不乐。几个人细嚼慢咽吃完方便面，张恬正考虑要不要公布坏消息时，两个青年男女勾肩搭背地回来了。紫衣女一手捉住山羊胡须的胳膊，容光焕发地聒噪着什么，直到在房间里的床位坐下还不愿停止。

“好大的方便面味道哦，难闻死了！”紫衣女皱着眉头对男子说。

“我觉得挺好闻的，主要是吃多了吧？再好吃的东西，吃多了也会觉得难吃。”山羊胡须回答说。

“很好吃很好吃啊，垃圾食品，你就是吃这个长大的吧？”紫衣女伸手扭了一下对方的耳朵，山羊胡须苦笑了一下没有继续这个话题，掏出MP3的耳塞听起音乐来。张恬以为两人进来后会跟他们打个招呼，相互介绍一下，没想到他俩自顾自说话行事，仿佛没看见他们几个似的。山羊胡一面听音乐，一面脱下鞋子斜躺在床上，两脚抖动着，慢慢闭上了眼睛。紫衣女瞟一眼电视，看到屏幕上乱糟糟的图像，不屑地哼了一声，爬到床上翻书去了——是一本外文书，但不是英文，张恬一个字也看不懂。又过了不到五分钟，紫衣女在三人注目下又要挤到山羊胡须的下床去，理由是太冷（其实舱室里开着热空调）。

“你就克服一下吧，别把小朋友们教坏了，”山羊胡须有点为难，他看了一眼发呆的高兴星，自我调调侃道，“小兄弟，你看姐姐是不是很调皮啊?”高兴星傻张着嘴不知道说啥好，盯着电视喝水的江楠之差点给呛坏了。张恬用力来了两下深呼吸，脸上的表情才没有发生剧烈变化，接着他起身出舱，高兴星也很快跟出来，只留下江楠之傻乎乎地坐在里面看着那台破电视。

过道上人很少，估计多数乘客都在船舱里休息。两个人闲溜着，偶然发现了船尾的小卖部，里面的商品比一般的超市都要贵许多，幸亏他们从岸上买了一大包零食带到了船上来。

两人慢悠悠走到靠近船头的位置，前面聚集了一小群游客，正在比比划划地指点评说江岸码头的景色。突然，头顶的喇叭传出一个嗲腔嗲调的女声，大意是游船马上就要起航了，请送客的人抓紧时间下船。不大一会儿，底舱里的轮机轰隆隆运转起来，接着听到的是前甲板位置绞车绞起铁锚链的噪音，然后汽笛悠长地拉响，随着船尾水波噗噜噜的闷哼，船身不断发出强烈的震颤……终于，体量庞大的游船开始小心翼翼地移动，一寸寸脱离开码头上的趸船。轮船一经掉转方向，视野立马就开阔了，水流的速度迟缓到难以察觉，浩茫的江面就像一匹无休无止没有尽头的纱幔。顺流直下，立在船头的人很快便领略到冬日江风的威力——扑面而来的寒风就像针刺一样穿透衣物，裸露在外的肌肤更是被割得生疼。

“开始收到一个坏消息，”张恬说，“我一直在想要不要告诉你们呢?”

“既然都说到这个份儿上了，告不告诉还有啥差别呢?”隔了很大一阵以后，高兴星才忽然想起似的回答。他一只手压住帽檐，另一只手揪住脖子上的围巾，以防它们被风撕扯到船外的水里去，“江楠之听到肯定很不高兴，他一直认为那个人已经死了。”

“别恶搞了，别以为啥事情都可以用来开玩笑。”张恬眯起眼阴沉地说，他觉得如果两眼稍微睁大一点，就会被风的刃口切开，“何况现在那人的生死根本没有定准，我说过他活着吗？我妈只是说在医院里抢救，谁知道最后的结果是怎么一回事？”

“很有可能上新闻啊，报纸、电视、网络……媒体觉得最无趣的，就是没什么事情发生嘛。”高兴星焦虑地连连搓手，好像自己的皮肤可以生火取暖似的，“幸好我们房间里的电视模模糊糊的，听不清里头在讲些啥玩意，稀里糊涂的一锅粥……”

张恬胸中拥堵着，一直像压着块大石头，他不仅没听进高兴星的话，甚至连自己在想什么都不那么明白。

“只有继续等下去，等到抢救有个结果出来再说了，”高兴星望着江上慢慢升起来的暮霭，“现在看起来，可能还是有点严重，希望能救过来吧，应该……应该能缓过来的……”

“唉，干等也没有用，走一步看一步吧，明天是星期天，后天又该上课了哦——”张恬低头看了下脚底的地毯，“这次真的不回去了，咋总觉得心里那么别扭呢。”

高兴星没有开口，他身体晃了晃，放松的手触摸到船舷冰冷的护栏，禁不住打了个寒战。张恬左右环顾，无意识地打量着船上的设施：这是一艘中档游轮，无论装修设施还是服务质量，自然都比普通客轮好一些。资料介绍上面有商务中心、桑拿美容室、酒吧、棋牌阅览室、健身房、咖啡厅、KTV包房、多功能厅、顶层阳光甲板等等。不过他老是心不在焉，思绪一会儿又转回到了手机里的短信，“抢救中”几个字在脑子里被反复浏览了好多遍——是否应该给妈妈一个回复，他有点拿不定主意（不知道究竟怎么回复好）。张恬最后伸手理了理乱糟糟的头发，毫无结果也毫无目的地往回走。

两个人决定在船上遛一圈，沿途闲逛的游客好像比此前多了。从楼梯下到第二层，张恬偶然发现了那位戴黄色遮阳帽的导游，她独自无所事事地坐在餐厅里，手上捏一本封面花哨的时尚杂志，那支电声喇叭横在她面前的餐桌上，旁边围了五六个估计也是偶然撞上她的跟团游客。

“导游，我们这是到啥地方了，眼看就天黑了，这船还要夜航吧？”一位瘦矬个儿有事无事地问。

“你好，我姓喻，你可以叫我喻小姐。”导游笑眯眯地回答，没有直接应答对方的问题。

“噢，喻小姐，请问今晚有没有什么娱乐活动？”另一位腆着大肚子的中年游客又新起话题。

“现在是五点四十分，”喻小姐看了看手机，“我们已经开行快两小时了，游轮马上就要驶离C区境，预计二十二点左右到达F县著名的天堂山。”张恬靠在餐厅门外侧耳细听，“这一段貌似没什么可看的景点，晚上也不安排集体活动，所有的客人今晚都宿船上，好好休息一下，明天一早进入景点游览。”

听了一阵，张恬发现喻小姐所说跟导游指南上的内容并无不同，加上高兴星的耐性也很有限，于是两人相跟着回到楼上的舱室里。这会儿的房间空无一人。只有开着的电视在自拉自唱，图像依旧一塌糊涂，其中人物的每一寸皮肤都像蛇蚤般不稳定地蹦来跳去。张恬看得心头火冒，抓住电视机就是一通猛摇，孰料那家伙根本没有一点反应。这下他更加恼怒，顺手捞起只塑料茶缸劈头盖脑砸下去，“哐”的一声，屏幕色彩突然鲜亮了许多，画面一阵剧烈扭动，突然一下子清晰了，声音也从蚊子似的嗡嗡变成了正常的人声。

“哎哟哟，电视居然弄好了！”江楠之一进门就大声嚷嚷，而且兴奋地猛拍张恬的肩背。

“妈的，你这信息委员看来是吃干饭的，还要老子亲自动手，好不好意思嘛。”张恬故作老到地说。

“呵呵，电视居然修好了，不错不错，”山羊胡子也影子一样出现了，他一手搭住张恬的臂膀，仿佛认识多年的老熟人似的，“我正愁今天看不了新闻呢。小兄弟，翻到卫视去看看。”听到这里，张恬胸中咯噔了一下，不过他不好说什么，只能乖乖地换到卫视台。

“……近日来，我市安全工作面临即将到来的节假日的大考，各类意外伤人事件时有发生。”屏幕上板着脸的眼镜美女语调冷淡，那神态有几分像薛珍。江楠之听完前头一段，便隐约觉得往下有可能出现什么不祥的信息，他回望了一眼高兴星，见高一边吃零食，一边目不转睛地盯着电视屏幕，“一月十六日，梨树街小西天发生一起高空坠物伤人事故，当时一只装满空啤酒瓶的纸箱从天而降，有数名路人被不同程度砸伤，涉案者王某已于今日被公安机关拘留讯问。此外，随着春节临近，防火防爆成为安全工作的重中之重，主要是部分市区解禁后烟花爆竹的燃放，给节前节后的公共区域安全造成了不稳定的隐患。有关部门希望广大市民在燃放烟花爆竹时，一是要注意安全，二是不要购买无相关资质、未经许可违规生产的产品，以免受到劣质产品伤害……”

“节目大概就这么结束了吧？”江楠之心中暗暗寻思，可是坐床上的高兴星则不断对他挤眉弄眼。江楠之不懂他到底想干什么，只好不去搭理他，可是手机上很快就收到一条短信：

信息委员，这破电视再播下去会砸锅滴！！！

“……我市轻轨线一期工程自前年建成以来，缓解了城区交通压力，给市民们出行带来了很大的便利。”播音员似乎边说边眨巴着眼，这句诡异的开场白让张恬心脏骤然狂跳，甚至脑子里出现蜂鸣。他想寻找遥控器关掉电视，可身边的山羊胡子却表现得饶有兴趣，瘦长的身子不断地往前探去，几根手指无意识地捏着耳垂，“但营运两年多来，也暴露出不少安全方面的问题，近几天发生在轻轨……”

张恬瞳孔猛然收缩，背心的汗水一下子涌出来，接着耳道里响起江楠之的一声惊呼：“哎呀！高兴星你推我干嘛呀！”他快速扭过头，调准焦距，见电视机前的江楠之重心不稳地踉跄了好几步，随即又被高兴星往前使劲搡了一把。这当儿江楠之多少有点明白了，置身在房间中央的他蹦的般扭来扭去，眼前无论是人是物都给拉成了模糊的线条。再往下，他一头撞向电视柜，轰的一声爆响后，老旧电视的屏幕又变成了一幅七歪八扭的抽象画。

正看得入迷的山羊胡子被吓得“靠”了一声，站起身来，大惑不解地盯着江楠之。

电视里的图像消逝无形了，可主持人不那么清晰的声音依旧传出来：“为了杜绝盗窃破坏轻轨站公共设施的现象，轻轨公司将采取保安人员巡视与录摄监控系统相结合的防范措施，坚决打击偷盗破坏者的不法行为……”听了半天，没想到跟几个人担忧的事并没有太大关系。这时高兴星才放心地弯腰扶起跌翻在地的江楠之，江楠之揉了揉脑门儿，怨恨地看了高兴星一眼，重新在电视机上拍拍打打，试图使它恢复正常。

“小兄弟，你们千万别这样疯玩儿了，舱室里空间小，不小心很容易碰伤的，”山羊胡子关切地看着几个人说，不过张恬觉得他其实更在意电视能不能看的问题。“这台破电视时好时坏，三等舱的条件真他妈差啊。怎么样，你没事吧？”山羊胡子观察了一下江楠之，后者摇摇头，坐到电视机跟前又开始“维修”。

江楠之重施故技，将那个塑料盒子认真拍打了一通，可是像刚才张恬那样神妙一砸立马见效的情形再也没能出现。这时船上的播音室开始广播，大意是通知旅游团以及散客都去餐厅就餐——很快，几位女导游的声音也在走廊里响起来，她们各自都在吆喝集合自己的队伍。

“吃饭吃饭——”山羊胡须和紫衣女一晃就没了影儿。江楠之叹口气，又象征性地拍打了两下电视，装模作样批评了几句产品质量后直接把它关掉，相跟着另两个人上餐厅吃旅游团的伙食去了。

第二十三章
雨雪天堂山

晚上张恬睡得很不踏实，这种情况恐怕是他多年来很少有的。即使是半期那次出走，他也在彭荔森家安稳地睡到了第二天，虽说有游戏打得太累的原因，但当时至少他还能安下心来打游戏。船上暖气足够，棉被也还算柔软舒适，但他脑子里老是有各种想法盘旋不定。就好像若干花花绿绿的小球，由于离心力的作用，始终环绕着大脑外壁运动无法停下。

他还听到两个同伴翻身的声音，很显然他们也睡得不怎么样，只是碍于陌生人而选择了缄默。

迷迷糊糊中醒来，张恬做的第一件事就是打开手机。没有约定而心照不宣，父母不再用打电话的方式联系，而是选择了短信息。凌晨四点过，妈妈又发过来一条短信，内容是：

尚未脱离生命危险，先回家吧。

他有点怀疑许莉一再宣称的“抢救中”的真实性，那人到底是已经脱离危险还是死了，仍然不得而知。天亮以后，原本蒙在鼓里的江楠之也收到了信息，得知那人并没有死，这使得他的情绪比原来还好了一些。对他的这种态度，张恬表现得有点恼火。

“走走走，赶紧上餐厅吃早饭去，”高兴星用手代替毛巾撩水搓了几把脸，随即走出盥洗间，空闲的眼睛瞄了瞄显得轻松的江楠之，“用餐时间一过，我们的随团福利就会自动失效的。”

“吃饭就吃饭吧，哪来这么多废话。”张恬嘟囔着跟在高兴星后头。

餐厅里的人不少，生意貌似不错，不过其中大部分人应该都是跟团的游客。高兴星一眼发现了山羊胡须和他的女朋友，两人头抵头腻在一块儿，一边吃东西一边喁喁私语。早餐还是蛮丰富的：豆浆牛奶果汁可乐、菜粥肉粥八宝粥、卤豆腐干卤牛肉煮鸡蛋、糕点馒头花卷咸菜……桌椅间不时响起杯盘碗盏相互碰撞的声音，夹杂着口腔的咀嚼和断断续续的交谈，所有这些同舱室外昏暗的天光混融在一起，倒是显得挺和谐。

张恬没有心思去留意各色人等的谈论，他吃着一只卤鸡蛋，无所事事地望着窗外：只见绵绵的雾霭里，凸现出一座被上升的江水淹没了一部分的馒头状的小山，山上的宫殿楼宇若隐若现。能看到雾状的毛毛细雨弥满空中——这已经不能称之为飘落了。

“什么天气呀，啧啧，看来在这个季节出行确实是打错了主意。”张恬听到一名游客说。

“昨天晚报上的社会新闻，一桩发生在轻轨站的血案……”一个不和谐的声音传入张恬的耳朵，他一时间下意识地屏住了呼吸，心脏怦怦乱跳，“……据说肇事者还没有最终确认，警察正在到处排查找人呢。”

“现在的娃娃咋个都那么讨嫌噢，这种人今后肯定没啥出息。”这是一个中年妇人的圆润嗓音，张恬眉头不自觉地挤到一块儿，眼光开始寻找声音的来源，“年轻一代就是根本没吃过苦，啥都不懂得珍惜，就算是公共财物……”张恬的指头隔着手套摩挲了两下，身形晃了晃，似乎觉得饭厅里的暖气供应不够，“又踢烂电线，又灌水，哎呀呀……”再往后那个声音长久地沉默下来，不再开口了。张恬微微翘起嘴，喝完了最后一口粥。

过了大约半小时，戴黄色遮阳帽的导游举着小旗，带领自己的队伍走下客船，顺阶梯慢慢爬上码头。隔了百余米远便看到一道又高又宽的大门，门枋雕镂着油漆的彩色花纹，旁边巨型广告牌打出一排夺人眼目的大字：

世界魔都天堂山欢迎您!!

底图上，几只吸血鬼似的东西瞪着红红绿绿的眼睛。

门票多少钱？不清楚，反正沿途景点的门票是由旅行社负责的——不过只是大门票，如果景区内还有另外需要购票的项目，游客就得自掏腰包了。

“哎哟，最近事故特别多哦，每到年末的时候好像都这样，”张恬又听到了那个中年长舌妇的说话声，当然，这次不止是他听到，身边的两个人也都听到了。几个人一边走，耳朵一边很尖地竖着，风中的声音听上去有点断断续续，“网上说是啥……黑社会报复……直接把人砸趴下了……据说还在抢救……胆小的人都不敢出门了……”

“不至于吧？黑社会敢这么嚣张……”另一个突兀的男声吓了张恬一跳，他赶忙往路边挪了一下，根本没留意周围的什么景色，“警察真是笨蛋……一帮人干什么吃的……我也不太清楚啊……整天找茬的，这种家伙一点儿不知道厉害……”听着周围越来越离谱的八卦，江楠之不禁微微摇了下头，脚步惶恐地拖沓下来，脑袋里很多离奇的念头和画面，好像3D游戏一样疾速旋转着。

“来自非洲……剧毒蛇……听说那什么一条有七八米长，拉都拉不断……”一个明显年轻的女声插嘴进来——高兴星大吃一惊，眼睛瞪得差不多有核桃大：什么毒蛇有七八米长?!

“都是他妈的道听途说，怎么可能搞那么长的绳子——”一个男声应道，“何况现在还有多少人用绳子……上个世纪六七十年代……或者西部牛仔……还差不多……”

“不是他们……咬人……现在又咋啦？构建和谐社会……七八米长的绳子……”姑娘的声音仍然抓住西部牛仔的绳子问题不放。

“行了行了，那怎么可能嘛……”男声不耐烦地回答，“又不是从马戏团里跑出来的。”

张恬这才注意到自己的鞋子潮乎乎的，雾状的牛毛细雨越下越冷，其中不少变成了一粒粒像霰一样的东西，脚下也有点黏糊糊滑溜溜的了。上山途中，他们在一座又一座殿宇中转来转去，不计其数的泥塑木胎看得人眼花缭乱，头脑发晕，大概自出生以来拢共也没有见到过这么多神仙佛祖牛头马面。接着旅游队伍来到了两座大山之间，小雨化作了飘飘扬扬的粉末，充满了整个山谷。裹得严严实实的导游喻小姐也蛮辛苦，一直举着喇叭介绍各个景点的来龙去脉——她告诉客人，他们现在正经过的地方叫“门神路”……至于为什么叫这个名字，张恬没兴趣了解，因此没注意听。另两个人也一副迷迷瞪瞪、魂不守舍的模样，不知道脑袋里面在转悠些什么。江楠之冷得直打哆嗦，他除了不断擦拭眼镜上的水滴，就是左顾右盼，支棱着耳朵听身旁的人在谈论什么话题。高兴星耷拉着头，无精打采地追随队伍，可目光又时不时呼地亮起扫视一下周遭，似乎总像有什么秘密或者破绽需要发现——这样一来，三个人仿佛成了仨大侦探，乍看上去手揣在兜里，一边警惕着四周。

他们爬上了很大一坡石阶，石阶表面磨得很光滑，雨雪天走在上面就得要小心翼翼了。这个季节游客并不多，不过闹哄哄的听起来好像还是很热闹，只是这些声音好像融入了混沌的背景，除了感觉一片嘈杂，什么细部也听不真切。

这时的江楠之终于挣脱了过度的自我关注，不过依旧隔离在猜疑的陷阱里转圈——

“哥们儿，情况貌似一直不大正常啊，这些人嘀嘀咕咕，到底在议论些啥哦?”江楠之把脑袋凑到张恬耳朵边，一股白气从他嘴巴里冒了出来，“我们估计成怀疑对象了吧？你想，学校又没有放假，知道了不说，几个小屁孩在外面晃什么呀？他们会不会打110报警，或者向船长告密……”

“我看你就是个，天字第一号大傻蛋，”高兴星恼火地敲了下江楠之的脑瓜，“鬼头鬼脑的，嫌火得不够？想再招惹一把?”

“别过分疑神疑鬼了，”张恬的口气听上去并没有什么把握，“在景点转悠，肯定是七嘴八舌、交头接耳的，你要别人咋样?”

“快看，那个是玉皇大帝吧?”江楠之突然把刚才争论抛到了一边，“好大一个脑袋，恐怕有好几十米高，妈的完全是石头上雕刻出来的嘛！我差点没有看出来是啥玩意儿呢。”张恬抬起头朝前一望，一两百米开外的岩壁上，依山势凿出了一座巨大的石像，头顶的王冠有下垂的冕旒，鼻子高隆，眼睛狭长，胡须和冕服的纹理看上去有点僵硬。

高兴星对江楠之的咋呼很是不满，当然他只是轻轻地哼了一声，目光也落到出现在眼前的庞然大物上去了。

“几个小兄弟，你们还是学生吧？”一个男人的声音响起来，江楠之脚下一软，身子打了个趔趄，幸亏张恬拉了他一把才没有摔倒。三个人转过头，发现是一个黑衣黑裤的小青年，手上拿着一根枝杈很多的铝合金架子，上面挂着很多五颜六色的小玩意，留有胡茬的下巴上面，一张嘴嘻开，一双小眼睛眯着，正冲着他们无声地笑呢。

高兴星皱起眉头看了看他，慢腾腾地挤出一句：“这个……我……我们……”

“来来来来来，买件东西回去作纪念，既然都到天堂山来了，总不能空手打道回府，留个天大的遗憾啊。”年轻人口气非常热情，他举起手上的挂架，轻巧地晃了晃，上面的一大堆东西——鬼脸面具、大小葫芦、铃铛玉佩等小玩意来回摇摆磕碰着，发出叮铃铃的脆响，“随便买啥都行，价钱很公道，不贵的。”

面对年轻人的兜售，高兴星有几分茫然，他下意识地挠着脑袋，不知道如何应对，竟莫名地生出慌张的情绪。

“我不知道买什么，张恬你买不买？”江楠之神情极不自然地看了看张恬。

“买个小面具吧，这个很好玩儿的，拿回去可以用来吓人。”小青年扯弄着一个看上去做工还算精致的面具说，“现在这个很流行嘛，来景区的大人小孩都喜欢。”青年停顿了一下，似乎想留下一个悬念什么的。江楠之眨巴了几下眼睛，张恬则学着高兴星挠了挠脑袋，不过他怎么也不会相信，这鬼脸面具可以跟什么流行联系起来。

小青年拿下一个比较大的面具戴在脸上，比划了一下张牙舞爪的样子，对他们晃了晃脑袋："看见没有？晚上戴着这个出去，弄不好会吓坏胆小的人！"说完又点了点头。

高兴星半张着嘴，傻傻地瞪着他，一句话也没有讲。张恬将脑袋转向了去路，江楠之则若有所思似的"哦"了一声。

游客们这时候已经看完了石头皇帝，导游高举小喇叭催促大家赶紧往前走，三人转身混进队伍里，把小青年撂在了身后。在参观下一个景点时，他们脚下走得很快了，并且有意无意改变着自己的位置，就像三架游移不定的飞碟。相同点在于几个人脸上的表情仍然紧紧巴巴，看上去心事重重。

"哎，头都搞大了，我说不要没完没了地怀疑好不好？"张恬谨慎地压低声音，不知什么时候把帽子戴了起来，"出门在外本来就是为了放松一下，结果还是这样自己吓自己，那还有必要出来吗？既然听不清别人究竟在说啥，就当他们没说话不就成啦？"

"没完没了？怀疑？谁知道究竟是咋回事？"戴上风雪帽，两手揣进裤兜，全身捂得严严实实的江楠之摇着头，"谨慎点总没有坏处，这两天风声紧啊。""风声紧"这个字眼儿惹得张恬有点想笑，但是他很快联想到目前的处境，笑意很快就消失得无影无踪，于是他也跟江楠之一样摇了摇头。

"嗨，你他妈少说两句晦气的吧，"高兴星厌烦地骂了一句，"事情本来就这个样儿了，你一路上反复叨叨咕咕说来说去，没一句好话，有用没用？既然没有，我看他妈的……"

"算了算了，你也别说了，这样抱怨结果岂不是更烦？"张恬皱着眉头说，往后瞄了几秒钟，并没有找到什么可疑的迹象。江楠之则没好气地瞪了一眼高兴星，"好好任着你那牛嗓子叫嚣，待会儿回到船上就有你好看的了。"这句话似乎发生了一点效果，高兴星立即收敛多了，他缩起身子跟在大队伍后面，暂时不再抱怨或者骂骂咧咧了。

“上午的景点到这里就参观完了，现在大家坐缆车下山返回游轮休息，”喻小姐对着喇叭声嘶力竭地聚拢自己的人马，跑前跑后地折腾了几个小时，她的脸看上去红扑扑汗津津的，感觉不断在冒出蒸汽，“我们下午还有另外的景点要看，有可能徒步跋涉几公里，希望大家用完午餐后尽可能休息一会儿，好好养精蓄锐……”

于是队伍倒转方向，在导游的引领下进入一个回廊式入口，坐上了返回“乘风”号的大缆车。车体随着朦胧的雨雪下降，风声呼啸着掠过窗外，老远就看见庞大的游轮静悄悄停泊在江面上。徒步走下码头石阶时，江楠之直觉趸船检票口有些异常：除了趸船和游轮上正常的工作人员，里面显然还掺杂了其他人。随着距离的拉近，江楠之察知自己的心由轻跳到开始狂跳：终于他看清了有两个穿着深蓝色制服和裤子的人，他俩头上顶着扁平的大盖帽，衣袖上醒目的银色臂章闪闪发光。

“张……张恬，等一下。”江楠之一把抓住前头的张恬，把张恬防寒服里的胳膊都捏痛了。

“干嘛啊？”张恬莫名其妙地回过头，江楠之身后的高兴星也停住脚，眼光盯在趸船的入口处不动了。

江楠之咽了口唾沫，等待着团队里最后的人走过浮桥，眯着一双眼示意说：“你看看，站在检票口那儿的是谁？”

张恬再度回头向趸船方向看去，他的身子明显惊慌地顿了一下，转过来的脸蒙了一层霜冻似的颜色：“噢，他妈的……哪儿来的警察？”语气中带了一丝颤音，这招惹也影响到了其他两个人的情绪。

“确实有点不大对劲儿，记得在游轮上除了乘警，我们没见过别的警察呀？这里不过是一个普通的旅游景点，又没听说发生什么事，咋会有警察突然冒出来……”高兴星一边诧异一边头头是道地分析，同时古怪地瞟了江楠之一眼，“恐怕是你眼镜度数太高，根本没看清楚吧？要是我的推测没错，那有可能是趸船上的保安——”张恬这时也镇静下来，掩饰地揉了揉眼睛，内心对江楠之的瞎嚷嚷很是不满——他其实也没弄清楚那两个到底是什么人，穿的什么衣服，只是惊弓之鸟的心态被江楠之忽悠了一下而已。

“哥们儿，小心点总不会错。我外婆常说，世上只有耗子药，没有后悔药噢。”江楠之给自己解着嘲，无可奈何地跟在两个人屁股后头，看上去鬼鬼祟祟的。慢慢走完了数十米长的浮桥，趸船入口处已经没什么人了，他们看见的果然是两个穿着疑似警服的保安懒散地靠住船壁，年纪大的一个嘴角叼了支烟，江楠之一直以为歪着嘴的他是在打哈欠。高兴星好容易忍住在江楠之后脑勺上使劲敲两下的冲动，毕竟这只是虚惊一场。江楠之从来都是无所谓的，他看清楚是两个保安以后，仍然怪异地收缩着身子梭上船去。

去餐厅用完还算可口的午餐，三人回到自己的舱室里，紧绷了一上午的情绪总算有了一点放松的样子。

“几位刚才是不是隐身了？上午在景区，我一直还到处找你们来着哩，结果就是没看到，奇怪耶——”山羊胡须今天穿了一件看上去薄薄的灰色茄克衫，两只手在自己的大号真空玻璃茶杯上交替取暖，“天堂山啊天堂山，怎么样？你们认为这个破地方有意思吗？我呢，倒是一点感觉都没有。”

听着山羊胡须滔滔不绝地问询，惊魂刚定的三个人不知道如何回应，未免有那么点面面相觑的尴尬。对方于是继续我行我素下去：“唉，今天船上岸上，不少人都在忧心眼下社会风气、社会治安问题，”唠扯到这个，他的神情顿时显得严肃了许多，“大家都在关注，看起来问题恐怕就有点严重喽。比如吧，最近出行大家确实要多留个心眼，注意下安全……不一定有那么多抢劫，不过偷盗一类的事就很容易碰到啦。你说是吧，亚男?”他挺响地喝了口茶，发出长长的“哧溜”一声。

“快过年了呗，烟花爆竹伤人的事越来越频繁，还有就是公共设施，居民的财物被盗，公安简直都他妈管不过来了。”叫做亚男的美女懒洋洋地扳着指头，她穿的依旧是昨天的紫色衣服，“最近所里接报的类似的案子，基本上就只能搁在那里，没办法，警力不足啊。噢，还有高空坠物，这事儿我听说的就不下十起……”女孩说得漫不经心，可舱室里的其他人明显有了压迫感——特别是“高空坠物”四个字让他们的动作表情一下子僵硬起来，仿佛关节部位没上润滑油的机器人。幸亏山羊胡须并没有在意对方的变化，只顾自己哼哼唧唧地絮叨，大口把茶水吸得哧啦啦乱响。美女亚男（没想到她竟然是个女警）对几个未成年人也没多大兴趣，她闭上眼，一个人和衣张牙舞爪地睡在下床。

没有人开口，船舱里静默下来，一股沉闷的气息弥散在空气中，似乎有谁在暗暗地心照不宣，心怀鬼胎。张恬自始至终只是倾听着，偶或很快地瞥对方一眼——他直觉到两个人言谈表情的自然，不像有什么目的性的样子，于是松了一口气。至于为啥会这样想，他自己也不太清楚。不大一会儿，风又起来了，在耳畔啸闹个不休。山羊胡须戴上耳机，有些不大耐烦地蜷上床看书去了。一上午的行程的确让人感到了累，高兴星犹疑了一会儿，在他们当中第一个选择了上床躺下。剩下江楠之和张恬坐在沙发上，相向无言。

“请问里面有人吗?”随着舱室外传来的询问，门板发出剥剥的敲击声。江楠之努了努嘴，示意不要出声；张恬心脏飞快跳了两下，整个胸腔都好像发出了共鸣。外面的人又敲了两记门，戴着耳机的山羊胡须估计没听见，亚男整个人蜷缩在被窝里，不知她是否睡着了。张恬觉得这样闷着也不是个办法，于是起身打开了房门。

门刚刚开启，一套深蓝色制服映现在张恬眼里，他脸面一紧，背脊上涌出一片冷汗。紧绷的江楠之也哗啦一声站起来，床上的高兴星蠕动着探出了那颗大脑袋。

这次是船上的乘警和两位服务小姐。敲门的乘警很快闪开，一位小姐伸出手微笑着说："麻烦你们把乘船的凭证拿出来过下目。"

"我，我们没带、带证件……"张恬回答得期期艾艾，有点结巴，他压根儿没弄清楚对方究竟是什么意思。

"哦，小姐你搞错了，我们不是一起的，"江楠之不知道自己为什么要这样讲，只觉得脑子乱糟糟的，"我是一个人来这边旅游的。妈妈同意让我出来试试，锻炼下独立生活能力——"旁边的乘警疑惑地看了他一眼，又将目光转向张恬。

"对对，确实是这样，我是跟那个，另外的朋友一起来的，"张恬说，"我一个人住这个房间。"

"对不起，你们没听懂我的意思，我是想检查一下你们乘船的凭证，例行公事。"身材高挑的服务小姐有点迷惑不解，"可能我说的不太清楚，请你们把所住舱位的牌子——就是上船时用船票换的那块金属号牌，拿给我们看一看……"她比划着说。

"哦，是这样，你请等等。"张恬总算明白了她的意图，随即又对自己此前的疑神疑鬼感到好笑。

客轮继续在江上行驶了一段时间，下午三点左右靠上了一个小码头，这时候雨雪已经停了。岸边建筑的规模像是一个小镇，能看到几个皮肤偏黑的小孩从河滩上走过。坐落在山脚下的房屋新旧都有，看上去密密麻麻地拥挤在一块儿，偶尔有些叶子稀疏的树杈从瓦房的顶上伸出来，有些孤寂的感觉。

视野里绿色的植物还不少，兴许是冬天才开始不久的缘故？很少能有完全掉光了叶子的树木。两三百号客人在江边分乘上五六辆大巴，穿过冷冷清清的小镇，一直沿着那条大河的支流往山里走。峡谷气势的宏大虽然比不上大江，但两岸的石崖壁立千仞，摇摇欲坠，河水因河道落差巨大而湍急异常，加上头顶横过的羊肠似的青白天空，给人的感觉更加凶险。不过这些跟一行三人的干系并不大，几个迷糊的外表下藏着清醒，时而走神儿又时而纠结——貌似满不在乎悠悠晃晃一步三摇，其实意马心猿总是系在那个医院里的倒霉鬼身上。尤其是张恬，他很明白采取这样的应对只是暂时的，因为完全于事无补，这也是他寡言少语、犹疑不定的原因，更何况内心里对期末考试还隐隐抱有几分期待。

大巴在沿江公路上行驶了个把小时，眼前出现了一片稍显开阔的地方，背靠大山建得有两三座档次不低的楼房。这里的江面显得平缓一些，但气温似乎更低了，江楠之一下车就接连打了几个喷嚏。张恬大致观察了一下，很快发现有一条隐蔽的小路直通河边，树草空隙处隐隐看得见下面系着不少救生艇。

“今天本来有一个漂流项目，因为气候原因取消了，主要是考虑到大家的安全。”喻小姐的颤抖的声音听起来多了点寒意，“我们把这个项目改为在峡谷内徒步两公里，然后乘机动船沿江游览，晚六点左右返回游轮，希望大家能够理解。”

人群中慢慢漾起不满的咕哝声，可并不是那么理直气壮，于是很快也就平息下来了。休息了一会儿的人们跟随导游下到峡谷底，顺一条水泥夹石子的小路往下游方向走去。深幽的河水碧蓝清澈，但有些地段的水流如脱弦的箭矢，飞泻而下，开出大朵大朵炫目夺神的白菊。徒步的终点站——著名景点“鹅荆关”峡口只有十五六米宽，而倾斜而下的河床落差却长达七八十米。沸滚的江面伴随着震耳欲聋的水声，让一些叫闹的人心惊胆战，不由得开始重新掂量自己是否真正有这个漂流的勇气了。

“这条河其实比大河好看多了，有机会漂一下肯定挺刺激的，以后暑假有时间到这里玩玩儿。”高兴星小声嘀咕说，眉毛不知所谓地绞在一起，两眼忽闪着东瞟西望。

“好看个屁……连鬼都不下蛋的地方，”江楠之的语气因打了一个哈欠变得很淡了，“老子就快烦死咯，你他妈的还有闲心游山玩水抒骚情……”

“关你屎事情噢，老子自说自话，难道还要你这孙子批准不成?”高兴星有点光火，立马放大嗓门儿，直接给江楠之回敬过去。见对手暂时没有回应，他松开眉头，漫不经意地摇摇脑袋，无意中瞥见前方树丛里有什么野物一闪即逝。

张恬不希望引来旁人的关注，于是语气平和地打圆场：“算了吧，两只斗鸡，难道不知道作用力跟反作用力都是相互的么？作用力越大，反作用力越强。自己逗自己烦的，肯定属于蠢人喽。”

“妈的，好像是一只猴子。”高兴星喃喃自语，看来他什么也没听见。

张恬面露迷惑，目光不解地朝他身上一转。

“这一带不可能有猩猩啊?”高兴星想了想又脱口说。

“瞎编啥呀？脑子真的坏掉了吧?”江楠之确实不知其所云。

“去去去，狗拿耗子的又来了!”

“靠，你说的是火星语啊，没几个人听得懂……”高兴星火力太猛，江楠之只得后退一步，他努努嘴，做出不感兴趣的样子，眼神儿转向了前面的行人和导游。

“听不懂就闭嘴，我又没请你来掺和。”尽管口头上继续不依不饶，但高兴星也意识到自己话太多了。

几个人沉默着蹒跚而行，吊在队伍尾巴上的他们一点都不显眼了。冷风飕飕，给人紧张的内心再上了一层冻，就像飞速转动的齿轮，在没有润滑油的情况下渐渐凝滞起来，发出吱吱嘎嘎的怪响。

张恬将脖子上的围巾提了一点，遮住有些皲裂的嘴唇。在显得有些黯淡的天光下，他想：“可惜圣诞节已经过了。”

第二十四章
你妈喊你回家吃饭

“说实在的，冬天真是不适合到这种地方旅游，”山羊胡须用勺子在碗里搅动着，眼睛直视电视机屏幕（这东西不知道啥时候修好了），“不能漂流，不能游泳——特别是如果撞上下雨天，那样就全完了。”他举起勺子试探性地喝了一口热汤。

“确实是这样。不过风景嘛，不同季节还是各有各的特色……”张恬显得心不在焉，注意力几乎全放在电视里的本地新闻上，不知道是要从中获取需要的信息，还是为了驱开那些子虚乌有的不利因素。高兴星没有待在舱室里，而是一个人竖在船舷边，模糊的黑暗中，只能隐约看到两岸移动的轮廓。

“感觉又在下雨雪了，好冷噢。”张恬刚露脸，高兴星就伸手指向江面，接着回头打量了下舱室里紧盯电视的江楠之，“我说你两个咋还没有想通，就算新闻播出来了，我们又能怎么样？其实更大的可能是，根本就没几个人在意这种鸡毛小事。”

“也不是像你说的那样，好多时候不过是无意识地关注而已。”张恬说。

“我觉得吧，真实的生活跟小说里写的并不一样，”高兴星背靠住冰冷的栏杆，“大多数人不过是浑浑噩噩地活着，并没有什么清醒的意识。以这艘客轮上的乘客为例，就算有个被通缉的罪犯同他们一块儿旅游，他们也不大可能觉察到，或者说不会产生什么特别的兴趣。”说完他看了看对方，仿佛是想求证这番话的正确与否。

张恬有几分诧异，没料到印象里生性粗糙、大大咧咧的高兴星居然发表起成套的奇谈怪论来，看来形势的确比人强啊。他不由自主地笑出了声：“哈哈，才两三天时间，你这家伙差不多快炼成哲人了。确实是如此，你，我，江楠之，停下来动动脑子都能想通的。人啊，说起来聪明绝顶，实际上最容易犯晕的了……”说着抬起脸望向空中，却黑漆漆不见一物。

“想通一个理儿并不难，难的是生活啊。不信你明早一起床，保不定又开始紧张了。”

“那不奇怪的，因为是人不是神仙嘛。”张恬虽然随口这样应答，心头却平静了许多，至少思绪不再肆意飘散。两个人沉默下来，阴影里相互看不清对方的表情。片刻之后，张恬觉得有点疲乏，他轻拍了下高兴星扶在栏杆上的手，先进房间里去了。

第二天黄昏，蜗牛般的游轮在新码头抛下锚。几位导游小姐又把各自麾下刚吃完晚饭的游客带上岸，去看一座据说是从几十公里外搬迁来的大庙。路口亮晃晃的路灯下，照例又是仿古的牌坊，成串卖工艺品或小吃的小摊，以及经营各色吃喝的帐篷式大排档。稀里糊涂走了十几分钟，购买百元门票后进入一道大门，里面亭台楼阁，迷踪样的路径弯来绕去。一伙成年人停留在名人书法木刻前，指手画脚，高谈阔论。三个人随大流来到主殿，那儿的木栅栏里端坐着一位亮闪闪的青铜塑像，他身披甲胄，凸眼暴目，据说是一位著名的古代武将，后来被自己的部下割掉了脑袋。当解说人员敞开嗓门起劲儿地讲古时，张恬注意到喻小姐跟解说的小姑娘很熟，她甚至不时对解说者的遗漏作一点补充。

几百人虽然不算多，但成群结伙在一起还是够喧嚣的。被压低了分贝的嗡嘤所围绕，耳朵不由自主地接受各种垃圾信息，几个人都有受压抑的郁闷感觉。江楠之发现自己的呼吸参差不齐，他拍了拍脑袋，眼睛无聊地盯着别人的脚后跟走路。另外两人则一步三摇，有意无意放慢了步子，又一次无悬念地落后于大队人马。

“咳咳咳，你老人家腿脚慢点行不行，紧跟在那些闹哄哄的人屁股后头追，有啥意思？”高兴星龇着牙，气息在咽喉深处呼噜噜作响——他目光闪烁不定，这番话显然是朝向江楠之去的：“最烦看的就是这类古董了，而且说不定还是用来忽悠人的假玩意儿，他妈的太没趣了。”

“唉，旅游就是这样啊，你还指望有啥出人意料的事来着？”张恬貌似通达地说。

“我也没指望什么啊，不过是打发个时间罢了——”江楠之的语气显得无可奈何，“不管咋整，也别待在这阴森森的大殿里。那座破铜像我一看见就发懵，凶神恶煞的，弄不好晚上会做噩梦。”

“行啊，出去吧，只是注意不要掉队，”高兴星朝空荡荡的出口看了一眼，“要是误了回游轮的时间，那就倒霉到家了……”

“怎么可能哦，不是三个人在一块儿吗？”江楠之觉得高兴星老是有意找茬儿，心中很是不爽，“几百人的大部队，难道会从眼皮下悄悄溜走不成？”

张恬脸上看不出有什么反应，只是高兴星的神情有点不自然："我只是说注意点，没有恶意，更没有坏处吧？"

"船，还有码头，离这儿不到一里路，你倒说说要怎样个注意法？"高兴星越辩解，江楠之火气越大。

"逞什么能啊，没见黑灯瞎火的，发生啥意外都是有可能的。"

"好好好，今天晚上算你狠，老子没有你这么能说会道——"江楠之愤懑地挥了下手，脚下喀嚓踩碎了一颗什么东西，"拜托，这个话题就别再继续了，我现在闭嘴，行了吧……"

"我才说几句？叨叨得更多的不是你么？屁大点儿事，你却发这么大火，会不会是吃错药了？"要不是门厅处光线足够晦暗，一定能看见高兴星涨红了的脸。

斗嘴终于中止，几个人走出了大殿。夜晚的庭院里一片光明——今晚客人不少，看起来所有的灯光都打开了。只是他们对"光天化日"显得有些神经质的敏感，于是心照不宣，都相跟着往角落的暗影里移动。

靠近庙宇围墙处是一片杂树林，卵石铺就的小路在这里消失了。生长密集的小灌木簇拥着高大的乔木，在夜幕下影影绰绰的，很难认清是些什么品种。张恬手机的屏幕断续地闪烁着，他边走边飞快地发短信，直到大家都停下脚，才开始留意眼前的环境景物。首先感觉到的是夜里下降了不少气温，细小的风掠过裸露的脸手，皮肤在不那么好受的刺痛后慢慢麻木。在黑暗中停驻片刻，视野看得到一些东西了：小丘上散乱排列着人工栽种的树木，在阴晦的天穹底下，它们就像一列列正在休整的士兵，状态懈怠且队形七零八落。

恍惚间，张恬脑子里升起一幅熟悉的画面：一些举着巨大叉戟的生物从杂树林中钻出来，矮小的地精则躲在阴影后面窥视；某个隐秘的洞穴内，沉睡着毛皮沾满冰霜的白色恶狼，编织着黏糊糊大网的蜘蛛在冰冷的雪地上匍匐着——这一切仿佛都确实地环绕在周围，他甚至能听到兽人脚爪摩挲地面的沙沙，暗夜精灵们喑哑的古老语言，还有若有若无的冷冷音乐。这些声音跟风声混在一起，在模糊的暗夜里听起来显得格外真切。

“好像又在下雨雪了，今天晚上好冷喔。”江楠之搓着手，一边呵气一边打量着四周，“我看这片树林和野地，有点像那个魔兽里的地图，哈哈，老子这下子变成步兵了！”

张恬正在惊奇江楠之的心有灵犀，不料高兴星立马一枪戳过来，“你要是真变成步兵站在诺德森，恐怕早就给冻成冰块了！要变嘛，至少也得变个英雄啥的。要是我，直接就变血法，一堆火烧起来，那一点也都不冷了。”

“嗨嗨，算了吧，你要真是血法本来就不怕冷，人家一年四季都穿那身衣服。”听上去江楠之心情好了些，他伸出臂摊开手掌，想接一点飘在空中的雨雪，“要是我变英雄，就变恶魔猎手，献祭一开，雪花一靠近我全都化了，走到你旁边烧都烧死你。”

“血魔法师升满了，一下可以烧三百多的血，你有我烧得痛？”高兴星反驳道。

“三百多，连你自己他妈的一起烧，我还没烧你你自己给烧死了。”江楠之的口气很是不屑。

“站在这儿，真有点诺德森的感觉，”张恬身体轻微地打着颤，“其实要说在洛丹伦也可以，反正都是冬天，只是洛丹伦还有春夏秋罢了。”

“哦，洛丹伦更好，诺德森是那种郊外森林的严寒，里面全是些中立生物，”江楠之抬头望了望夜空，“要是没有了战争，洛丹伦的冬天就更美了。”

“我的天，瞧瞧你那个酸哟——”高兴星又开始窃笑，不过江楠之此际已没有了愤怒。

张恬无声地笑了笑，可是这里真像洛丹伦吗？他仰起脸触摸了几点雨雪，突然想起《魔兽争霸》里根本就没有天空——诺德森也好，洛丹伦也好，呈示给游戏者的只有俯瞰角度的地面，从未见过苍穹的颜色。或许那天空也是阴沉沉的，只不过现实的天空更多了一层孤寂，颜色比游戏里面的加倍浑浊而已。

“不知他们逛完了没有？这里听不大到声音喔，我们是不是要过去看看？”高兴星担心地问。

“哪里会有那么快，你就那么害怕被丢下？”江楠之不以为然地接茬。

“你不害怕？要是你真的被丢下了，恐怕哭都哭不出来。”高兴星身形在暗黑里晃了一下，“有本事你就别回船上去——”最后一句话他有意压低了声音。

“实话对你讲，我还真不想回船上去，”江楠之嘟嘟哝哝地说，“不好玩儿，更何况根本没有心思玩儿。难道你觉得待在上头很舒服？还以为真是出门旅游来了？”

高兴星瞄了江楠之一眼，暂时没有开口。

“我妈发来一条短信，意思好像是那人脱离生命危险了，”好一阵子没吭气的张恬视线离开了手机屏幕，语调里透出一点不易捉摸到的淡淡的喜悦，“喏，是这样写的：‘生命体征转向稳定’，情况看来有好转了。”

张恬妈妈的信息如同一针兴奋剂，将另外两人的精神也刺激得亢奋起来，回船的事被抛到了一边。他们在林间空地上走来走去，开始了一场杂乱无章的讨论，由那个人的伤势延伸到更多更远完全不着边际的五花八门的问题。在这个过程中，高兴星和江楠之也分别收到了他们家长发来的、内容大同小异的短信。说道似乎没完没了，却没有谁觉察到林子里的光线渐渐隐匿：此前还能看见一点细部或轮廓的区域都融进了浓重的阴影，墨色的天空反倒显得更加清晰——直到突然惊觉的张恬发出一声尖叫：

“他妈的咋回事？景区那边怎么都黑黢黢的？”

停止走动的同时，几个人一下子都呆住了。

“糟糕，好多灯都关了，游客们肯定都回船了吧？看看时间快十点了……”高兴星摁了下手机，漫无目的地朝四周胡乱打量，“赶快往回走，我们现在待的是个啥位置？出口是大殿方向还是……”

“也别张皇失措，很多时候是越忙越出乱子，导游没讲游船要夜航吧？”江楠之一边走一边自我安慰。

一言不发的高兴星领头往回走，步子越来越快，估计他的脸色一定很难看。张恬和江楠之小跑着跟在他的后面，道路两旁的树木影影绰绰地呼呼掠过。雨雪这一阵倒是停了，风却接连不断地刮起来，而且方向混乱，好像来自四面八方，一时间张恬简直觉得是从脚底下钻出来的。

面前就是码头，长长的趸船外侧停靠着两艘灯火通明的游轮，只不过都不是他们的“乘风”号。灯光让夜气发出轻微的颤抖，同时也让更远的夜和江面变得迷离恍惚，深不可测。

“见鬼了，这么大一艘船，咋说不见就不见啦？”江楠之明显地打了个寒战，“总不可能上别人的船去吧？”

该说的话，刚才都已经说得差不多了，没有了话题，只好闷闷地站或坐着。张恬望了下灰黑的天穹，感觉跟那次在郎当山上的心情大为不同。江楠之在一旁蹲着，嘴唇微张；高兴星则在犹豫不定地发短信，眉头锁着一个莫名其妙的结。

“高兴星，你还记不记得你在船上说的话啊，”张恬将手揣进衣兜，“你说一到白天我们又会变得疑神疑鬼……真灵啊。”

高兴星仍旧低着头：“别提了，刚才我还在想呢。这就有点像那个什么，吸毒？知道不能吸，可一会儿又犯瘾儿了。”他故意把“儿化音”说得滑溜溜的，仿佛一尾鱼灵活地从指缝间梭了出去。

“我们到底咋办？总不能就这样耗下去吧？这么冷的天气，露宿江边，不饿死也得冻死。”江楠之脑袋埋在两膝之间，瓮声瓮气地抱怨。

“哎，我妈是不是有毛病噢，又发短信来了——”高兴星很不耐烦地掏出手机，脸上的神情滞了一滞，连忙抬高了声音，“哈哈哈，居然是班上同学发来的。哎，你们看看，”他把手机凑到江楠之和张恬眼前，屏幕上的内容让几个人吃了一惊：

你们到底跑到啥地方躲起来了？还回来考试不？不回来等我考完了来找你们玩儿？吴柯。

“这事儿啊，我猜迟早都要搞得满世界知道，他妈的！”江楠之拍着脑门说。

“还需要你猜，已经三天多时间，消息传得算慢的了。”张恬用手轻轻抚摸自己的耳朵，他觉得耳朵快要掉下来了。

“是班上的人都知道了，还是几个人，还是整个年级？”高兴星有点造作地捂住嘴巴，“哎呀，这下面子丢大了……”

“或许只是听说出走的事？具体的原因？倒不一定。”张恬缓缓地说，“而且起初最担心的，应该不是怕学校知道这事吧？其实我们一直都不明白为啥出走，顶多就是为了避避风头……”

“反，反正那个，不是我出的主意，”高兴星舌头有点打结，一副急于要摆脱干系的架势，“我呢，反正啊，我只是给你们出钱，主意你们出。”

“我他妈也一样啊，当时只不过是，随便那么一说，”江楠之躲避着俩同伴的目光，“我根本没想到真的要出走，更没去想为啥出走了。”

这时张恬的手机振动了，打开看，竟然又是同学的短信：

张恬，你们跑哪儿去了？还记得在郎当山找我的事不？当时可是我主动出现的噢，这回你们没迷路嘛。王顺子。

张恬看完后呆了一会儿，眼睛都盯得有点发花了，他拿不定主意是否回复。

“十二班短信大赛？我这儿好像也来了。”江楠之站起身打开手机，屏幕的背光在黑夜里熠熠耀眼。接下来他两眼瞪大到极限，出现在屏幕上的短信发送者竟然是高压锅老师：

江楠之——凡事想开些，郭老师以前也曾经离家出走过，后来发现这是蠢人才干的事。相信你们三个都是聪明人，毕竟教室的投影仪坏了还要等你这个信息委员来修哦！

江楠之念完短信，随后又看到李鉴仁发来的“为避免事态扩大处分尽快返校”，心中的块垒好像化解掉了不少。他用力地吸了吸鼻子，眼眶内有一点点湿润。

Classmates are missing you. I'm hope you back to home soon， school is also your home and remember no problem cannot solve.

这一条自然是薛珍的，群发到三个人的手机上。他大感意外，心想为什么今天大家这么齐心地给他们发短信，有可能是薛珍出面组织的。

“哎呀，李鉴仁给我们每个人都发了一条。”话刚落音，张恬又收到了妈妈的短信：

恬恬，唐先生的伤情有了进一步好转，现在肯定已脱离生命危险。不要再胡思乱想了，爸爸和我都希望你们三个能赶快回家。

“妈妈的短信说，唐先生脱离生命危险了。”张恬大声叫道，“她在催我们回去呢。”一瞬间，头顶的夜空似乎漂移起来，以至让人产生了短暂的晕眩。

“哟，连薛老师都发短信了，看来哥儿几个现在身价不低哟！”高兴星总不会忘记冒两句怪话。

江楠之的手搭上张恬的肩，“咋回事咧，老子刚刚脑壳清楚了一点，现在又有点晕乎了。”

“怎么样？回家吗？”张恬的询问让江楠之轻轻一颤，之后好一阵安静，没有人搭腔。三个人在寒冷中依偎在一起，身体各自缩成了一团。

“完了，再这样下去我们会被冻死。”江楠之口齿变得有点含混不清。

张恬手机又振动了，彭荔森的电话号码赫然出现在屏幕上。摁下“确认”键，显示出来的是一个大家都熟稔不过的句式：

张恬，你妈喊你回家吃饭!!

张恬终于露出了一个难得的微笑，自言自语道：“说不定我妈真想喊我回家吃饭呢?”听到他的喃喃自语，江楠之和高兴星赶紧凑过来，看到了这条出自彭荔森之手的、今天晚上最短的短信。

“完了完了，”江楠之又在叹息，“老子手机没电了，我妈就是喊我回家吃饭都收不到了。我能想到老爸现在坐在家里的样子，肯定眼睛鼓了那么大——”一边说一边做了个夸张的手势，“瞪着个鼻子——”

“鼻子怎么瞪的?”张恬好笑地看着他。

江楠之正要回话，高兴星突然一拍江楠之的屁股：“那就走嘛!”江楠之猛地一挣，在河岸上跑了几步，高兴星紧追在后，似乎不准备放过他。

“那个唐先生真的没事啦？不会是宽我们的心才这么说的吧?”江楠之忽然停下来，露出心有余悸的神情，“不过也没办法，哥几个迟早总得回去……唉，这一次实在受够了。”

“确实受够了。但是是自作自受，还是属于背时，老天作怪……唉。”高兴星装模作样地思考着。两个人在光影底下忽明忽暗，江风又接连不断地刮起来。

码头上的路灯熄灭了好几盏，三个小小人影在昏暗的光线里长长短短，时分时合，有一刻似乎消失不见，可过一会儿又显现出来。最终，他们蹒跚地跨上了通往趸船的浮桥。

许多年前，这一带据说都是湍急无比的险滩落水，行船如过一道道“鬼门关”。后来经多次爆破拓宽，险情差不多已不复存在。到如今大江下游高坝截流，岩谷下潜，水位猛升，细长的河道变成湖泊般浩浩淼淼，一碧万顷，江水连流动都难以察觉了。假如在这一刻抬头仰视，高远的穹窿仿佛不再冰凉渊深，死气沉沉，它突然间活了过来，偶或有少许光点闪烁明灭，就像一张点缀有粒粒钻石的深色桌布。是的，如果有哪个活泼的家伙乐意把它翻转过来，它就会星罗棋布，撒亮这遍布山川河流的大地。

2009年8月27日0:13:01初稿

2010年12月31日21:01改定

图书在版编目（CIP）数据

轻轨车站/朱雀著．－北京:作家出版社，2011.12
ISBN 978－7－5063－6256－6

Ⅰ．①轻… Ⅱ．①朱… Ⅲ．①长篇小说－中国－当代
Ⅳ．①I247.5

中国版本图书馆 CIP 数据核字（2011）第 279516 号

轻轨车站

作　　者： 朱　雀
责任编辑： 袁艺方
装帧设计： 回归线视觉传达
出版发行： 作家出版社
社　　址： 北京农展馆南里 10 号　**邮编：** 100125
电话传真： 86－10－65930756（出版发行部）
86－10－65004079（总编室）
86－10－65015116（邮购部）
E－mail：zuojia@zuojia.net.cn
http://www.haozuojia.com（作家在线）
印刷： 北京谊兴印刷有限公司
成品尺寸： 142×210
字数： 150 千
印张： 9.75
版次： 2011 年 12 月第 1 版
印次： 2011 年 12 月第 1 次印刷
ISBN 978－7－5063－6256－6
定价： 28.00 元